KB065478

대가락국 역사소설

가락국왕 **김수로**

0048

김행수 지음

가락인이 행복하지 않는데,
나라를 세운들 무슨 의미가 있겠는가?

말벗

가락국왕 김수로

0048

가락국왕 김수로
0048

Contents

인물 소개

김수로 - 가락국의 칸

붓디만 공주(허황옥) - 김수로의 아내

흔지발라(장유화상) - 인도 수행자로 허황옥의 속가 오빠

아유타국왕 - 붓디만 공주의 아버지

신도(神道) - 가락국 군두(지금의 사단장)

오능(五能) - 가락국 군두

신귀(臣貴) - 가락국 군두

유공(留功) - 가락국 군두

유덕(留德) - 가락국 군두

아궁(我躬) - 가락국 군두

여해(汝諧) - 가락국 군두

피장(彼藏) - 가락국 군두

오상(五常) - 가락국 군두

해발루   - 가락국 제사장

마리(馬利) - 가락국 여전사의 시조 / 제사장 막내 손녀

석탈해 - 부여 유민이며 후일 신라왕이 됨

용부지 - 탈해의 부하장수

탁종   - 탈해의 부하장수

원추명 - 탈해의 부하장수

솔바람 - 가락국 여전사

낙정(諾鄭) - 골포국 장수

돌부지 - 골포국 적장

장국 - 왜섬 초대 가락촌 촌장

어도간 - 2대 가락촌 촌장

해돌기 - 장국의 맏아들 3대 가락촌 촌장

발땀이 - 가락촌 촌장실 총괄사무인

인물 소개

뜰구모 - 유공 선장의 선원
태바리종 - 왜의 가락촌 건달
아쿠 - 태바리종의 심복
태바리종 수하 1·2·3
자빠토리 - 가락촌 폭력조직
낙가록 - 가락촌 폭력조직
어부 - 탐라
아라한 - 인도 고승
빈유 - 존자암 암주
연탁 - 존자암 수행자였으며, 호계암 암주
호금막 - 거칠산 국경초소 마병
질다공 - 거칠산 국경초소 마병
장결대 - 거칠산 국경초소 마병
파트나 상인 다수.
수로선단 선원 다수
거룩한 인도인
가락 제사장 주치의 거질나(居叱那)
아유타 왕실경비원 다수
아유타 왕실 시종 다수
붓디만 주치의 1.2
붓디만 시종 다수
가락촌 상인 다수
신라국경비군 다수
백제군경비군 다수
인도 수행자 다수

머리말

국민의 기개(氣槪)는 역사에서 나온다. 가락국왕 김수로의 가야사가 반듯해지지 않으면, 우리의 역사는 구멍이 뚫려, 정신(精神)과 혼(魂)이 멸(滅)해 무지러져 못쓰게 되는 나라의 시민으로 살아갈 수밖에 없다.

김수로왕릉이 가짜라는 무리들이 득세하고 있으니, 지금 그렇게 가고 있지나 않은 건지 우려스럽다.

가락이 가야로 불리우고 있지만, 가야를 제4의 제국이라 하고 또는 미완의 제국이라 하기도 한다. 나는 그렇게 부르는 것을 반대한다. 그렇게 부르는 데는 가야는 만들다 만 나라라는 전제가 깔려 있다.

제1의 제국은 어디인가? 미완의 제국이라면 완성된 제국은 또 어떤 제국을 말하는가? 제1제국이니 제2제국이니, 맨 마지막 제국에 가야의 이름을 올린 것은, 가야를 지속적으로 역사 속에서 밀어내기 위한, 역사가들의 밥벌이로 만들려는 세력들에 의한 역사왜곡으로밖에 이해되지 않는다.

나는 그렇게 불리우는 가야를 절대 용납할 수 없다. 가야는 제4의 제국도, 미완의 제국도 아닌 520년간 역사 속에 실재했던 빛나던 해상왕국이었다.

실향민이 고향을 가기 위해 평생을 소원하다 결국 돌아가지 못하고, 대를 이어 너희들은 고향에 가길 바란다는 조상의 유언이 된 관계가 한국과 일본의 역사라고 나는 생각한다.

일본은 고대국가 한국인들이 만든 나라임을 부인하는 사람은 아마 없을 것이다. 그런데도 그들의 입장에서 한국을 바라보는 한국인은 많지 않을 것이다.

2000년 전, 고향을 떠나 왜(倭)섬으로 갔던 사람들은 고향으로 돌아가야 한다는, 염원을 이루지 못해 원(願)이 되었고, 그 원을 이루려지만 이루지 못해 한(恨)을 품는 것은 인지상정이다.

왜? 내 조상이 묻혀 있는 곳이니까. 그 한은 언어와 문화가 달라질 만큼 세월이 지나면서 결국 침략으로 바뀌었다.

언젠가는 고향으로 돌아갈 것이라는 한이 침략으로 바뀌는 세월 동안, 한국은 어떤 눈으로 일본을 봐 왔는가? 언제나 첩에서 난 서자 취급하듯 하지는 않았는가?

임진란이 그렇고 근대사 강점기도 돌이켜보면, 정치적인 문제를 걷어내면, 그 속에는 귀향적 욕구가 한으로 바뀌면서 침략이라는 원한(怨恨)이 일으킨 비극이다.

반듯한 가야의 역사를 우리 스스로 부정하는 한 임나일본부설은 이어질 것이고, 일본의 침략은 계속될 것이다. 가야사를 말하지 않고 일본의 침략을 정치적으로 이해하는 한, 그 불행은 언제나 시작점일 뿐이다.

나는 영화감독일 뿐 역사학자가 아니다. 영화를 만들기 위해 들여다본 가락국왕 김수로는, 2000년 전 해상의 안개에 갇혀 아직도 표류하고 있었다. 이제는 그 안개를 걷어내고 햇빛 찬란한 바다 위로 뱃길을 열어 주자.

그렇지 않는 한 한국은 언제나 침략의 대상으로 존재하는, 타도되어야 하는 입장에 놓여 있는 것이다. 이것이 나로 하여금 『가락국왕 김수로 0048』을 쓰게 만들었다.

신화에서 역사로, 『가락국왕 김수로 0048』

이덕일(한가람역사문화연구소장)

1. 1세기 가야 건국을 부인하는 강단사학

가야는 흔히 신비의 왕국으로 불린다. 아닌 게 아니라『삼국유사』「가락국기」에 실린 이야기는 신비 그 자체. 구지봉에서 '구지가'를 부르라는 하늘의 소리가 들리고, 구간들이 '구지가'를 부르며 춤을 추자 하늘에서 자줏빛 줄이 드리워져서 땅에 닿은 곳에 붉은 보자기의 금합에 황금알 여섯 개가 담겨 있었단다. 그 중에 한 알에서 나온 아이가 수로왕이고, 나머지 다섯 알에서 나온 아이들이 다섯 가야의 임금이 되었다는 이야기다. 신비롭다고 하지 않을 수 없다.

수로가 왕위에 오른 후 구간 등이 좋은 배필을 얻자고 청하자 "짐이 이곳에 내려온 것은 하늘의 명령이니 짐에게 짝을 지어 왕후를 삼게 하는 것도 역시 하늘의 명이 있을 것이다"라고 말했는데, 실제로 아유타국에서 허황옥이 와서 왕후가 되었다는 이야기 역시 신비로운 사랑이야기다. 하늘에서 내려온 천손과 먼 바다 밖 나라에서 온 왕후의 사랑이야기는 전 세계 그 어느 고대 왕실의 사랑이야기보다 더 신비롭다.

그러나 신비롭다는 것이 김수로왕과 허황후의 이야기가 사실이 아니라는 뜻은 아니다. 『삼국유사』는 물론 『삼국사기』「김유신 열전」도 김수로왕이 가야를 건국한 해가 서기 42년이라고 정확하게 말하고 있으며, 『삼국유사』는 허황후가 가야에 배를 타고 나타나 혼인했을 때가 서기 48년이라고 말하고 있다.

　　그러나 현재 한국의 역사학계를 장악한 강단 식민사학은 가야가 서기 42년에 건국되었다는 역사적 사실을 부인하고, 가야는 서기 3세기 말에 건국되었다고 주장하고 있다. 그런 주장의 뿌리를 캐보면 모두 일제 식민사관, 즉 조선총독부 역사관에 가 닿아 있다. 더 큰 문제는 이런 주장이 아무런 근거가 없다는 점이다.

　　전 세계 역사학계는 건국에 대한 뚜렷한 문헌 사료가 있거나 계급이 발생한 고고학적 유적·유물이 있으면 국가가 성립한 것이라고 인정하고 있다. 가야는 『삼국사기』·『삼국유사』라는 문헌 사료가 뚜렷하고 김해 대성동 고분군에는 1세기 때 귀족 무덤들이 나타나고 있다. 귀족 무덤이 존재한다는 사실이 이미 계급이 발생했다는 뜻이다.

　　또한 1세기에 낙동강 유역에서는 신라 토기와는 다른 형태의 가야토기가 출토되고 있다. 문헌사료는 물론 수많은 고고학적 자료들도 가야가 서기 1세기에 건국된 것이 사실이라고 말하고 있다. 그럼에도 불구하고 아직도 일제 황국사관(皇國史觀)으로 한국사를 바라보는 한국 강단사학계는 가야는 3세기 말에나 건국되었다고 우기고 있다.

더욱 심각한 것은 이런 주장의 뿌리가 바로 일본 제국주의가 만든 임나일본부설에 있다는 사실이다. 메이지 시대 일제는 서기 369년 야마토왜가 가야를 점령하고 임나일본부를 세웠다고 주장했는데, 이것이 바로 '임나=가야 설'이다. 일본군 참모본부를 중심으로 황국사관론자들이 조직력을 만들어 퍼뜨린 논리다. 과거 야마토왜가 가야를 점령해 식민지로 삼았으므로 일본 제국주의가 한국을 점령하는 것은 침략이 아니라 과거사의 복원이라는 논리다.

　　명성황후 시해에 가담했던 낭인 깡패 아유카이 후사노신은 임나가 경상도뿐만 아니라 충청도·전라도까지 차지했다고 주장했는데, 이 논리를 스에마쓰 야스카즈가 계승해 남조선경영론이란 것을 만들어냈다. 경상도뿐만 아니라 충청도, 전라도도 모두 야마토왜가 지배했다는 것이 이른바 남조선경영론이다.

　　현재 일본에서 유학하고 돌아와 대학의 교수자리를 꿰찬 강단사학자들이 이를 '남한경영론'으로 바꾸어 부르며 전파하고 있는 실정이다.

　　이들은 마치 '가야사'를 말하는 것 같지만 '임나는 가야'라고 주장하는 데서 이들이 말하는 '가야'는 곧 야마토왜가 가야를 점령하고 세웠다는 '임나'를 말하는 것임을 알 수 있다. 이들은 김수로왕이 서기 42년에 가야를 건국했다는 사실이나 서기 48년에 아유타국에서 온 허황후와 혼인했다는 사실을 모두 부인하면서 가야는 3세기에 건국되었다고 주장하고 있다.

2. 500만 가락종친들의 시조는 허구의 인물?

한국 강단사학자들은 김수로왕의 가야 건국 기사나 허황후와의 혼인 사실이 모두 거짓이라는 것이다. 이들의 말이 사실이라면 어떤 결과가 발생하는가? 연산군 시절에 발생한 무오사화 때 사형당한 탁영자(濯纓子) 김일손(金馹孫: 1464~1498)은 김해 김씨로 김수로왕의 후손이다.

조선 후기의 유명한 학자이자 정치가였던 미수(眉叟) 허목(許穆: 1595~1682)은 양천 허씨로 허황후의 후손이다. 김수로왕과 허황후가 가공인물이면 이들은 모두 조상도 없는 부평초가 된다.

가락종친에는 김해 김씨와 김해 허씨뿐만 아니라 양천·하양·태인 허씨도 포함하고 있고, 인천 이씨도 포함하고 있다. 김수로왕과 허황후는 모두 열 명의 아들을 두었는데 장남은 김해 김씨로 가락국의 왕통을 이었고, 차남과 삼남은 어머니의 성씨를 이어 허씨가 되었고, 나머지 일곱 아들들은 불가로 귀의했다고 한다.

이들은 성씨는 다르지만 모두 같은 부모의 자손이라는 점에서 500만여 가락종친회에 함께 소속되어 있고, 서로 혼인하지 않는 것이 관례다. 김수로왕과 허황후가 허구의 인물이면 500만여 명의 가락종친회원들은 허구의 인물들을 시조로 모시는 부평초 조직이 되는 것이다.

남한 강단사학자들의 이런 주장들은 북한 역사학자들의

가야사 인식과 비교해보면 그 잘잘못을 쉽게 알 수 있다. 최근 국내에서 『북한학계의 가야사연구』라는 책이 발간되었다. 재일교포 출신의 북한 학자 조희승 박사가 집필한 것이다. 『북한학계의 가야사연구』와 남한 학자들의 가야사 연구를 비교해 보면 같은 나라(가야)에 대해서 연구한 것이라고 볼 수 없을 정도로 차이가 크다. 북한 학계는 "1세기 중엽경 김수로를 우두머리로 하는 북방세력에 의하여 금관국이 세워졌다"라고 가야의 1세기 건국설을 인정하고 있다.

무엇보다도 『북한학계의 가야사연구』는 가야계가 일본 열도에 진출해서 소국을 세운 사실을 강조하고 있다. 북한 학계는 가야계가 일본 열도에 진출해서 세운 소국이 임나라는 것인데, 남한 학계는 말을 조금씩 돌리지만 그 핵심은 야마토왜가 가야에 진출해서 세운 것이 임나라는 것이다. 이런 차이가 나는 이유는 분명하다.

남한 학계는 지금껏 조선총독부 역사관을 추종하는 반면 북한 학계는 대구 출신의 월북학자 김석형이 1963년 「삼한삼국의 일본열도 분국설」이란 논문으로 일제 황국사관의 핵심인 '임나=가야설'을 뿌리부터 해체하고, 임나는 가야계가 일본열도에 진출해서 세운 소국이라고 정리했기 때문이다. 큐슈 북부 이토지마 반도를 비롯해서 일본 열도 각지에 수없이 존재하고 있는 가야계 유적 유물들이 이를 말해준다. 심지어 일본에서 일 왕가의 발상지로 보고 있는 큐슈 남부 미야자키 현의 사이토바루 고분에서 출토된 철모와 고령 지산동에서 나온 철모가 완전히 같다. 가야계가 일본 열도에 진출해 세운 것이 일 왕가라는 사실을 말해주는 것이다.

그러나 남한 강단사학계는 일본의 왕가(천황가)가 가야계라는 사실을 말해주는 이런 중요한 유물들에 대해서는 모른 척하고, 가야계 귀걸이 등이 일본 열도에서 나온다면서 이를 양국 교류의 증거라는 식으로 사태를 호도하고 있는 실정이다.

3. 『가락국왕 김수로 0048』

김행수 감독의 『가락국왕 김수로 0048』의 가치는 무엇보다 일제 식민사관에서 벗어난 역사소설이라는 점에 있다. 한 마디로 김수로왕과 허 황후 이야기를 '신화에서 역사로' 승화시켰다. 『삼국유사』「가락국기」는 김 감독의 손을 거치면서 모두 역사적 사실로 살아나고 있다. 그런 실례의 하나로 가야가 구지봉 회의에서 건국되었다고 본 것이다.

『가락국왕 김수로 0048』은 무대가 넓다. 김수로왕을 고대조선, 즉 고조선의 적통 핏줄로 설정하면서도 세계적인 해상왕국을 꿈꾸는 왕손으로 그렸다. 땅보다는 바다의 주인이기를 원하는 수로는 즉위 전 중국과 페르시아만을 거쳐 인도까지 가는 상업선단의 주역으로 그려졌다. 1년 여에 걸친 기나긴 항해 끝에 수로가 이끄는 가락선단은 인도의 가가라강 원류를 따라 올라가 아요디야 왕국에 가 닿는다.

아요디야의 파트나 포구에 가락선단이 정박하면 가락촌이 선다. 이곳에서 수로는 중국 도자기와 가락의 덩이쇠를 팔 뿐만 아니라 아요디야 왕국의 붓디만 공주를 만나는데 그가 바로 허황후이다. 생면부지의 허황후가 아요디야 왕국에서 수로를 찾아온 것이 아니라 상업선단을 이끈 수로가 인도 아요디야에 가서 허황후를 만났다는 설정이다.

김행수 감독은 불자답게 가야불교에 대해 과감한 해석과 묘사를 한다. 서기전 500여 년 전 고타마 싯다르타의 여섯 번째 제자 발타라 존자가 탐라에 와서 존자암을 세웠다는 것이다. 아무래도 불가에 구전으로 전해 내려오던 전승일 듯싶다. 이런 연기(緣起)는 서기 47년 가야 최초의 사찰인 호계암이 세워지는 것으로 꽃을 피운다. 또한 붓디만 공주의 오라비인 흔지발라는 인도 수행자인데, 그가 가야불교 전승에서 일찍이 가야에 불교를 가지고 왔다는 장유화상일 것이다. 이런 이야기들과 가야의 여전사 마리가 가락국을 지키기 위해서 싸우는 이야기 등이 마치 영화화면을 보는 듯이 생생하게 그려진다.

필자는 『가락국왕 김수로 0048』을 읽으면서 한국 고대사를 이해하는 주요한 핵심인 민족이동사를 바탕에 깔고 있다는 점이 흥미로웠다. 대륙에서 출발해 한반도를 거쳐 해양으로 뻗어나가는 민족이동사를 모르면 한국고대사를 이해하기 어렵다.

현재 강단사학계는 마한·진한·변한의 삼한을 모두 한반도 남부에 있었다고 주장하지만 『삼국지』나 『후한서』는 삼한의 강역이 사방 4천리라고 말하고 있다. 삼한이 한반도 남부가 아닌 대륙에 있었다는 뜻이다. 단재 신채호 선생이 전삼한과 후삼한을 나누어 전삼한은 대륙에, 후삼한은 한반도에 비정한 것 역시 이런 민족이동사에 대한 이해를 바탕으로 한 것이다.

김행수 감독은 대륙에 있던 삼한 중 변한이 한반도로 이주한 것으로 설정하고 있다. 또한 가야인들이 왜섬으로 진출해 가락촌을 건설하는 것으로 설정했다. 김행수 감독이 북한학계의 분국설을 알고 썼는지 모르고 썼는지는 알 수 없지만, 민족이동사의 관점에서 한국 고대사를 바라보니 일본 열도는 자연히 가야인들의 진출무대가 되는 것이다.

무엇보다 일본인들이 우리 역사를 반도로 가두어두었던 반도사관의 좁은 틀을 깨고 광활한 대륙과 해양을 넘나들었던 우리 선조들의 역동적인 모습을 생생하게 그려낸 점이 가장 인상 깊었다.

『가락국왕 김수로 0048』가 이천년의 세월을 뚫고 소설로 영화로 온 국민들에게 각인된다면 그간 중화사대주의 사관과 일제 식민사관에 찌들어 쪼그라들었던 우리 민족의 정신세계가 선조들의 웅혼한 기상을 만나 나래를 펴게 될 것이란 바람을 가져본다.

1.
가락인이 행복하지 않은데,
나라를 세운들
무슨 의미가 있겠는가?

서기 39년 대가락국(大駕洛國)^(註 1) 건국 3년 전.

남해안을 중심으로 포구에 근거를 둔 부족단위의 성격인 여덟 개 나라 포상팔국^(註 2)은 세력을 키우기 위해 약탈과 침략을 일삼았으며, 식량과 가축을 도둑질하는 것도 모자라 심지어 부락민을 납치해 개돼지나 다름없는 시종으로 삼는 일도 발생했다.

포상팔국이 나라를 세웠다고는 하지만 정치조직이 갖춰지지 않은 일족 단위가 무리를 이루어 집단생활을 하고 있었으며, 인근 부족을 침략하는 것은 영역확장을 내세우는 과시 일면도 있지만 재원 부족을 해결하기 위한 수단적 성격이 깊었다.

포상팔국만 그런 것이 아니라 형태의 차이만 있을 뿐 신라와 백제도 태동기 혼란 속 약탈자로서의 허물을 벗지 못하고 있었다.

6가락 연맹체인 가락(駕洛)은 달랐다. 중앙집권 조직체계를 갖추지 못한, 변방 부족국의 처지와 별 차이는 없지만 다른 고민에 빠져 있었다. 6가락의 부족장들은 여든 중반의 나이임에도 가야국을 위해 몸을 쉬지 않는 제사장 발루(撥鏤 85세)를 재촉해, 곧 스물일곱 살이 되는 천자 김수로(金首露)^(註 3)가 건국을 선포하고 영토를 확장해 국가의 법도와 질서를 세워 나가길 원했다. 그러나 김수로의 생각은 달랐다.

(註) 1 기원 42년부터 562년까지, 삼한 중 남부에 있던 변한이 발전한 나라.
(註) 2 골포국(骨浦國)·칠포국(漆浦國)·고사포국(古史浦國)·사물국(史勿國)·
　　　 보라국(保羅國) 등.
(註) 3 가락국 초대 국왕, 재위 기원 42~199년

고대조선의 적통 핏줄인 김수로는 천제(天帝)[註 4]의 아들이며 가락인들은 칸[註 5]이라 했다. 가락 땅에서 김수로의 출생 비밀을 알고 있는 사람은 제사장 발루가 유일했다.

27년 전, 그날 새벽 구지봉에서 하늘의 소리를 듣고 천손을 맞았던 6가락 부족장들이 있었지만, 그들은 이미 세상을 떠났으며 남은 사람은 오직 발루 제사장뿐이었다. 그때 부족장들은 세상을 떠나면서도 김수로의 생명을 지키기 위해 그날 밤 있었던 일에 대해, 가까운 가족에게도 말하지 않았으니, 그들의 뒤를 이은 지금의 부족장들은 수로의 출생 비밀을 아는 사람이 없었다. 다만 어릴 적부터 작은 일에 얽매이지 않고 대범했던 수로의 행적들은 따를 자가 없었으니, 천자(天子)가 아니고는 행동할 수 없는 사람이기에 그를 칸이라 불렀다.

구지봉 주위는 북방 유목민 부여 유민들이 집성한 곳이라 그들은 군주를 칭할 때 칸이라 했으니, 6가락 부족장들 또한 수로를 달리 부를 말이 없어 어릴 때부터 칸이라 칭했다.

제사장과 6가락 부족장들은 수로가 나라를 세우기를 염원했지만, 수로는 늘 다른 생각을 하고 있었다. 땅보다 훨

(註) 4 하늘의 황제, 하늘을 다스린다는 하는 신.

(註) 5 북방 유목민들은 군주를 칸(Khān, 汗)이라 했다. 왕의 칭호는 신라 중대 이후이며, 왕으로만 부른 때는 고려시대부터. 고조선은 왕을 단군(檀君)이라 불렀으며, 고구려는 개차(皆次), 백제는 건길지(鞬吉支)와 어라하(於羅瑕), 신라는 거서(居西干), 차차웅(次次雄)등, 발해는 가독부(可毒夫)라는 용어를 사용했다.)이라 불렀다. 제사장과 구간(九干 / 아도간(我刀干)·여도간(汝刀干)·피도간(彼刀干)·오도간(五刀干)·유수간(留水干)·유천간(留天干)·신천간(神天干)·오천간(五天干)·신귀간(神鬼干).

씬 광대한 바다의 주인이 세상의 주인이 되는 일이라 말했으며, 가락은 땅의 주인보다 바다의 주인이 되길 원했다.

땅 몇 평 더 가졌다고 바다 앞에 내세울 일은 못 된다며, 그보다 더 우선해야 하는 것은 가락인들을 어떻게 평화롭게 살게 할 것인가? 가락인들을 어떻게 먹여 살릴 것인가? 가락인이 행복하지 않은데 나라를 세운들 무슨 의미가 있겠는가?

나라를 세우려면 백성의 씩씩한 기상과 꿋꿋한 기개가 살아 있어야 한다. 백성의 기개는 자신들의 역사를 소중한 가치로 아는 가락인들이 평화롭고 즐거운 데서 넘쳐나는데, 영역을 넓히는 것과 나라를 세우는 것은 전혀 다른 문제라며 수로는 늘 반대했었다.

가락과 혈맥이 다르지 않은 신라·백제 또한 부여의 유민인데, 유민들끼리 뺏고 뺏기는 땅놀음보다, 수로는 더 크고 더 넓은 바다의 지배자가 되고 싶었다. 바다의 지평을 넓혀 해양대국을 만드는 것이 수로의 꿈이었다.

부족장들은 수로에게 가락국을 건국하라지만, 수로가 나라를 세우지 않아도 부족장들은 제사장을 중심으로 평화로운 집단연맹 체제를 잘 유지하고 있었다. 그런 데는 무엇보다 가락인은 평화롭게 살아야 한다는 수로의 이념이 서 있었기 때문이다.

가락을 염려하는 부족장들이 평화를 입에 올리기를 좋아했지만, 나의 이익을 먼저 생각하는 마음이 티끌만큼이라도 있으면, 평화는 말만 배운 자들이 내뱉는 거짓이라고, 김수로는 부족장들에게 말해 왔다.

나의 이익보다 이웃을 위하고, 나의 이익보다 가락을 위할 때만 평화가 존재한다는 것이 김수로의 이념이었다. 김수로는 그런 평화를 가락인들을 위해 실천하고 있었다.

김수로의 뜻은 그랬다. 영토를 확장하려면 침략자가 되어야 하는데, 그것은 가락인의 희생 없이는 불가능하다는 것이다. 가락인을 사지로 몰아 얻을 것이 영토 확장이라면 그것은 김수로가 뜻하는 가락이 아니었다. 가락인이 행복하지 않는 일은 해서는 안 된다, 나라를 세우는 일보다 지금은 가락인을 잘살게 할 수 있는 방법을 인식시킬 때라고 했다.

이곳, 두 다리로 서 있는 지금 이곳이 어디인가를 가락인들로 하여금 먼저 알게 하는 것이 우선이었으며, 두 다리로 딛고 서 있는 이곳 가락에 대해 가락인들 각자 참으로 알고자 했을 때, 나라를 세우지 않아도 천하 가락인의 기운이 일어나 잘살게 될 것이며, 잘살면 업신여김을 당하지 않으니 침략자들 또한 넘보지 못하고, 가락인 스스로 앞날을 밝혀 세상의 주인공으로 살게 될 것이니 나라를 세우는 일보다 이처럼 시급한 일이 또 어디 있겠는가.

수로는 무엇보다 가락이 먼저였다. 해상에서 돌아오면 철을 생산해야 했었고, 철을 운송해야 하는 선단을 수리하는 시간마저 부족해 밤낮을 가리지 않고 일에 매달려 있었다.

부족족장들은 수로가 구지봉 회의장으로 오지 않는다

며 성화를 부리지만, 선박 수리장에서 의결처인 구지봉까지
는 말을 달려도 반나절이 걸리는 거리이니, 부족장들이 제
련소나 선박 수리장까지 오면 모를까, 구간들이 회의를 재
촉한다 해서 원하지 않는 회의에 참석하는 것은 수로에게
무의미했다.

제사장 발루는 얼마 남지 않은 자신에게 주어진 이생의
인연을 정리하면서 마지막 한 가지는 보고 싶었다. 6가락 부
족장들이 소원하는 대로 김수로가 반듯한 가락국을 세우고
칸의 보관을 쓰는 일이었다.

제사장은 일찍이 부족장들의 뜻을 모아 구지봉(龜旨峯)(註6)
북쪽 두대(頭臺)라 부르는 곳에, 석단을 만들어 석조물 상층
에 사슴뿔처럼 뻗어 오른, 가락국 칸을 상징하는 보관을 만
들어 보존하고 있었다.

덕스러움과 지혜로움이 천자(天子) 김수로를 능가할 이
가 없기도 하겠지만, 하늘이 열리는 천제의 소리를 듣고 구
지봉에서 태어난 김수로를 칸으로 받들기 위해, 20여 년 전
부족장들이 뜻을 모아 석단에 칸의 보관을 만들어 안치해
오늘에 이르렀다.

천자 김수로의 출현이 있었던 구지봉은 가락인들에게 성
스러운 곳으로 모든 대소사는 구지봉에서 이루어졌으며, 6
가락 부족장들과 구간이 자리할 수 있는 석좌가 놓여 있었다.

(註) 6 사적 제429호. 경상남도 김해시 구산동 소재 가야의 유적.

6가락 부족장 회의는 각 부족에서 발생하는 문제를 의결하는 기구지만, 구간 회의는 가락 전체를 대표하는 의결기구로 모두 제사장이 주관했다.

전체 가락의 문제는 원방각(圓方角) 회의에서 결정되며, 6가락 부족장들이 원(○)에서 합의를 도출해 내지 못하면, 구간이 참여하는 5명의 방(□)인에 의해 결정했다. 방인에서도 합의를 이끌어내지 못하면, 최종 구간 3명이 참여하는 각(△)인에 의해 결정되었다

그날 제사장 발루는 가락 건국을 더는 미룰 수 없다는 6가락 부족장들의 원성도 원성이지만, 제사장도 소원하는 일이라 구지봉에서 부족장 회의를 주재했다.

6가락 부족장과 구간 회의에 수로를 참석시키는 일은 쉽지 않았다. 부족장들이 제기하는 문제가 마음에 차지 않는 수로의 성품도 그렇지만, 왜인(倭人)[주 7]들이 사는 섬에서 페르시아까지 해상 상권을 확보한 수로가 세운 뜻은 오로지 가락을 위한 바다의 지평을 넓히는 일밖에 없었다.

제사장과 부족장들이 수로의 웅대한 뜻을 이해 못하는 것은 아니다. 그것이 가락인이 펼쳐야 할 세상을 향한 기개라는 사실을 잘 알고 있었다. 그러나 현재 처한 가락의 문제를 해결하기 위해서는, 나라를 세우는 일을 제일 시급하게 생각해야 한다는 것이 제사장과 부족장들의 의지였다.

부족장들의 성화에 못이긴 제사장은 어쩔 수 없이 수로

(註) 7 왜국(倭國)이 서기전.

를 설득해 구지봉 회의에 참석시켰다. 부족장들이 직접 수로에게 직언하고, 원하는 답을 수로로부터 들으라며 마련된 자리였지만, 그날 회의는 대가락국 건국을 위한 의결장이 아니라 수로의 성토장이 돼버렸다.

부족장들은 한시라도 빨리 가락국을 세워 영토 확장을 해야 한다며 강력하게 요구하지만, 부족장들과 생각이 다른 수로는 묵묵부답이었다.

그럴수록 수로의 마음을 바꾸려는 원로 부족장들의 노력이 안타까웠다.

수로는 외면할 수 없었다. 지금까지 계속 거론되어 왔던 얘기일지언정, 입을 닫고 있는 것은 연로한 부족장들에 대한 예의가 아니었다.

현재 가락은 종적인 정치 체제가 필요한 것은 아니다. 지금으로도 부족 단위별로 각각의 가락이 본가락 제사장을 중심으로 잘하고 있었다. 가락이 처한 현실에서 부족장들의 뜻을 받들어 수로가 나라를 세운다 한들, 제사장이 관리하는 것과 차이가 없으며, 특히나 자신의 입장을 재확인시키는 것에 다르지 않을 것이다.

그런데도 수로는 다시 한 번 부족장들을 이해시킬 필요가 있었다. 수로 때문에 부족장들의 마음이 무겁다면, 가볍게 해주는 것 또한 수로가 해야 할 일이었다.

"잘사는 가락으로 만들어야 하는 것이 먼저입니다. 세력을 확장하고 영토를 넓히는 것이 건국의 이유라면, 가락 병사들을 희생하지 않고 영토를 확장할 수 있는 길이 있으면 말씀해 보십시오!"

누구도 김수로의 질문에 대답하지 못했다. 김수로는 다시 한 번 분명하게 가락이 나아갈 길에 대해서 자신의 생각을 밝혔다.

"가락인의 희생 위에 만들어지는 건국이라면 가락이 원하는 건국이 아닙니다. 오늘 당장 나라를 세운다 해도 지금 사정과 다르지 않습니다. 지금 우리가 해야 할 일은 가락인들이 만든 덩이쇠[註 8]로 해상권을 확대하는 데 힘을 합쳐야 합니다. 땅을 지배하기보다 더 넓은 바다를 지배해야 합니다. 양옆에는 신라와 백제가 있고, 위로는 고구려가 있습니다. 이들은 다 우리와 같은 부여의 후예입니다. 부여 후예끼리 뺏고 뺏기는 일보다 바다를 지배하는 것이 우리 가락이 나가야 할 길입니다. 인접국들의 침략으로부터 안전해지려면 강한 군사력을 갖추어야 합니다. 강한 군사력을 갖추려면 그들보다 잘 살아야 합니다. 나라를 세우기 위해 가락인들에게 희생을 요구하고, 가난한 삶을 외면한다면 그것은 나라가 해서는 안 될 일입니다. 저는 오직 바다의 지평을 넓혀 잘사는 가락을 만들 것입니다. 그래서 가락인들이 행복할 수 있도록 할 것입니다. 가락인들을 희생물로 나라를 세워야 하는 것은 맞지 않습니다."

(註) 8 철정(鐵鋌)'이라고도 불리 우며, 농기구뿐만 아니라 전쟁 무기를 만들기 위한 원자재인 쇠 덩어리

2.
난 저 자의 목을 취할 뿐이다!

제사장 발루는 수로의 말에 반응하는 부족장들의 표정을 살폈다. 지금 김수로는 영토 확장을 위해 가락인이 희생물이 되어야 하고, 그 희생물로 나라를 세우는 것은 맞지 않다고 하지 않는가.

　　부족장들은 하나같이 수로의 말에 수긍하는 듯 서로의 얼굴만 보고 있었다.

　　수로의 답변에 아무 말도 못하고 각자 자기 생각을 하고 있을 때, 거친 말(馬) 호흡소리가 들려 왔다. 구지봉에 모여 있는 사람들은 일제히 소리 나는 곳을 바라봤다. 마병(馬兵) 한 명이 구지봉 정상을 향해 서둘러 달려오고 있었다.

　　가락 마병 허리에는 긴 칼이 비껴 차여 있었고, 양 어깨에서 흘러내린 가죽은 끈으로 묶었으며, 등짝에 매여진 활과 단단한 가죽으로 허리를 보호한 가슴 밑에는 넓은 혁대가 단단히 조여 있었다. 긴 머리카락은 상투머리로 동여맸지만 바람에 흘러내린 머리카락에서 병사의 다급함이 보였다.

　　벼락 같이 달려온 마병은 좌측 무릎을 세우며 예를 갖추었다.

　　"골포국[9]접경지역 국경초소에 적이 침입하였습니다!"

　　무장병사의 보고를 받는 벽진가락[10]의 부족장이 놀란 표정으로 제사장을 올려다보며 물었다.

　　"골포국 국경초소라면 제사장님의 손녀가 초소장으로

(註) 9　삼한 시대 마한에 속한 창원 일원.

(註) 10　가야연맹체의 한 나라. 가락국기에 성산가야를 벽진가야라 함

계시지 않습니까?"

별안간 김수로의 눈빛이 번뜩이는가 싶더니 제사장의 대답을 기다리고 있었다.

"그렇지요. 그 자들의 버릇을 고쳐 놓겠다며 내 손녀가 최전선으로 갔지요."

김수로는 제사장 발루의 말이 끝나기도 전에 무장병사의 말을 낚아채 안장으로 뛰어 오르며, 번개처럼 구지봉을 내려갔다. 제사장과 부족장들은 수로의 뒷모습을 바라보며 앞으로 일어날 재난을 가늠하는 듯 마음을 졸였다.

풀무간에서는 막 철광석을 녹인 쇳물이 도가니에서 흘러내리고 있었다. 수로는 풀무간 옆에 설치된 마구간으로 뛰어들어 자신의 백마로 바꾸어 타고 나갔다. 제련 일을 하고 있었던 수로의 수하 신도, 오능, 신귀가 주군의 행동에 다급함을 느끼며 말을 몰고 나오는 수로 앞길을 막아섰다.

"칸! 어인 일이십니까?"

"골포국 국경초소가 침략당했어! 갔다 오리다!"

"지원병을 보내겠습니다!"

"일각을 다투는 일이야! 부상자들을 수습할 병사들을 보내게!"

수로는 무섭게 말을 몰아 달렸다. 수하들은 아무래도 마음이 놓이지 않는 눈빛들이었다.

골포국 국경초소는 병사들의 생활근거지인 숙소 겸 초

막 여러 채와 가까운 곳에 마구간이 있었다. 국경초소는 골포국 침입자들에 의해 불에 타고 있었으며, 가락 최초의 여전사인 초소장 마리(馬利 ; 24세)와 병사들은 결사 항전 중이었다.

마리의 칼은 중원을 얼어붙게 만든 전설적인 초계 검사(劍士) 살의와 다르지 않았다. 말을 몰아 적장을 향해 칼을 긋는 용맹성은 아무리 강한 남자의 간담이라도 얼어붙게 만들고 있었다.

골포국 장수 낙정(諾鄭)의 칼 또한 민첩했다. 두 칼이 서로의 심장 앞에서 부딪히자 번쩍 불꽃이 일어났다. 숨이 가쁜 말도 안간힘 쓰며 마주를 떠받들어 거친 숨을 몰아쉬었다.

마리는 호흡 조절을 위해 골포국 장수 낙정과 다시 거리를 두며 말의 방향을 돌리며 노려보았다. 그 순간 잠복해 있던 굴포국 궁사가 활시위를 놓자, 시위를 떠난 화살이 공기를 가르며 날아가는가 싶더니 마리 옆구리에 꽂힌다.

화살을 맞는 순간 마리는 고개를 들어 멀리 몸을 숙이고 있는 적병을 죽일 듯이 노려봤다. 옆구리에 꽂혀 있는 화살을 손으로 꺾어 버리고 칼을 들어 달려가려 하지만, 휘청 형편없을 만큼 힘을 잃고 말 아래로 굴러 떨어져 버린다. 마리의 낙마를 지켜본 골포국 장수 낙정이 궁사를 바라보며 만족스런 미소를 지었다.

마리의 비참한 모습을 발견한 근처 병사들은 격분을 참지 못하고 괴성을 내지르며 골포국 약탈자들을 한 명이라도 더 죽이려고 칼을 휘두르지만, 기세가 오른 골포국 침략자들의 칼을 당하지 못하고 낙엽 지듯 쓰러져 갔다.

　말 아래 죽은 듯 엎어져 있는 마리에게로 돌아온 골포국 장수 낙정은 말에서 내려 발끝으로 마리의 상체를 밀어 얼굴을 바라봤다. 남자인 줄 알았는데 뜻하지 않은 여자였다. 의식이 가물거리는 마리의 시야에 적장의 모습이 어른거렸다. 골포국 장수 낙정은 부하에게 고개 짓으로 사인을 보내자 부하는 마리를 번쩍 들어 마장 위에 걸치고 말을 내쳐 썰물 빠지듯 본진을 향해 달려갔다.

　불타 버린 국경초소에 수로가 도착했을 때, 칼을 맞고 쓰러져 있던 가락 병사들은 살기 위해 서로를 부축하며 구원병을 기다리고 있었다. 수로는 부상당한 가락 병사들을 보며 쓰려 오는 마음을 숨기지 못하고 이빨을 꽉 물며 분을 삭였다. 아파하는 병사들을 위로할 틈도 없이 초소장 마리를 찾았지만, 어디에도 보이지 않았다. 부상 병사들을 외면할 수 없는 수로가 자신의 속옷을 찢어 상처를 싸매 주자, 부상 병사는 초소장 마리가 나포되었다며 오히려 걱정하고 있었다.

　수로는 하늘이 원망스러웠다. 무슨 일이 있어도 제사장의 손녀 마리의 생사를 직접 눈으로 확인하지 않고는 돌아갈 수 없었다.

　가락을 위해 기꺼이 자신의 손녀를 전선으로 보낸 제사장을 생각해서라도 마리의 생사를 알아야 했다. 살아 있지 않다면 시체라도 데려와야 했다. 그것이 제사장에게 할 수 있는 최소한의 예의라고 생각했다.

수로는 제사장의 손에서 성장했다. 마리가 여전사가 된 데는 수로의 영향이 컸었다. 수로가 무예를 연마하는 것을 옆에서 보고 배운 것이, 커서는 전사가 되어 스스로 여자 전사들을 조직해 처음으로 골포국 국경초소 전선으로 출전했었다.

마리는 수로를 친오빠 이상으로 좋아했다. 수로도 마리를 누이동생처럼 늘 위해 주었다. 마리는 언제나 농담처럼 수로 오빠와 함께할 것이라 했다. 수로는 그럴 때마다 어린 마음에서 누이동생이 하는 말로만 생각했는데, 막상 불귀의 처지가 돼버린 마리를 생각하는 안타까움은 무엇으로도 표현할 길이 없었다.

수로는 골포국 침입자들이 본진으로 철수한 지 얼마 되지 않았다는 병사의 말을 듣고 골포국을 향해 말을 달렸다. 그는 떠나면서 부상 병사들에게 당부했다.

"꼭 살아서 가족들이 기다리는 집으로 돌아가시게!"

수로는 그들에게 미안하고 마음이 쓰렸지만 병사들에게 해줄 수 있는 것은 그 말밖에 없었다. 수로가 골포국 본진을 향해 말을 달리고 있을 때, 가락 지원병들이 도착해 부상 병사들을 수습했다.

마리를 나포해 본진으로 데려가고 있는 골포국 침입자들의 걸음은 여유로웠으며, 승리자의 몸짓들이었다. 수로가 골포국 본진을 향해 말을 달린 지 반식경이 안 되어 귀환 중인 골포국 약탈자들을 따라잡을 수 있었다. 수로는 약탈자들을 발견하는 순간 본능적으로 칼집에서 칼을 뽑아 들며 골포국 침입자들의 대열을 향해 달렸다.

나포한 가락 병사들을 앞세우고 본진으로 돌아가고 있는 골포국 침입자들의 대열은 300여 명이었다. 수로는 3000명이라도 두려울 것이 없었다. 오직 마리를 가락으로 데려가야 한다는 일념뿐이었다. 마리가 죽었으면 죽은 대로 데려가야 할 것이고, 부상당해 숨만 붙어 있다면 무슨 일이 있어도 살려야 한다는 생각뿐이었다.

바람을 가르며 달려오는 수로를 발견한 골포국 병사로부터 보고를 받은 지휘 장수 낙정은 말고삐를 돌려 후미로 내쳐와 수로를 발견하는 순간, 대성질호(大聲叱呼) 수로의 고함소리가 들렸다.

"네 이 놈! 걸음을 멈춰라!"

칼을 비껴 쥔 채 바람을 가르며 달려오는 수로의 모습을 지켜보던 장수 낙정의 표정이 몹시 언짢아지는가 싶더니 수하 두 명을 향해 소리쳤다.

"저 놈의 목을 가져 오너라!"

낙정의 명령이 떨어지는가 싶더니 수하 마병 두 명이 쏜살같이 말을 몰아 수로를 향해 내달렸다.

수로는 더 빠른 속도로 말을 몰아 골포국 마병을 향해 내쳤다. 정면으로 내달린 수로의 칼이 번쩍 빛나며 골포국 병사의 가슴을 가르고, 또 한 마병의 목을 날려 버리고 장수 낙정을 향해 거침없이 말을 몰았다.

지켜보던 낙정이 움찔 몸을 빼며 다른 수하들을 바라봤다. 낙정의 눈질을 받은 세 명의 마병이 망설이지 않고 칼을 뽑으며 수로를 향해 내달렸다. 세 명의 마병은 괴성을 내지르며 달려들지만 순식간에 맞부딪쳐 1합도 겨누지 못하고, 수로의 칼을 맞고 바닥으로 떨어져 버린다.

위기감을 느낀 낙정은 일제히 공격 명령을 내렸다.

"저 놈의 숨통을 끊어라!"

한 명을 상대로 전 병사가 동원되어야 하는 사태에 대해 낙정은 격분하고 있었다. 300여 명의 골포국 병사들은 이미 살육의 맛을 본 야수의 눈빛들이었다. 장수 낙정의 명령이 떨어지기 무섭게 함성을 내지르며 수로를 향해 돌진했다.

마병을 앞세운 병졸들이 괴성을 내지르며 달려오는가 싶었으나, 수로는 어느새 적진 중앙 깊숙이 뛰어들며 앞길에 걸리는 병졸들을 닥치는 대로 베어 버린다. 두려움을 모르는 수로가 휘두르는 칼은 신(神)춤을 추듯 골포국 병졸들을 무차별 쓰러뜨린다. 수로의 얼굴에는 골포국 병졸들이 뿜어대는 핏물이 흘러 내렸다. 수로를 겹겹이 포위한 병졸들 너머 지켜 선 골포국 장수 낙정이 노려보고 있었다. 수로는 골포국 병졸들을 향해 벼락같은 소리를 내질렀다.

"비켜서라! 난 저 자의 목을 취할 뿐이다! 너희들은 죽음을 자초하지 마라!"

그러나 병졸들은 충혈된 눈을 부라리며 수로를 향해 달려들 뿐 물러서지 않았다. 수로의 칼 아래 쓰러지는 골포국 병졸들의 시체가 산을 이루어도 그들은 공격을 멈추지 않았다.

수로는 지쳐 가고 있었다. 끊임없이 베어도 악착같이 덤벼드는 골포국 병졸들로 수로의 칼끝은 점점 둔해지고 있었다. 순간 골포국 마병의 창끝이 수로의 가슴을 향해 날아들었다. 있는 힘을 다해 내치지만 힘의 한계점에 이른 수로의 왼쪽 어깨에 꽂혀버린다. 충격을 받은 수로가 다시 마상에서 몸의 균형을 잡으려 할 때, 또 한 번 골포국 마병의 창끝이 수로 가슴 정면을 향해 날아들었다. 마상에 드러눕듯 간신히 몸을 피했지만 왼쪽 어깨 부상으로 힘을 쓸 수가 없다. 그런 약점을 노린 골포국 마병이 마속을 높이며 또다시 수로를 향해 달려왔다. 수로가 칼을 쥔 손에 힘을 주며 골포국 마병을 노려보고 있을 때 어디서 나타났는지 세 명의 가락 마병이 수로를 방어했다. 수로를 뒤쫓아온 수하 장수 신도, 오능, 신귀였다.

수로의 수하 장수들은 골포국 마병의 칼을 받아쳐 두 동강 내버리고, 순식간에 골포국 마병의 목을 날려 버린다.

"칸! 저희들이 처리하겠습니다!"

세 명의 수하 장수는 달려드는 골포국 병사들을 닥치는 대로 쓰러뜨렸다, 수로는 마리를 찾아야 했다.

마리는 골포국 장수 낙정 근처 마병의 안장에 시체처럼 축 늘어진 채 얹혀 있었다. 마리를 발견한 수로는 괴력을 발

휘해 낙정을 향해 말을 내쳤다. 번개처럼 달려오는 수로를 발견한 장수 낙정이가 근처 마리를 나포한 마병을 바라보는 순간, 마병은 싸우기에 거추장스러운 마리를 안장에서 떨어뜨려 버렸다. 마병은 말 아래로 떨어진 마리를 넘어 말을 몰아 수로를 향해 달려 나갔다.

마병은 수로의 적수가 되지 못했다. 수로는 달려드는 마병의 정면으로 돌진했다. 마병은 수로의 기세를 느끼듯 칼을 비껴 날리지만, 이미 위축된 칼은 흔들리고 있었다. 열세에 놓인 마병의 칼끝을 간파한 수로는 놓치지 않고 가속을 이용해 직선으로 목을 향해 칼을 날리자 댕강 떨어져 버린다. 수로는 말의 방향을 돌리는가 싶더니 곧바로 장수 낙정을 향해 말을 내쳤다.

낙정도 질세라 수로를 향해 거세게 달려왔다. 골포국 장수 낙정의 칼은 기세만큼 예민하게 수로의 목 밑으로 바람을 가르며 스쳐 지나갔다. 낙정의 칼이 살의를 띄듯 번개처럼 말의 방향을 돌려 수로를 향해 달려왔다. 수로는 달려드는 낙정의 방향을 정확히 읽으며, 안장에서 몸을 솟구쳐 낙정의 칼을 받아 쓸어내리는 탄력으로 목을 쳐 버린다. 수로의 몸이 말 아래로 안착하는 것과 동시에 낙정의 목이 바닥으로 굴러 떨어졌다.

수로는 급히 마리에게로 다가갔다. 의식이 없는 마리는 옆구리에서 쏟아져 내린 피로 옷을 적시고 있었다. 수로는 얼른 마리의 맥을 짚었다. 느리지만 맥은 뛰고 있었다.

    골포국 병사들은 장수 낙정의 목이 수로의 칼 아래 떨어진 것을 발견하는 순간, 전의를 상실한 채 슬금슬금 도망치기 시작했다. 수로의 수하들은 도망가는 골포국 병사들을 뒤쫓지 않았다. 칼을 맞고 쓰러진 골포국 병사들의 고통 어린 신음 소리를 뒤로 하고 주군에게로 달려왔다.

    수로는 죽은 듯 늘어져 있는 마리를 말안장 위에 앉히며, 고마운 눈빛으로 수하들을 바라봤다.

    "잊지 않겠다!"

    수하들이 일제히 예를 갖추자 안장 위로 몸을 날린 수로는 마리를 안은 채 황급히 가락으로 향했다. 세 명의 수하는 나포되었던 가락 병사들의 포승을 풀어주며 위로했다.

    "늦게 와서 미안하다! 돌아가자!"

    수로 수하들은 나포되었다 풀려나 눈물을 찔끔거리는 가락 병사들을 데리고 가락으로 향했다.

    가락에서 제일 유능한 제사장의 주치의인 예순 중반의 여자 거질나(居叱那)는 황산하(黃山河) 하구 변에 살고 있었다.

    가락으로 돌아온 수로는 무슨 일이 있어도 마리를 살려야 한다는 생각뿐이었다. 수로가 가락에 도착했을 때 날은 한참 어두워진 후였다.

    주치의 거질나는 약초를 다듬다 말고 벼락 같이 멈춰서는 말발굽 소리를 듣고 황급히 문을 열고 나갔다. 수로를 발견한 거질나가 놀라는 것도 잠시, 말안장에서 내리고 있는 피투성이 여전사가 마리라는 사실을 알고 기겁한 나머지 서둘러 안으로 들였다. 뒤따라 도착한 수로의 수하 장수들도 마음을 놓지 못하고 서성거렸다.

주치의 거질나는 가락 제일의 의사답게 손이 빨랐다. 마리의 상처를 소독하고 지혈제 가루를 묻히는 사이 수로에게 약물을 건네며 마리의 입술을 적셔주게 했다. 한참동안 상처를 살피던 거질나는 어렵사리 화살촉을 뽑아내고 환부 독을 제거했다.

거질나가 수로의 상처를 발견한 것은 그때였다. 수로도 왼쪽 어깨 부상 통증을 느끼고 있었지만 마리를 먼저 치료하라며 거질나를 재촉했다.

마리의 의식이 돌아오고 나서야 수로는 마음 놓을 수 있었다.

3.
구지봉의 비밀

마리 할아버지 제사장의 성은 해씨였다. 해발루는 북부여(北扶餘) 사람으로 내란(內亂)에 휩싸이면서 가족은 뿔뿔이 흩어졌으며, 살기 위해 부여에서 가장 먼 곳으로 남하해 온 곳이 구지봉 근처였다.

부여인 유민들이 집성해 살고 있는 곳은 구지봉 인근지역뿐만 아니라, 해안지역을 따라 각자 살기에 적합한 곳에 정착해 땅을 개간했다.

발루는 유민 열댓 가구가 살고 있는 구지봉 자락에 초목으로 비를 가릴 움막을 짓고, 목숨을 부지(扶支)하면서 헤어진 가족을 찾아 나섰다. 유민에 섞여 남하했다면 어디에선가 살아 있을 것 같았다.

부여인들은 전통적으로 가정마다 가족의 안녕을 기원하는 소원이 담긴 가족 문장(註 11)을 가지고 있었다. 문장은 전통으로 복을 부르는 부적과 같아 외부에 노출하지 않고 오로지 가족들만의 비밀이었다. 혹여 살아 있을 가족에게 자신을 알리기 위해 발루 집안의 문장인 해돋기를 넓적 돌에 새기거나 나무를 절개해 그려서, 유민들이 살고 있는 마을 입구마다 세웠다. 눈에 잘 띄는 곳에 세워 가족 중에 발루를 찾아다니는 이가 있다면 볼 수 있게 했다.

마을을 전전하며 가족을 찾아다니던 어느 날, 구지봉 움막을 나서던 발루는 구지봉 자락에 문장을 세우기 위해 구덩이를 파고 있는 여인을 발견하게 되면서, 김수로와 인연

(註) 11 가족 또는 집안을 나타내는 표식(標識)

은 그렇게 세상의 중심으로 이어졌다.

여인은 만삭의 불편한 몸으로 근근이 구덩이를 파고 있었다. 여인은 구지봉 정상에 혼자 움막을 지어 살고 있는 같은 부여 유민이었다. 동병상련이라 안쓰러움을 느낀 발루가 구덩이 파는 일을 도와주었다. 땅을 파는 연장이라고는 끝이 뾰족한 돌이 전부였으니 만삭인 여자가 파기는 버거운 일이었다. 구덩이를 다 판 발루가 문장을 세우다 말고 놀란 얼굴로 여인을 뚫어지게 바라봤다. 여인이 세우려는 문장을 어디선가 보긴 했는데 기억이 나지 않았다. 서로 끝을 물고 있는 태극 문장이었다. 여인은 만삭의 몸이지만 그 눈빛이 예사롭지 않았다.

여인은 구지봉 정상으로 힘겹게 올라갔다. 발루는 여인이 자꾸만 마음에 밟혔다. 왜 그랬을까. 안쓰러운 것도 있지만 기품 있는 여인의 눈빛이 머릿속에서 떠나지 않았다.

발루가 부여에서 내려올 때 다른 것은 다 버려도 목숨처럼 가지고 온 것이 있었다. 북방 유목민들이 다 그렇듯 음식을 익힐 수 있는 노구(鑼鍋)[註 12]와 삶의 이치를 터득해 가면서 손에서 놓지 않았던 고(鼓;북)가 그것이다.

발루는 하늘과 소통하고 싶을 때 북을 쳤다. 세상을 한탄하고 싶을 때도 북을 쳤다. 기쁠 때도 북을 쳤다. 그가 북을 치는 시간만큼은 오롯이 세상은 자기 것이었다. 북을 치

(註) 12 구리로 만든 솥

다보면 몰입의 경지에서 보여지는 많은 현상들이 일어났다. 하늘의 소리가 들렸으며 고대조선 임금들의 가르침의 소리가 들렸다.

가족을 찾아 마을을 전전하던 발루가 움막으로 돌아와 노구에 죽을 끓이면서도, 만삭인 여인이 내건 문장을 아직도 기억해 내지 못하고 있었다.

부여인들은 맛있는 음식이 있으면 이웃과 나눠 먹는 관습이 있었다. 발루는 죽 한 그릇을 질그릇에 담아 구지봉 정상으로 올라갔다. 여인은 해질녘 노을을 바라보며 구음(口音)^(註 13)을 하고 있었다. 발루는 여인의 시간을 방해하고 싶지 않아 구음이 끝날 때까지 기다리고 있었다.

여인의 구음은 천하에 있을 소리가 아니었으며, 세상을 슬픔 속으로 끝없이 함몰시키는가 싶으면, 다시 온 세상 가득 기쁨 넘치는 소리로 변하며 어깨를 들썩이게 했다.

발루가 북채와 팔주령을 잡고 하늘과 통할 수 있는 능력을 가지면서, 내노라하는 북방 제일 소리꾼의 소리를 들었지만, 여인의 구음에 비하면 소리도 아니었다. 여인은 한참 동안 구음으로 한을 쏟아내듯 토하고서야 인기척을 느꼈는지 발루를 바라봤다.

여인은 발루를 발견하고 자리에서 일어나기 위해 무거운 몸을 움직였다. 발루는 얼른 여인을 부축해 일으켰다.

(註) 13 거문고·가야금·피리·해금·장구 등의 소리를 의성화하여 내는 소리.

그때, 발루가 여인의 팔을 부축하려는 순간, 비로소 여인이 세웠던 문장을 기억해 냈다. 발루는 문장을 기억해 내는 순간, 여인의 발 아래 엎드려 예를 올렸다.

"알아 뫼시지 못해 송구합니다!"

고대조선의 혈통을 이은 부여 내전의 중심에 있던 부족장의 문장이었다. 그 문장을 알고 있는 사람은 부족장 가족밖에 없었지만, 발루는 부족장이 올리던 천제 때 북을 쳤던 인연으로 기이한 문장을 알게 되었다. 여인은 그 부족장의 부인이었다.

여인은 덤덤하게 턱이 진 나무 걸이에 걸터앉으며 구지봉을 휘둘러 봤다. 자신을 알아본 사람이 있다는 것이 걱정스러운 듯 한참 동안 먼 곳에 시선을 두고 있었다.

"아무도 모르는 곳으로 내려왔는데… 나를 아는 사람이 있으니… 또 어디로 간단 말이지."

"부인! 가시다뇨! 어딜 가신단 말씀입니까?"

여인은 소중하게 자신의 배를 쓰다듬었다.

"세상이 이 아이를 살려 두겠습니까?"

"하늘을 섬김에 아직은 부족하지만 제가 지켜 드리겠습니다!"

"가족들이 죽임을 당했습니다… 식솔마저… 다 죽였습니다… 무슨 방책으로… 이 아이를 지키겠다는 말씀입니까?"

"부인을 만난 사실은 제 무덤 속으로 가져갈 것이니 염려 마시옵소서! 저는 지금부터 부인을 모르옵니다!"

여인은 천손을 살리기 위해 그 먼 북방지역에서 반도 끝 자락까지 왔는데, 혹여 아이를 해하려는 무리들이 추적해 올 수 있음에 마음을 놓을 수 없었다.

아득하게 생각에 잠겼던 여인이 발루가 가져온 질그릇을 발견했다.

"그것은 무엇입니까"

"부여인들이 즐겨 먹던 수수죽입니다!"

얼른 질그릇 뚜껑을 열어 여인에게 건네며 나무 숟가락을 쥐어 주었다. 여인은 천천히 수수죽을 떠 입안에 머금으며 망연히 먼 산을 바라보다 말고, 눈을 감고 뱃속 아이와 함께 오래도록 맛을 음미했다. 여인은 뱃속 아이를 느끼며 쓰다듬었다.

"아이가 좋아합니다!"

발루는 감복하며 지켜보고 있었다.

"…!"

여인은 오랜 고생으로 병색이 짙었다. 다시 죽을 떠 음미하던 여인이 신뢰의 눈길로 발루를 바라봤다.

"부탁이 있습니다."

"…?"

"내가 잘못되면 이 아이에게 전해 주세요!"

"부인!"

"이 아이는 천손의 핏줄입니다! 끊어져서는 안 될 고대조선의 적통입니다!"

"…?!"

"아이의 아비가 이름을 김수로라 지었습니다!"

여인은 자신의 운명을 알고 있었다. 발루는 여인이 한 말을 누구에게도 말할 수 없었으며, 부여 내란의 중심에 있었던 부족장 가족에 대해서도 평생 가슴속에 묻어야 했다.

구지봉 근처는 비옥하고 넓은 들이 있어 사람들이 모여 살기 좋은 곳이었다.

일찍이 대륙의 삼한 중 변한 사람들이 내려와 살았는데, 나중에 부여 유민이 구지봉을 중심으로 합세하면서 지명을 가락이라 했으며, 가락 동쪽의 강을 황산하(黃山河)[註 14]라 했다. 높은 산 사이에 너른 들이 있는 강이라 사람들이 많이 모여들었다.

사람은 물이 있어야 살 수 있듯이 황산하 강줄기를 따라 자연스레 촌락이 형성되었다. 구지봉을 중심으로 한 마을 이름을 본가락이라 지으면서, 황산하강 원류 주변 5촌락과 해안가를 차지한 고사포[註 15]는, 본가락에 이어 모두 가락이라 불렀다. 6가락은 부족장이 있어 마을에서 일어나는 좋은 일이든, 나쁜 일이든 우애를 나누며 살아갔다.

어느 날 6가락 부족장에게 알 수 없는 일이 일어났다. 각자 자기 집에서 자던 부족장들이 똑같은 꿈을 꾸게 되고, 구

(註) 14 낙동강의 옛 이름
(註) 15 소가야 즉 경남 고성의 옛 이름

가락국왕 김수로 0048

지봉 자락에 사는 발루를 찾아왔다. 꿈속에서 노인이 가르쳐 준 노래가 너무나 선명해 잊어버릴 수가 없었다.

백발의 상투 친 노인의 팔뚝은 가죽으로 단단하게 감겨 있었으며, 손등에 뻗힌 핏줄에서 강한 힘이 느껴졌다. 오른손은 지팡이를 짚고 왼손은 허리춤을 짚어, 품이 넉넉한 하얀 곤룡포가 화려한 양어깨는 칼을 내리쳐도 까딱없을 황금을 입힌 거북 등딱지가 덮여 있었다. 부족장들을 노려보던 노인은 긴 수염을 쓸어내리며 호통쳤다.

"네 이 놈! 어찌 잠만 자고 있느냐! 어서 구지봉으로 가서 노래하고 춤을 추어라!"

"무슨 노래를 하고 춤을 추라는 겁니까?"

"거북아! 거북아! 머리를 내어라! 내놓지 않으면! 구워서 먹으리! 어서 가서 노래하고 춤추지 않고 뭘 꾸물거리느냐!"

"왜 노래를 부르고 춤추라는 겁니까?"

"가락을 일으킬 천손을 맞이해야지! 어서 가지 않고 뭘 꾸물거리느냐! 가락을 일으킬 천손이라지 않느냐!"

노인은 지팡이로 부족장들을 후려쳐 내쫓았다. 부족장들은 꿈에서 깨어났는데도 지팡이에 맞은 자리가 얼얼했다.

부족장들은 그 길로 노인이 꿈속에서 말했던 해발루를 찾아 말을 달렸다. 새벽녘 어둠속에서 출발한 부족장들이 해가 뜨고 지고서야 구지봉에 도착했다. 밤이 깊어 술시가 되면서 마지막 부족장이 도착했다.

발루는 먼 길을 온 부족장들을 위해 준비한 음식을 내놓으며 허기를 채워 주었다. 부족장들은 이구동성 예사롭지 않은 꿈 얘기를 하며, 필시 하늘이 가락에 내리는 축복의 징조라며 기쁨을 감추지 않았다. 발루는 해시가 되어 꿈속 노인이 시켰던 대로 부족장들을 데리고 구지봉으로 올라갔다.

관솔불을 든 부족장들이 구지봉에 올라왔을 때, 구지봉에는 얼기설기 겨우 하늘을 가린 움막 한 채가 어둠속에 엎드려 있었다.

발루와 부족장들이 움막 마당에 도착했을 때, 여인은 출산을 위해 힘겹게 방안으로 들어가고 있었다.

여인은 아무도 돌봐 주는 사람 없이 혼자서 탯줄을 자를 쇠붙이 칼을 머리맡에 놓고, 넓적한 질그릇에 노구에서 데운 물을 부었다. 진통이 느껴지는지 힘겹게 호흡을 하며, 준비한 한 뼘 길이의 대추나무 가지를 꽉 물고 누웠다. 이때 마당에서 발루와 부족장들이 부르는 노래 소리가 들려 왔다.

거북아! 거북아!

머리를 내어라!

내놓지 않으면!

구워서 먹으리!

산통에 식은땀을 흘리는 여인의 눈빛은 비장했다.

여인이 신음 소리가 밖으로 새나가지 않게 꽉 물고 있는 대추나무 가지에서 핏물이 배어 나왔다.

움막 마당에는 북채를 잡은 발루가 힘차게 북을 쳤으며, 부족장들은 소리 높여 노래하고 춤추었다.

축시가 지나려 할 쯤 믿을 수 없는 신비한 현상이 일어났다. 어둠속 움막이 대낮처럼 환해지며 하늘에서 빛이 내렸다. 발루와 부족장들은 더 크게 북을 치며 노래하고 춤추었다. 하늘에서 내린 빛은 오랫동안 사라지지 않았으며, 서기어린 상서로운 기운이 움막 주위를 맴돌았다. 그러나 기다리는 아이의 울음소리는 들리지 않았다. 발루와 부족장들은 여인의 고통을 느끼듯 더 크게 노래를 부르며 춤췄다.

거북아! 거북아!

머리를 내어라!

내놓지 않으면!

구워서 먹으리!

지칠 줄 모르는 발루와 부족장들의 노래와 춤은 계속되었으며, 인시가 되면서 우렁찬 아이의 울음소리가 들려 왔다. 새벽 하늘을 가득 채운 아이의 울음소리에 서기 어렸던 빛은 다시 하늘로 돌아가고 있었다.

기진맥진한 여인은 힘겹게 쇠붙이 칼로 탯줄을 자르고 아이의 얼굴을 바라봤다. 울고 있던 아이는 어느새 생글생글 웃고 있었다. 여인은 피 묻은 아이의 얼굴에 입을 맞추는가 싶더니 스르르 고개를 떨어뜨렸다. 여인은 결국 그렇게 숨을 거두었다.

다음날 발루와 부족장들은 볕바른 곳에 예를 갖추어 여인을 묻어 주었다.

발루의 손에서 자란 수로가 열 살이 되었을 때, 발루의 조카가 어린 딸 마리를 데리고 찾아왔다. 내란으로 헤어진 가족을 찾아다니며 한 곳에 정착하지 않고 10여 년을 떠돌다, 우연히 발루가 세운 해돌기 문장을 보고 구지봉까지 찾아왔다.

세상에 유일한 혈육인 조카를 만난 발루는 얼마나 기뻤던지 며칠 동안 잠을 설쳤다. 그러나 그 기쁨은 오래 가지 못했다. 오랜 세월 거처 없이 떠돌던 조카는 지병을 얻어 구지봉으로 온 지 열흘도 못 넘기고 어린 딸 마리를 남겨놓고 숨을 거두었다.

발루는 세상에 남겨진 오직 한 명의 혈육인 마리를 애지중지할 수밖에 없었다.

4.
하늘이시여 ! 천손 가락인들이
바다로 나갑니다!
길을 열어 주옵소서!

마리의 소식을 들은 제사장이 거질나 주치의 집으로 왔을 때, 수로는 수하 장수를 돌려보내고 어둠속에 혼자 황산하 강변에 앉아 있었다. 제사장은 수로 옆자리에 앉으며 마리의 일을 고마워했다.

"손녀가 정신이 돌아 왔다는구먼!"

가락에서 수로에게 말을 놓는 사람은 제사장이 유일하지 않을까 싶다.

그날 밤, 구지봉 일을 기억하는 가락의 제사장과 부족장들은 수로가 성년이 되었을 때, 천손의 핏줄 수로를 가락의 지존임을 만천하에 알렸으며, 아직 나라를 세우지는 않았지만 가락인들은 모두 그를 칸이라 불렀다.

손녀 마리가 수로를 좋아하는 것을 눈치 챈 제사장은 오래전부터 수로를 손자사위로 삼았으면 좋겠다고 생각했으나, 부부 인연은 누가 하라 말라 해서 맺어지는 것이 아니니, 한 번도 입 밖으로 내지 않았다. 이뤄지지 않으면 마음을 다칠 마리를 생각해서였다. 물론 마리도 수로를 특별하게 좋아하고 있었지만 수로에게 속마음을 꺼낸 적이 없었다.

이틀 후, 수로가 해상무역을 떠나는 장도에 오르는 날이다. 제사장은 아직 부상에서 완치되지 않은 수로의 건강을 염려하지 않을 수 없었다.

수로는 제사장이 무슨 말을 하려는지 짐작하고 있었다. 충분히 몸을 돌본 후에 떠나길 바라는 마음이었다. 수로는 아무리 자신의 몸 상태가 좋지 않아도, 덩이쇠를 기다리는 사람들과의 약속은 지켜야 한다는 생각이었다. 제사장도 수로의 성품을 알고 있기 때문에 하고 싶은 말을 목구멍 속으로 다시 넣어 버렸다.

수로는 스스로 개척한 해상 무역권에서 가락인들이 만든 덩이쇠를 더 많이 팔 계획을 세웠다. 그가 무역을 다니는 데는 그만의 분명한 신념이 있다. 가락은 바다의 지평을 개척해야 한다는 것과, 해상무역을 통해 세상의 온갖 진귀한 물건들을 가락인들이 골고루 사용한다면 보는 만큼 자신을 가꾸게 될 것이고, 느끼는 만큼 남을 귀하게 여겨 잘사는 가락이 될 것이라 생각했다. 누구도 넘볼 수 없는 가락만의 진정한 평화로운 세상을 만들어 가려 했다.

가락인들은 삼한시대 때부터 전통적으로 먼 길을 떠나는 사람들을 위해, 무사안일을 기원하는 기풍제(祈豊祭)를 지내 왔다.

길을 떠나는 천손들을 먼저 하늘에 알리고 남은 자들은 떠나는 자들을 위해 안녕을 기원하며 노래하고 춤을 췄다.

다음날, 주치의 집에서 치료를 받고 있던 마리는 거질나의 만류에도 불구하고 불편한 몸을 일으켰다.

해상무역을 떠나는 수로 일행을 위한 기풍제가 열리는 구지봉으로 가고 싶어서였다. 수로선단이 떠나면 최소 2년은 걸릴 텐데 아무리 몸이 불편해도 수로 얼굴은 보고 와야겠다는 생각이었다.

구지봉 석단에는 가락인들이 정성들인 곡물을 가득 차려

놓고 제사장이 기풍제(祈豊祭)를 주관하고 있었다.

제사장은 팔십 노구에도 불구하고, 품위와 위엄을 잃지 않은 형형한 눈빛으로 한손에 제사장을 상징하는 팔주령 방울을 손으로 돌리며, 또 한손에는 햇빛을 받은 동경의 강한 빛으로 천기를 불러 수로와 선원에게 발산시켰다.

제사장은 반복적으로 발을 높게 들고 낮게 들기도 하는가 싶더니 장엄한 춤을 추기 시작했다. 팔십 노구에서 뿜어내는 영적인 진동은 가락의 하늘을 감응케 했으며, 천지 기운을 부른 제사장의 열기는 대륙 부여인의 굳센 기상과 진취적인 정신으로 가락의 땅에 넘쳐 흘렀다. 마침내 제사장은 팔주령을 강하게 흔들며 하늘을 향해 우렁차게 천고(天告)를 했다.

"하늘이시여! 천손 가락인들이 바다로 나갑니다! 길을 열어 주시고, 태풍과 비를 피해 무사히 돌아올 수 있도록 굽어 살펴 주옵소서!"

제사장의 천고에 이어 가야금 가무 패가 흥을 불러들이며 제단 아래로 내려왔다. 기풍제 군무는 순식간에 모두 한 몸이 되어 온 세상의 흥을 불렀다. 가무패들이 수로와 선원들을 축원하듯 기운을 뿜어대는 율동은 죽은 자도 살릴 만큼 생동감이 넘쳤다.

다시 가무패들이 제단 주위로 물러가자 수로는 장도에 오르는 선원들 한 사람 한 사람의 술잔을 직접 채워 주었다. 선원들은 술잔을 치켜들어 제사장과 참석자들에게 고마움을 전하고 단숨에 각각 잔을 비우며 하늘을 향해 두 팔을 펼쳐 소리쳤다.

"바라! 바라!"

천신들이 길을 열었으니 좋다는 가락인들만의 기백 넘치는 외침이었다. 선원들 모두 세상에서 가장 존귀한 존재였으며, '바라 바라' 를 외치는 가락의 선원들 모두 오늘의 주인공이었다.

선원들과 함께 기풍제를 즐기는 수로는 어깨 부상으로 불편했지만 그에게는 문제가 되지 않았다. 수로에게는 자신의 불편함보다 선원들의 즐거움이 먼저였다.

제단 근처로 올라간 가무패는 더욱 격렬한 음악을 연주했다. 신이 오른 선원들은 일제히 일어나 원을 그리듯 좌측으로 돌거나 우측으로 돌면서 '바라! 바라'를 반복해서 외치며 춤을 추었다. 지칠 줄 모르는 선원들이 만든 원형의 무리에 섞인 부족장들과 수로도 함께 춤을 추었다.

마리는 수로를 봐야 한다는 생각만으로 주치의의 부축을 받으며 구지봉에 올라왔지만 축제장으로 들어가지 않았다. 아무도 마리와 주치의의 모습을 발견하는 사람은 없었다.

환자가 축제장에 나타나면 분위기가 어색하기도 하겠지만, 사람들이 불편할 것 같다는 생각이 드는 순간 걸음을 멈추었다. 선원들을 위해 술잔을 쳐주며 즐거워하는 수로의 모습을 멀리서나마 보는 것만으로도 위로가 되었다.

선원들은 이번 선단(船團)의 행로에 대해 수로에게 듣기를 원했다.

수로 선단은 모두 5척이었다. 이번 선단에서 1척은 왜인들이 사는 섬으로 보낼 계획을 세웠다. 나머지 4척은 중국을 거쳐 페르시아만을 지나 인도로 가야 했다. 처음 선단에 합류한 선원은 어디를 왜라 하는지 이해하지 못했다.

"탐라를 지나면 왜라는 섬이 있습니다. 아직은 나라가 서지 않았으며, 아이누라는 원주민들이 살고 있습니다. 친화적이지는 않지만 성품은 온순합니다. 그곳에는 우리 상선에 승선했던 가락인들이 살고 있습니다. 이제는 제법 번듯한 가락촌이 이루어져 평화롭게 살고 있습니다. 원주민 아이누족들에게는 농기구를 만들 덩이쇠가 필요합니다. 가락산 덩이쇠를 주고 아이누족들의 금과 바꾸어 옵니다. 우리는 일찍이 그들에게 금을 캐는 방법을 가르쳤습니다. 덩이쇠를 조달해 주는 대신, 금을 매입해 중국에 공급하고 있습니다. 중국에서는 왜에서 사들인 금을 팔아, 페르시아인들이 좋아하는 중국 물품을 구입합니다! 그곳에서도 우리 가락인들이 상주하고 있습니다. 곧 왜섬과 같은 가락촌이 형성될 것입니다. 가락 선단이 다니는 곳에는 어디든 가락촌을 이룰 수 있도록 우리는 지원하고 그 영역을 넓혀 갈 것입니다. 그것이 바로 해상대국의 지평을 여는 우리 가락이 나가야 할 길입니다!"

축제장으로 들어가지 못하는 마리의 마음을 헤아린 주치의 거질나는 마리를 부축해 구지봉을 내려갔다.

당장 구지봉으로 가지 않으면 큰일 낼 것 같았던 마리는,

멀찍이 보고만 가는 것에 대해 이유를 묻지 않는 거질나가 고마웠다. 마리는 아직 가락을 떠나지도 않은 수로를 위해 마음속으로 무사 귀환을 기원하고 있었다.

다음날 선단이 출항하기 전에 수로는 마리의 환부가 염려되어 거질나 주치의 집으로 찾아갔다. 수로가 찾아온 이유를 조금은 알 것 같은 거질나는 혹시 마리가 불편해 할까봐 약초 구매를 위해 잠깐 나갔다 오겠다며 자리를 비켜 주었다.

해상무역을 떠나는 일이 이번이 처음이 아닌데도, 마리는 수로를 떠나보내는 것이 지금처럼 쓸쓸한 적이 없었다. 다시는 못 볼 것 같은 애틋함이 느껴졌다. 그렇다고 삶의 수레바퀴를 멈추게 할 수는 없는 일이지 않은가. 가야 할 사람은 가는 것이고, 남아야 할 사람은 남는 것이다.

또 한편, 수로가 마리 주위를 맴도는 것은 무엇인가? 사랑일까? 그건 아닌 것 같다. 누이동생 이상의 감정은 아니지 않은가. 누이동생이 아프니 오라비가 돌봐 주는 것은 인지상정이다.

마리는 대문 앞까지 따라 나와 환부를 비켜 수로를 꼭 안아 주었다. 언제까지나 이렇게 시간이 정지해 주었으면 했었다. 마리를 안고 있는 수로도 그런 마음이지 싶다. 친오빠처럼 좋아하는 마리를 이처럼 가까이서 느껴 보기는 처음이었다.

5.
목숨을 앗아 갈 일이 있으면
나를 데려가라!

신도, 오능, 신귀는 수로가 가는 곳에는 언제나 그림자처럼 따라 다녔다. 무예도 뛰어난 자들이지만, 무엇보다 신의를 생명으로 하는 믿음의 관계로 맺어진 형제와 다르지 않았다.

수로 선단 중 왜섬으로 보낼 한 척의 배는 수하 유덕에게 맡기고 신도, 오능, 신귀, 여해, 피장과 함께 중국으로 물길을 잡았다.

가락을 떠난 수로 선단이 순조롭게 중국 하이난 포구에 도착하면서 가락산 덩이쇠를 기다리던 중국 상인들의 움직임이 빨라졌다. 느려 터지기로 유명한 중국인들은 가락산 덩이쇠 앞에서 만큼은 느릴 수가 없었다. 자칫했다가는 덩이쇠 구경도 못할 처지이기 때문이었다.

인도 상인들에게 팔 양만 남기고 순식간에 팔려 나갔다. 덩이쇠가 귀한 만큼 수로가 구입하려는 도자기와 향신료도 싼값에 구입할 수 있었다. 다음번에 일순위로 사게 해달라는 속셈이었다. 그만큼 가락산 덩이쇠는 공용화폐처럼 인기가 좋았다.

선적한 덩이쇠를 중국에서 다 팔 수도 있었지만, 인도산 물품을 구입하기 위해 남겨야 했다. 수로 선단은 최고급 도자기와 향식료를 구입한 후 중국을 떠나고 있었다.

해상에서 제일 무서운 것은 기상변화다. 기후를 예측할 수 있는 것은 별과 달의 빛깔, 그리고 바람 냄새로 판단하는 것이 뱃사람들이 물길을 잡아 나가는 방법이다.

하이난 포구를 떠난 수로선단은 정상 해도를 기분 좋게 달리고 있었다.

맑은 하늘은 닷새가 지나면서 달빛 때깔이 흐려지기 시작했다. 이대로라면 인도에 도착하기도 전에 태풍과 만날 수 있다는 불길한 느낌이 들었다. 중국으로 다시 돌아가기에는 너무 많이 내려왔다. 가까운 연안 포구로 피신한다 해도 도착하기도 전에 태풍권에 휩쓸릴 수 있는 지점에 와 있었다. 피신처를 찾기 위해 바람을 등지게 되면 더 위험했다. 현재로서는 선원들을 독려해 최대 속력으로 항해를 계속할 수밖에 없었다. 항해 중에 태풍과 맞닥뜨려도 정면 돌파 외는 다른 길이 없었다.

태풍 같은 위기 상황이 발생하면 앞뒤 선단끼리 수시로 배의 상태를 수기 신호로 알려야 했다. 모든 선원들에게 태풍 맞을 준비를 철저히 하라는 수로의 지시는 즉시 선원들에게 전달되었다. 격랑에 견디려면 선체와 한 몸이 되지 않으면 안 된다. 흔들릴 수 있는 물품들은 모조리 밧줄로 꽁꽁 묶었다. 신도, 오능은 수로와 함께 앞배를 탔으며 신귀, 여해, 피장은 뒷배를 타고 선장으로서 역할을 담당했다.

파도가 거세지고 있었다. 갑판에 나와 있던 신도와 오능이 수평선을 바라보는 순간 표정이 일그러졌다. 새까만 구름에 덮여 있는 수평선 위로 어마어마한 높이의 파도가 나타났다. 수로가 갑판으로 다가왔을 때 이미 거센 바람이 불어 왔다. 수로는 다시 한 번 신도와 오능을 비롯한 전 선원들에게 주지시켰다.

"신도는! 모든 선원들이 제 자리를 지키고 이동하는 일
이 없도록 하라!"

"네! 칸!"

"오능은! 노를 잡은 선원들이 최고 속도로 유지할 수 있
도록 3교대로 배치하고 사공실을 지켜라!"

"네! 칸!"

수로는 신도와 오능이 선실로 돌아가자 비장함 표정으로
수평선을 바라봤다. 어느새 심하게 배가 흔들리나 싶더니
비를 뿌리기 시작했다. 일체의 물품들은 선동체(船同體)로
묶여 있었다. 이런 때를 대비해 선체 밑바닥을 녹나무로 교
체했으니 아무리 센 파도라도 파손되는 일은 없겠지만, 인
명 피해를 염려하지 않을 수 없었다. 태풍을 피하려다 물을
머금은 구름에 갇히게 되면 오히려 낭패를 당할 수 있다. 태
풍의 눈 속으로 들어가면서 중심권이 지나가길 기다리는 것
이 최선의 방법일 수 있다.

수로는 태풍 중심을 향해 항해를 계속했다. 곧이어 무자
비한 빗줄기를 뿌리는 폭우와 바람이 선체를 통째로 흔들어
댔다. 선실을 관리하는 오능은 최고속도로 유지하라며 목이
터져라 외치고 있었다. 태풍에 휩쓸린 수로 선단은 그야말
로 어마어마하게 요동치는 파도 위에 놓인 종이쪽에 지나
지 않았다. 산맥 같은 파도가 밀려오면 뒷배는 까마득한 계
곡 아래로 추락했으며, 뒷배가 파도에 얹히며 앞배는 보일
들 말 듯 끝없는 낭떠러지로 멀어졌다.

이 상황에 추진력을 상실하고 파도를 맞는다며, 선체는 형편없이 뒤집히고 산산조각 형체도 찾을 수 없게 돼버릴 것이다.

양옆 열두 명의 사공들은 사력을 다해 노를 저었고, 키잡이는 물길에 쓸리는 키를 죽을 힘 다해 붙들고 있었다. 나머지 선원들은 선체에 밧줄로 몸을 꽁꽁 묶은 채 안간힘 쓰며 매달려 있었다.

돛이 내려진 갑판 선체를 붙든 수로는 정면에서 밀려오는 태풍을 노려보며 기도했다.

"태풍아 지나가라! 혹여 선원이 다칠 일이 있으면, 나를 다치게 하고! 선원의 목숨을 앗아 갈 일이 있으면 나를 데려가라! 아직 나를 살려야 할 이유가 있다면! 태풍아 이대로 지나가라!"

수로는 간절하게 기도하고 있었다. 순간 우측 가로돛이 우지직 부서져 떨어지면서 수로 앞 선체를 후려쳤다. 돛대에 맞은 선체가 파손되면서 거센 파도가 쳐들어 왔다.

멀리 외부 선실에 있는 선원이 파손된 선체를 보수하기 위해 움직이려 몸을 묶은 밧줄을 풀고 있었다. 수로는 선원들을 향해 소리쳤다.

"그대로 있어! 나오지 마!"

광풍에 비껴 치는 물갈퀴로 시계(視界)가 확보되지 않았다. 태풍은 수로의 외침을 흩어버리고, 소리를 듣지 못한 선원들은 연장을 들고 갑판으로 나오고 있었다. 선체를 부술 듯한 거센 폭풍우가 흔들어 댔다. 수로는 또 한 번 선원들을 향해 소리를 질렀다.

"들어가! 어서 들어가!"

그 순간, 선체가 옆으로 벌컥 쏠리며 갑판으로 나오던 선원 두 명이 공중으로 떠오르는가 싶더니 바닷속으로 떨어지며 사라져 버렸다. 수로는 바닷속으로 사라지는 선원을 지켜보며 절규했다.

"안 돼!"

세상을 삼킬 듯한 광풍과 폭우는 그칠 줄 몰랐다. 상선은 제 멋대로 파도에 휩쓸렸다. 수로는 돛대 밑둥치를 붙든 채 한걸음도 움직이지 못하고, 바닷속으로 사라져버린 선원을 망연자실 바라볼 수밖에 없었다.

사공들은 3교대로 노를 바꿔 잡아 힘을 안배했지만, 손바닥이 터져 피를 흘리면서도 노 젓기를 멈추지 않았다. 파손된 선체로 쳐들어온 바닷물이 빠지지 않았다. 이대로라면 배가 가라앉을 것 같았다. 수로는 엄하게 선원들을 향해 소리쳤다.

" 내 지시 있을 때까지 선원들은 한 발자국도 떼지 마라!"

수로는 가까운 선원에게 밧줄을 매 주고, 자신도 밧줄로 고정하여 물을 퍼내기 시작했다. 죽을 힘 다해 물을 퍼내지만 수로와 선원의 몸 위로 쳐들어오는 물의 양을 감당할 수 없었다. 그러나 멈출 수 없었다. 있을 힘을 다해 물을 퍼내지만 어느새 지쳐 가고 있었다. 안타깝게 지켜보던 다른 선원 두 명이 수로의 명령을 무시하고 밧줄을 묶고 들어 왔다. 수로는 그들을 엄하게 노려보다 나무 바가지를 건넸다.

교대한 두 선원이 다시 물을 퍼내고 있을 때, 선단은 태풍의 중심에서 벗어나고 있었다. 광풍이 사그라지면서 폭우도 잠들기 시작했다.

선원을 바닷속으로 잃어버린 수로는 좀 더 지혜롭지 못했던 자신을 자책하며 갑판 위에 앉아 있었다. 선원들은 부숴진 선체를 수리하기 위해 신속하게 움직이고 있었다.

수로를 위로하기 위해 신도와 오능이 다가왔지만 미동조차 없었다.

"칸! 모두 저의 잘못입니다! 너무 자책하지 마옵소서!"

선원들 관리를 맡았던 신도가 수로 앞에 무릎을 꿇으며 자신의 잘못을 책했다.

"아니다! 내가 좀 더 지혜로웠어야 하는데…!"

수로는 누구의 잘못이 아니라고 말했다. 모든 것은 자신의 지혜가 부족해 일어난 일이라고 했다.

"아니다! 다 나의 부덕에서 일어난 일이야!"

"칸!"

신도와 오능은 주군 앞에 얼굴을 들 수 없었다. 한참동안 침묵하던 수로는 비통한 심정을 숨기지 않았다.

"수장된 선원들을 위해 제를 올릴 것이야! 정성껏 제물을 준비하고 그들의 영혼을 위로하도록 하자!"

"네! 칸!"

다행인 것은 신귀, 여해, 피장이 이끌고 온 선박은 인명피해가 없었다. 중국에서 구입한 물품이 격랑에 견디지 못하고 일부를 바닷속으로 잃어버리기는 했지만, 물품이야 다시 사면되고 인명 손실이 없으니 무엇보다 다행이었다.

태풍권에서 완전히 벗어난 수로 선단은 돛에 바람을 안고 미끄러지듯 바다 위를 달렸다.

파손된 선체 보수를 마친 선원들은 갑판 위 제물을 차리고 수장된 선원들을 위한 위령제를 지냈다.

무녀에게 배웠다는 선원이 가야금을 연주했다. 고향을 떠난 가락인들에게는 가야금 소리만 들어도 마음이 울적해지지만, 위령제에서 가야금을 들으니 불과 몇 시간 전까지 동고동락했던 선원들의 모습이 떠올라 모두들 울먹였다. 슬퍼하는 선원들을 지켜보는 수로 또한 어찌 마음이 아프지 않을까.

김수로는 수장 선원의 위패 앞에 예를 올리며 진심으로 극락왕생을 기원했다.

6.
가락의 여전사는 오로지
가락을 위해 존재한다!

마리는 환부가 아물어 갈수록 수로를 보고 싶은 마음이 더해 갔다. 마리의 심경을 알고 있는 할아버지 발루 제사장은 손녀가 마음만 다치지 않길 바랄 뿐이었다.

제사장은 수로가 해상무역을 떠나기 전에 잠시 만나 마리에 대해서 조심스레 말문을 열었다. 여든 살을 넘어 중반인 제사장에게 남은 삶이라면, 가락인들이 염원하는 나라를 세우고 수로가 칸에 오르는 일이고, 유일한 혈육인 조카 손녀 마리가 배필을 만나 가정을 가지는 모습이 보고 싶었다.

"마리가 칸을 좋아하는 것 같아!"

제사장의 말이 무엇을 뜻하는지 수로는 알고 있었다. 수로 생각은 어떤지를 묻고 있었지만 답을 할 수가 없었다. 누구를 좋아하고 좋아하지 않는 위치에 자신을 놓고 싶지 않았기 때문이다. 수로는 오로지 가락인들이 잘 살아야 한다는 곳에 자신을 놓고 싶을 뿐이었다.

"누이동생을 좋아하지 않는 오라비도 있습니까! 저도 마리를 좋아합니다!"

오누이 관계 이상이 아니라는 말뜻을 제사장인들 모를까.

그렇게밖에 대답할 수 없는 수로 마음을 제사장은 충분히 헤아릴 수 있었다.

마리는 몸이 회복되면서 수로를 대신해 약탈자들로부터 가락을 지켜야겠다는 생각을 했었다. 그것은 수로를 보고 싶어 하는 마음을 유일하게 쉽게 하는 방법이었다.

골포국 국경 초소장으로 나가기 전부터 마리를 따라 여

전사가 되겠다는 십오륙 세 여자아이 십여 명 정도가 있었지만, 정신적으로 더 강한 전사가 필요했다.

여전사를 모집한다는 소문이 돌면서 전쟁에서 부모를 잃었거나, 남편과 자식을 잃은 여자들이 원한을 품은 채 마리를 찾아왔다. 마리는 그런 여자는 원하지 않았다. 겨우 부모의 원수나 남편과 자식의 복수를 위하는 전사라면 마리가 필요한 전사는 될 수 없었다. 마리가 필요한 전사는 더 큰 분노가 있어야 했다. 더 큰 열정으로 가락을 위해야 했다. 오로지 가락을 위한 전사여야 진정한 가락의 여전사가 될 수 있었다.

그러나 마리는 그녀들을 돌려보내지 않았다. 가슴속 응어리진 분노를 가락을 위하는 분노로 키워야 했었다. 작은 분노에서 큰 분노를 일으켜야 가락의 여전사가 될 수 있었다.

마리는 어릴 적부터 수로의 행동과 말과 이념을 듣고 자랐다. 수로의 생각 모두는 가락에서 시작되고 가락에서 끝났다. 꿈속에서도 가락의 평화만 생각하는 수로에게는 나라고 하는 개인은 존재하지 않았다. 어느새 마리도 수로처럼 되어 가고 있었다.

마리가 양성하는 여전사의 훈련은 남자 병사들도 혀를 내두를 만큼 혹독했으며, 어릴 때 수로가 했던 말을 기억해 내고 있었다.

수로는 그랬다.

"전사는 오로지 가락을 위해 존재한다. 적을 죽이지 않으면 가락이 죽는다. 적을 죽이기 위해서는 내가 적보다 빨라야 한다.”

마리와 여전사들은 빠르기 위해 종아리에 모래를 매달고 하루종일 산을 오르내렸다. 잠을 잘 때도 벗지 않았다.

또 수로는 그랬다.

“나의 칼이 적보다 느리면 가락이 죽는다. 내 칼이 적의 칼보다 빠르게, 적의 심장을 향할 때만 가락은 살아 있는 것이다.”

마리와 여전사들은 실검보다 두 배나 무겁고 여자의 가녀린 한 손으로 잡히지 않는, 무겁고 굵은 참나무 목검으로 베고 찌르기를 반복했으며, 손바닥에서 피를 흘리면서도 멈추지 않았다.

또 수로는 그랬다.

“날아오는 적의 칼끝이 내 목젖을 향해도, 두려움이 없으면 가락을 살릴 수 있지만, 두려워하면 가락은 이미 죽은 것이다. 두려움은 잡된 생각을 만들어낸다. 잡된 생각을 버리고 칼을 쥐면, 날아오는 적의 칼끝을 볼 수 있다. 적의 칼끝이 보이면 가락이 먼저 죽는 일은 결코 없다. 적의 칼끝을 볼 수 있으면 가락은 결코 죽지 않는다.”

제사장은 모든 재산을 털어 마리가 양성하는 여전사들을 지원했다. 여전사로 참가하는 숫자가 백여 명이 넘으면서 재정운영에 어려움이 발생했다. 전사 한 명당 지급하는 말과 개인 병기 그리고 생활을 책임져야 하니 제사장의 재산으로는 반년도 감당하기 어려웠다.

그때서야 제사장은 수로가 나라를 세우지 않는 이유를 짐작할 수 있었다. 외부로부터 약탈당하지 않는 나라를 만들려면 내적으로 튼튼하고 자존감 넘치는 강한 나라가 되어야 한다. 강한 나라가 되려면 가락이 잘살아야 한다. 수로는 나라를 세우는 것보다 잘사는 가락을 만드는 것이 우선이었다.

제사장은 6가락 부족장들에게 여전사의 필요성을 이해시키고 재정 지원을 요청했다. 가락을 위하는 일 앞에 물러설 자가 있겠는가. 수로의 이념은 가락인들의 핏속에 알게 모르게 흐르고 있었다. 6가락 부족장들은 대환영했으며 여전사를 위해 전폭적인 지원을 아끼지 않았다.

7.
안개처럼 찾아온
하얀 사리 여자

수로는 동아시아 전역과 유럽까지 무역권을 확대할 생각이었다. 특히나 페르시아 일대는 2년 동안 최소 한 번은 방문하는 곳이며, 기상변화로 불행한 일을 당하기도 하지만 가락인만큼 물길을 잘 아는 사람도 없었다. 어느 나라든 수로 선단이 포구로 들어오면 벌떼처럼 상인들이 몰려들었다. 수로 선단처럼 다양한 물품을 파는 상선은 없었기 때문이다.

상인들은 수로 선단에 실린 물품을 사기만 해도 어떤 상품이던 큰 이익을 보기 때문에, 단연 수로를 기다리는 사람들은 경쟁하듯 아우성이었다. 특히 중국에서 덩이쇠와 왜(倭)산 금으로 물물교환한 값지고 진귀한 도자기와 향신료들은 페르시아인들뿐만 아니라 유럽인들에게도 대인기였다.

수로 선단의 이번 인도 무역은 세 번째 입항하는 파트나 포구로 가기로 했다. 파트나 포구로 시장을 바꾸기 전에는 벵갈만 밑에 있는 첸나이 포구로 내려가야 했지만, 가가라 강 원류를 따라 올라가는 파트나 포구는 훨씬 내륙적이며 첸나이 포구와 비교가 안 될 만큼 역동성이 있었다.

수로는 뱃머리에서 수하들과 함께 멀리 보이는 아요디아 파트나 포구를 바라보고 있었다. 어깨 부상은 말끔히 완쾌되어 한결 몸이 가벼웠다. 더운 날씨지만 긴 소매에 무릎까지 내려오는 적색 무명 긴 저고리에서 품위 있는 위엄이 느껴졌다. 갓이 넓은 초엽에 새털 깃을 꽂은 모자를 눌러 쓰고, 허리 묶은 가죽에 호신용 칼을 비껴 찬 모습은 늠

름하고 당당했다.

매번 입항할 때 느끼는 일이지만 외항에서 내항을 바라보면 가슴이 뛰었다. 모든 나라들이 가락의 영토처럼 느껴졌으며, 수로는 이곳 아유디아 파트나 포구에서도 가락촌이 서는 날을 꿈꾸며, 머릿속에는 입항 후 일어날 수 있는 일들이 빠르게 스쳐 지나갔다.

외국상인들과 거래하는 일면들이 떠오르면서 가락인들에게 필요한 물품들을 구매하는 순간들이 가슴을 뛰게 만들었다.

수로는 점점 가까워지는 파트나 포구를 바라보며 수하들과 인도에서의 일정을 논의하고 있었다.

"사람이 귀한 줄 알아야 되는데!"

"우리 가락인이 사람을 귀하게 여기려면 생활환경이 변해야 되지 않겠습니까?"

"그래서 말인데 질 좋은 보석들을 알아보는 것이 좋겠어!"

"보석을요?

"응!"

"가락인은 보석이 뭔지 알기나 하겠습니까?"

"내가 소중해야 남도 소중한 거야. 나를 가꾸는 데 보석만한 게 없지 않은가."

"…?"

"가락인 스스로 귀한 줄 알게 하려면 자신부터 가꾸어야지!"

"보석을 지니면 자신을 가꾸게 되고, 자신을 가꾸게 되면 남을 존중하는 마음도 생긴다는 말씀이군요."

"자신이 귀한 줄 알면 이웃도 귀하고 사람을 위하는 마음이 나는 거야! 우리 가락인은 그래야 되는 거야!"

"제가 보석 상인들을 찾아보겠습니다!"

수로 선단은 파트나 항으로 미끄러져 들어가고 있었다. 수로 선단을 알아본 상인들은 서로 먼저 물품을 사기 위해 환호를 내질렀다. 수로는 뱃머리에서 인도 상인들의 환호에 답하듯 양팔을 흔들며 소리쳤다.

"중국산 진귀한 물품이 왔습니다! 가락산 덩이쇠를 가득 싣고 왔습니다!"

선원들은 험난했던 바다에서의 지루함을 떨쳐내듯 육지 냄새를 흠씬 들이마셨다. 수로도 뭍으로 올라와 인도 특유의 향료 묻은 공기를 맡으며, 파트나 상인들을 향해 반복해서 소리쳤다.

수로는 오랫동안 무역을 다니면서 만다린어와 힌디어쯤은 물건을 거래할 만큼 구사할 수 있었다.

계류가 시작되면서 선단에서 뛰어내린 수로가 상인들 속으로 들어가자, 서로 먼저 거래하기 위해 양팔을 잡아당겼다. 다혈질인 인도 상인 사이에서의 부닥침은 즐거움일 수만은 없었다. 수하들이 파트나 상인들을 뜯어냈지만 막무가내였다.

선단에 실린 물품들을 서로 먼저 사겠다는 상인들의 쟁탈전이 싸움으로 번졌다. 수로의 수하들은 상인들의 싸움을 말리는 데 진땀을 흘렸다. 물불을 가리지 않는 인도인들은 한 번 시작한 싸움은 끝장을 보는 성품이었다.

수로는 할 수 없이 싸움판에서 비껴서며 상인들을 모이게 해 줄을 세우고 있을 때, 수로의 영혼을 사로잡는 사건이 발생했다.

악착같이 싸움박질하던 상인들도 한 곳을 바라보는가 싶더니 찬물을 끼얹듯 일시에 조용해졌다.

노쇠한 아라한이 시자의 부축을 받으며 느릿느릿 사원을 향해 가고 있었다. 근처 모든 상인들은 동시에 무릎을 꿇으며 아라한을 향해 예를 갖추었다. 아라한의 고요한 몸짓은 주위 사람들의 동요 없이 제 갈 길만 가고 있었으며, 추종 수행자들은 꽃잎을 흩뿌리며 뒤를 따르고 있었다.

수로도 상인들과 같이 무릎을 꿇으며 아라한을 향해 예를 갖추었다. 그 순간 수로는 온몸이 전류에 감전된 듯 굳어 버렸다. 수로의 영혼을 사로잡은 여자는 시종이 건네는 꽃잎을 받아 아라한을 향해 흩뿌리며 추종자들과 함께 가고 있었다.

천상의 귀인일까? 백옥 같은 하얀 사리^(註 16)를 입은 여자는 화려하지 않았지만 단아했으며, 은은한 귀태가 천사라도 이처럼 예쁘지 않을 것 같았다. 수로는 자신도 모르게 걸음을 빨리해 하얀 사리 여자가 속한 수행자 행렬을 따라 갔다. 갑작스런 수로의 행동에 의아해 하던 수하들은 거래를 재촉

(註) 16 sari: 인도 전통 의상

하는 상인에게 이끌려 선단으로 돌아갔다.

　하얀 사리 여자에게서 몇 걸음 떨어져 수행자 행렬을 따라가는 수로는 하얀 사리 여자에게서 눈을 뗄 수가 없었다. 하얀 사리 여자의 손짓 하나하나가 바람을 타는 안개의 흐름 같았다. 하얀 사리 여자는 낯선 외국인 남자가 자기를 보고 있다는 느낌을 받아서인지 수로를 빤히 바라보았다.

　이상하리만치 경계심 없는 눈빛이었다. 수로는 하얀 사리 여자의 눈빛을 놓치지 않고 바라보았다. 수로는 또 한 번 놀라고 있었다. 하얀 사리 여자는 살포시 미소를 지으며 꽃잎 한줌을 수로에게 건넸다. 엉겁결에 꽃잎 한줌을 받은 수로는 하얀 사리 여자의 머리 위로 꽃잎을 떨어뜨렸다. 하얀 사리 여자는 더 밝은 미소로 수로를 바라보다 아라한을 따라 갔다. 수로도 급히 하얀 사리 여자와 걸음을 같이 했다.

　아라한은 민가를 한참 지나 하늘 높은 줄 모르고 치솟은 니파야자 군림을 이룬 숲속 사원으로 들어갔다. 사원이라고 해봐야 아무런 장식도 창문도 없는 지붕을 떠받친 여러 개의 기둥만 서 있는 널따란 공간이었다.

　노쇠한 아라한은 기다리고 있었던 시자들에 의해 별실로 사라졌다. 따라온 수행자들은 넓은 공간에 각각 자리를 잡고 앉아 명상을 했다.

　하얀 사리 여자가 명상을 하기 위해 중간 가장자리를 잡아 앉고서야 시녀들이 뒤편에 앉았다. 수로는 비어 있는 하얀 사리 여자 옆자리에 앉아 홀린 듯 훔쳐봤다. 시녀들은 수로의 출현이 싫지 않은지 키득키득 수줍은 듯 미소를 지었다.

허리를 곱게 해 반듯하게 앉은 하얀 사리 여자는 깊은 명상에 들었는지 수로의 인기척에도 깨어나지 않았다. 흠모의 눈길로 지켜보고 있던 수로에게 믿을 수 없는 소리가 들려 왔다.

"눈을 감고 숨길을 챙기세요. 숨길을 챙기는 그 곳에 우리는 언제나 함께 있어요."

마치 오랫동안 만나 온 사람처럼 하얀 사리 여자는 수로가 들을 수 있도록 속삭이듯 말을 했다. 하얀 사리 여자의 목소리는 옥구슬 굴러가는 듯 수로의 영혼 속으로 스며들었다. 수로는 하얀 사리 여자가 시키는 대로 조용히 눈을 감고 자신의 숨길 흐름을 챙기려 했지만, 그녀의 얼굴을 바라보고 있지 않으면 날아가 버릴 것 같았다.

하얀 사리 여자는 수로가 찾아오리라는 것을 알고 있었을까. 한참의 시간이 지나야 명상에 들었던 하얀 사리 여자의 얼굴에 미소가 가득 번지며 안개처럼 눈을 떴다. 하얀 사리 여자의 눈길은 수로의 마음 안에 있었으며, 두 사람은 오래 전 헤어졌다 만난 사람처럼 기쁨으로 가득했다.

왜 그랬을까? 처음 만난 인도 여자에게서 아무런 불편함이 느껴지지 않았으며, 언제나 봐 왔던 친근함이 느껴지는 것은 어떤 작용일까? 자연스러웠으며 단 일면도 거북하지 않은 것은 또 무엇인가? 그녀와의 시간은 알 수 없는 곳에서부터, 만나지는 않았지만 언제나 이어져 온 것 같았다.

사원을 나온 수로와 하얀 사리 여자는 니파야자 숲속을 거닐었다. 하얀 사리 여자의 시종들은 있는 듯 없는 듯 일정한 거리를 두고 따라오고 있었다. 시종들에 대해 물어 보고 싶었지만 전혀 방해되지 않았으니 묻는 자체가 의미 없다는 생각을 했다.

　　하얀 사리 여자의 얼굴에는 언제나 미소가 번져 나왔다. 수로와 하얀 사리 여자는 서로의 눈길 속에서 물밀 듯 밀려오는 기쁨이 차오르는 듯했다.

　　이야기를 나눌수록 하나의 몸짓과 하나의 생각으로 맞춰지고 있었다. 하얀 사리 여자는 수로가 사는 고향에도 불법(佛法)이 있는지 알고 싶어 했다.

8.
사람 살리는 일 많이
하고 다시 오너라!

수로는 하얀 사리 여자의 질문에 답해야 하지만, 워낙 수로와 불법(佛法)의 인연은 특별했기 때문에 어디서부터 이야기를 꺼내야 할지 생각을 정리하며 잠시 침묵했다.

수로가 불법을 만난 것은 처음 선단을 이끌고 왜섬으로 가면서 탐라(註 17)에서였다. 처음 해상 무역길이라 바다를 경험하지 못했던 것이 과실일 수도 있겠지만 천재지변의 위험에 대한 준비가 부족했던 것이 원인이었다. 망망대해 바닷길에서 태풍을 만나면 숨을 곳이 없다.

단숨에 선박을 산산조각 낼 기세로 덮쳐 오는 엄청난 파도와 광풍에 맞서는 선원들의 모습은 애처로웠으며 지옥과 다르지 않았다. 태풍과 맞서 이겨내지 못하면 기다리는 것은 죽음밖에 없었다.

처음 배를 띄워 바닷길을 잡아 나간 지 이레 만에 태풍과 맞닥뜨리면서 수로의 선박은 산산이 부서지고, 선원들 모두 수장당하고 말았다. 그때 수로도 다른 선원들과 함께 수장됐었다.

수로와 일부 선원들의 시체는 거센 파도에 떠밀려 탐라 해안가로 밀려 왔고, 선원들의 시체를 수습한 사람들은 수행자(註 18)들이었다. 다섯 명의 수행자들은 시체들을 수습해 합동으로 화장(火葬)하기 위해 화목(火木)을 쌓고 있었다.

수행자들이 입은 승복은 형편없이 낡아 있었고, 짚신도

(註) 17 현재 제주도
(註) 18 승려(僧侶)

신지 못한 맨발이었으며, 찢어진 승복은 덧대 듬성듬성 꿰매어 입은 차림이었다.

여러 구의 시체 위에 수로의 시신을 올리고 바닷가에 널려 있는 나무를 산덩이처럼 쌓아 불을 지르기 위해 부싯돌을 켜는 순간 놀라운 사건이 발생했다.

시체 더미에서 발길이 뻗어 나오며 나뭇단을 차버렸다. 화들짝 놀라 물러섰던 수행자들이 한참 만에 정신을 차리며 급히 나무 단을 헤쳐 시체를 살폈다. 그러자 또 한 번 기겁하며 뒤로 나자빠져 버렸다. 수로의 시체가 격렬하게 떨리고 있었다. 수행자들은 얼른 나무를 걷어 내고 수로를 끄집어 내리자 그때서야 물을 토하며 숨을 쉬었다.

수로는 정확하게 기억하고 있었다. 수로가 수장당했을 때 거룩한 수행자의 옷을 입은 인도인이 나타나 도솔천으로[19]데려갔다. 도솔천은 내원(內院)과 외원(外院)이 있었다. 내원에서는 일체의 고통과 번뇌가 없는 곳이었으며. 외원은 수많은 천인들이 행복을 누리고 있었다. 또한 영계(靈界)의 여러 곳을 보여준 거룩한 인도인은 오탁악세[20]가 끊이지 않는 고통만 있는 곳도 보여 주었다, 마지막으로 천상의 부모님도 만나게 해주었지만, 얼굴색이 평온한 부모님은 명상 중이었으며 수로는 깨울 수가 없었다.

(註) 19 수미산의 꼭대기에서 12만 유순(由旬)되는, 미륵보살이 사는 곳으로 욕계 욕천의 넷째 하늘.
(註) 20 다섯 가지 혼탁하고 악한 세상

거룩한 인도인은 마지막으로 수로를 끝없이 높은 해안
절벽으로 데려갔다. 절벽에 선 수로는 아래를 내려다보았
다. 까마득한 절벽 아래는 태풍에서 봤던 엄청난 높이의 파
도가 밀려와 부딪치기를 반복하고 있었다. 절벽 아래를 바
라보고 있는 수로에게 거룩한 인도인은 말했다.

"사람 살리는 일 많이 하고 다시 오너라! 사람 살리는 일
많이 하고 다시 오너라!"

거룩한 인도인은 두 번씩 똑같은 말을 반복한 후, 수로를
사정없이 해안 절벽 아래로 밀어 버렸다. 수로는 기절할 것
같은 비명을 지르며 절벽 아래로 떨어졌다. 수로는 끝없는
절벽 아래로 떨어져 내리며 살기 위해 발버둥치던 발로 나
무 덤불을 차버리고 깨어났다.

죽음에서 깨어난 수로는 몸에 감각을 느낄 수 없었으며
숨쉴 수 있는 기운조차 없었다. 누군가의 부축 없이는 손가
락 하나 움직일 수 없었다.

수로를 구출한 수행자들은 다시 나뭇단을 쌓았으며 나머
지 시체들을 태우기 위해 불을 질렀다. 마른 나무가 타면서
거센 불길이 하늘로 치솟아 올랐다.

수로는 안식이 필요했다. 그늘에 눕혀져 있던 수로의 양
쪽 겨드랑이를 낀 수행자들이 수로를 일으켰지만 다리가 움
직이지 않았다. 걸음을 뗄 수 없는 수로를 질질 끌다시피 그
들의 수행처인 존자암으로 데려갔다.

그때까지만 해도 수로는 존자암이 어떤 곳이며 불법이

무엇인지 알지 못했다. 존자암으로 가는 길 옆 전답에 농부가 일하고 있었지만 수행자에게는 관심이 없었다.

수행자들의 부축으로 간신히 존자암으로 들어서던 수로에게 기겁할 만큼 소름 돋는 일이 눈앞에 펼쳐졌다. 그가 죽음의 세계에서 만났던 거룩한 성자의 모습이 존자암 수행당 중앙에 진영(眞影)[21]으로 걸려 있었다. 수로는 걸음을 옮길 수 없었다. 이해할 수 없는 진영에 눈을 떼지 못했지만 수행자들은 수로를 빨리 쉬게 해야 한다는 생각만으로 부축해 갔다.

수로는 존자암 한 곳에 시체처럼 눕혀져 있었다. 소식을 들은 암주(庵主) 빈유 존자가 나와 수로를 부축해 온 수행자에게 상태를 물었다. 80세를 넘은 듯한 온화한 상을 가진 빈유 존자는 가락인이었다. 그리고 수로는 다시 의식을 잃어 버렸다.

수로가 의식을 찾았을 때 한 수행자가 수로의 머리를 손으로 받히고 나무 숟가락으로 약초 달인 물을 머금게 해주고 있었다. 처음에는 목 넘김이 되지 않아 입술 밖으로 흘러 나왔지만, 차츰 시간이 지나 목젖이 부드러워지면서 넘길 수 있었다.

수로는 거동을 못하고 누운 채 존자암 실내를 찬찬히 바라 봤다. 아무런 장식 없는 썰렁한 공간뿐이었으며, 그것도

(註) 21 얼굴을 그린 초상화.

지은 지 오래 되어 낡은 천장 사이로 하늘이 보였다. 돌바닥은 반질반질 세월의 흔적이 역력했지만, 얼핏 대여섯 명 정도의 가난한 수행자들이 겨우 비를 피하며 살아가고 있었다.

존자암 수행자들의 움직임은 단조로웠다. 일정한 시간 정해진 순서대로 생활했다. 경전공부, 명상, 일, 식사, 취침하는 과정의 반복이었다.

세 명의 수행자들은 가락인이었지만, 두 명은 검은색의 얼굴에 간혹 그들끼리 알아들을 수 없는 말을 했다. 나중에 알았지만 그들은 남방에서 건너온 인도인 수행자들이었다.

가락인 수행자들이 수로의 몸 상태를 물으며 말을 시켰지만 대답할 기력이 없었다. 수로는 길게 물어 오지 않는 수행자들이 고마웠다.

한 달여 동안 거동하지 못하고 누운 채 수행자들로부터 간호받고 있었지만, 수로의 몸은 회복되지 않았다. 수행자들은 언제나 수로에게 곧 괜찮아질 테니 걱정하지 말라며 위로의 말을 해주었다. 많은 시간 누워서 수행자들의 움직임을 살피며, 존자암을 구성하고 있는 일들을 알게 되었다.

존자암 암주(庵主)를 존자라 칭하는 것은 오래전부터 불러줘 내려오는 관습 같았으며, 암주 빈유 존자를 중심으로 철저한 수행을 하는 곳으로 수평적 관계로 모인 사람들이라는 것을 알 수 있었다.

어느 날부터 아무런 감각이 없던 몸에서 변화가 느껴졌다. 다리를 끌어 보기도 하고 팔을 움직여 보기도 하면서 하루가 다르게 기운이 돌아오고 있었다. 그럴수록 죽음의 세계에서 만났던 거룩한 성자의 진영이 몹시 궁금했다.

밤늦은 시간까지 명상한 수행자들은 모두 잠자리에 들었는지 아무런 소리가 들리지 않았다. 존자암은 고요한 침묵 속에 빠져 있었다.

수로는 힘겹게 몸을 일으켜 죽음의 세계에서 봤던 거룩한 성자의 진영이 걸린 수행당 정면으로 다가갔다. 달빛에 드러난 진영 속 성자는 수로를 바라보는 듯했다. 아무리 봐도 죽음의 세계에서 만났던 거룩한 성자의 모습 그대로였다. 그런데 왜 이 분이 여기에 있는 것인가? 이때 누군가 자신을 지켜본다는 쏠림에 어둠속을 바라봤다. 느낌은 빗나가지 않았다. 존자실 문 가리개 너머 암주 빈유 존자가 내다보고 있었다. 수로와 눈이 마주친 빈유 존자는 들어오라는 듯 팔을 들어 손끝을 까닥거렸다.

수로는 희미한 관솔불이 켜진 빈유 존자가 거처하는 방으로 들어갔다. 빈유 존자는 찻물을 따라 수로 앞에 내놓으며, 자신의 잔을 들어 입술을 적실 뿐 한참 동안 아무런 말이 없었다. 수로의 건강 상태를 묻거나 아니면 어디에서 왔느냐고 물을 만도 한데 하문 없는 것이 조금은 불편해 할쯤 빈유 존자가 입을 뗐다.

"이 시간에 무슨 연유로 발타라(跋陀羅)[註 22] 존자님을 뵙

(註) 22 불교 교조 제6제자-산스크리트어bhadra 음역

고 있었더냐?"

"발타라 존자라고 하셨습니까?"

"어인 일로 다 자는 이 시간에 그 분을 뵙고 있었냐고 묻지 않느냐?"

수로는 정확하게 기억하고 있는, 죽음의 세계에서 만났던 거룩한 성자의 얘기를 해주었다. 수로가 거룩한 성자의 얘기를 할 때, 허리를 곧추 세운 빈유 존자는 선정에 든 듯 미동조차 없었다.

수로의 얘기를 다 들은 빈유 존자는 깊은 생각에 빠진 듯 한동안 눈을 감은 채 있었으며 긴 숨을 들이쉬고서야 천천히 고개를 끄덕였다.

"그랬구나. 그랬어. 불법과는 깊고도 깊은 인연이구나."

"…?"

수로는 불법이 무엇인지 알지 못했다. 불법과의 인연이라지만 어떤 관계를 말하는지 이해할 수가 없었다. 죽음의 세계에서 봤던 현상들과 지금 눈앞에 보여지는 것들이 어떻게 다른지 혼란스러웠다. 삶과 죽음이 다르지 않다는 것인가? 빈유 존자는 그런 수로의 마음을 알고 있었을까. 수로가 처음 만나는 불법에 대해 말해 주었다.

빈유 존자는 그랬다. 인간의 완전한 평화는 누가 만들어 주는 것이 아니라, 자기 자신이 지니고 있는 마음 안에서 온다고 했다. 그 마음의 존재가 불법이라 했으며, 그 마음을 밝혀 나가는 것이 수행이라 했다. 빈유 존자의 말이 이어지면서, 수로는 가락인에게 불법이 필요하다는 생각을 하고 있었다. 지금까지 삶이라는 실체에 대해서 만큼은 확신할 수 있는 것이 없었다. 그러나 빈유 존자를 통해 불법을 알게 되고 그동안 답답해 하던 의혹이 풀리는 듯했다.

수로의 생각은 언제나 가락인으로부터 시작했다. 가락인들은 평화롭게 살아야 한다. 어떻게 평화롭게 살 것인가? 수로는 그 정확한 해답을 비로소 빈유 존자로부터 찾게 되었지만, 안타깝게도 탐라에서는 불법이 꺼져 가고 있었다. 꺼져 가는 불법을 단 한 사람이라도 전하기 위한 간절함이 수로에게 느껴졌다.

발트라 존자가 탐라로 오기 직전 여래인 고타마 싯다르타(註 23)께서 제자들을 불러모아 전도(傳道)(註 24)를 선언했다고 했다.

"비구들아! 여기 영원불변의 진리를 가지고 길을 떠나라! 많은 사람들의 안락과 이익을 위해 길을 떠나라! 사람을 가엾게 여기고 모든 속박에서 벗어나 길을 떠나라! 두 사람이 한 길로 가지 말고 따로따로 흩어져 가라! 비구들아! 사람들에게 법을 전할 때는 처음도 좋고 중간도 좋고 끝도 좋은 의미와 문장을 갖추어 설하라! 어제도 오늘도 원만하고 청정한 행을 드러내 보여라! 마음에 먼지와 때

(註) 23 불교 교조-산스크리트어Siddhārtha Gautama
(註) 24 진리를 세상에 널리 전함
(註) 25 고대 인도 마가다국-고행자들이 집단을 이루어 수행하는 마을

가 적은 자는 듣고 행할 것이고! 그렇지 못한다면 나의 법은 쇠퇴할 것이다. 비구들아! 나도 법을 설하기 위해 우루벨라의 세나니가마[註 25]로 가겠다!"

전도를 선언한 고타마 싯다르타 여래는 마가다왕국에 있는 우루벨라세나니가마로 떠났으며, 제자들은 동서남북으로 전도를 위해 흩어졌다. 그때 발트라 존자가 온 곳이 탐라라고 했다.

서기전 500년, 6대 제자 발타라 존자가 이곳 탐라로 와 암자를 세우고 다녀간 지 500년이 지나면서, 그 동안 많은 암주들이 불법을 펴기 위해 온갖 방법으로 전법을 시도했지만 탐라를 넘지 못하고 오늘에 이르렀다.

수로는 가락인들에게 전법이 되지 않은 이유를 알 것 같았다. 가락인들의 정신세계는 우주관에 닿아 있는 천신사상이 스며들어 있었다. 나고 죽는 것에서부터 현상계 보여지는 일체가 자연 순환의 이치를 펼치는 하늘의 뜻이라 여겼다. 태어나서부터 죽을 때까지 가락인의 정신을 지배하는 것은 하늘이었다.

수로의 정신세계도 마찬가지였지만, 빈유 존자로부터 불법을 전해 들으면서, 자신이 신앙하는 천신사상에서 발견하지 못한 것을 깨닫게 되었다.

세상을 누가 맡아서 다루는지, 그 맡아서 다루는 자가 누구인가라는 문제였다. 지금까지는 그 대상을 우주에서 하늘에서 찾았지만, 그 대상은 밖에 있는 것이 아니라는 사실을 빈유 존자로부터 알게 되었다.

세상의 주인공은 각자의 마음 안에 있었으며, 우주가 생겼다 멸하는 것도 그 마음 안에서 일어나고 멸하고 있다는 사실이었다. 마음은 우주 생성 이전의 실체였다.

수로는 가락인 모두가 평화롭게 살기를 희망하며 그것을 실천하려 했지만, 그 평화라는 실체를 알 수 없었다. 암주 빈유존자의 말을 들으면서 비로소 평화의 실체를 알게 되었다.

평화는 나를 위하면 안 된다. 남을 위할 때만 평화는 존재한다. 오롯이 내 마음 안에서 진실로 남을 위하는 마음이 일어날 때 평화는 실재하는 것이다. 마음 밖에서 구하는 평화는 평화가 아니다. 어리석음이다. 마음 밖에서 구한 평화는 상대에 따라 언제든지 깨질 수 있다.

아침에 평화였던 것이 저녁엔 적으로 돌변하는 평화를 평화라고 생각했던 어리석음에서 수로는 깨어났다. 진정한 평화는 내 마음 안에서 일어나야 한다. 마음의 평화만이 영원불변한 것이며, 마음의 평화에서 이탈하는 순간 인간은 악으로 돌변하며 뺏고 뺏기는 서곡이 시작되는 것이다.

마음의 평화를 잃어버리며 세상 사람을 다 죽이고도 남을 악인으로 변하는 것이고, 마음의 평화를 찾는 순간 세상 사람 다 살릴 수 있는 선인이 되는 것이 인간이라는 사실을 알게 되었다.

빈유 존자는 자신의 금생(今生) 인연이 다하기 전에 한 사람이라도 더 법을 전해야 하는데, 그렇지 못한 현실이 안타깝다고 했다. 이대로라면 발타라 존자가 그토록 전하려

했던 탐라의 불법은 곧 꺼져 버릴 것이다. 늦기 전에 탐라를 넘어 뭍으로 전법이 되어야 하는데, 발타라 존자가 수로를 보내 준 것을 어찌 우연이라 하겠는가. 빈유 존자는 발타라 존자의 거룩한 품성인 불광(佛光)을 수로를 통해 느끼고 있었다.

빈유 존자가 발타라 존자를 생각하고 있을 때, 수로는 빈유 존자의 말들을 돌이켜보고 있었다. 발타라 존자는 어찌해서 그 먼 인도에서 이곳까지 왔을까? 수장된 자신을 왜 살렸을까? 수로는 빈유 존자의 얘기를 들으면서 드는 의문을 숨길 수 없었다.

"인도라면 먼 바다를 건너야 하는데 어떻게 오실 수 있었을까요?"

"발타라 존자께서는 아라한과를 증득하신 분이니 죽음의 세계에서 생명의 세계로 돌려보낼 수 있는 그만한 능력은 가지신 분이지 않은가. 이곳 탐라가 불국토임을 환히 내다보셨던 것이지."

"환히 내다보셨으면 앞으로의 일도 말씀하셨겠네요."

"그랬지. 말법 시대에 이르면 불법은 낡은 옷처럼 갈가리 찢기고, 그 존재마저 흐려질 것이라 하셨네."

"여래의 말씀은 영원불변이라 하셨는데, 그렇게 끝난다는 말씀입니까?"

"아니지!"

"…?!"

"마음이 맑은 자가 있어 이곳에서 다시 불법의 꽃을 피울 것이라 하셨네!"

"그것이 발타라 존자께서 500여 년 전에 이곳에 암자를 세운 뜻입니까?"

빈유 존자는 천천히 고개를 끄덕였지만 낯색은 밝지 않았다.

"지금 여기 있는 수행자들이 이승을 떠날 쯤이면 이곳 존자암의 인연도 끝나겠지."

"…?"

"흔적도 없이 사라진다는 말이지."

"…?"

"이곳이 말이야…, 그렇다고 발타라 존자께서 사라지는 것은 아니지…, 이 우주법계에 불법이 가득하니 사라지고 없어지고 하지 않는 다는 말이지…!"

"…,?"

수로는 빈유 존자의 말을 이해할 수 없었다. 암자가 사라지는데 불법이 가득하다니 무슨 말인가. 그 뜻이 처한 곳이 어디에 있을까. 수로는 빈유 존자의 말을 새기고 또 새겼다. 시간이 지나면서 조금은 알 것 같았다.

건강이 회복되면서 탐라의 이곳저곳을 다녀 보았다. 산을 넘으면 마을이 또 있겠지만, 존자암 아랫마을은 열댓 가구 정도 되는가 싶었다. 한때는 속인의 숫자보다 수행자와 암자의 숫자가 더 많았던 곳이 탐라였다는데, 그때와 비교하면 빈유 존자의 말대로 이미 불법이 망해 간다는 말이 틀리지 않은 것 같았다.

존자암은 초라한 모습 그대로였으며, 몇 번인가 보수했던 지붕은 이제 더는 손댈 수 없을 만큼 헐어 있었고, 비스듬한 기둥은 쓰러지기 직전과 다르지 않았다.

뭍에서 온 사람이나 탐라 원주민들은 수행과정이 불편한 불법보다 오래전부터 전통적으로 믿고 있는 천신(天神) 신앙이 훨씬 현실적이었다.

천신 신앙은 사람에게 필요한 것을 채워 주거나 채워 주지 않든 생활화되어 있지만, 불법은 성취에 있어 손에 잡히지 않을 만큼 까마득하고도 멀게만 느껴졌다. 금생과 내생 그리고 전생이라는 시간의 연속선상에서 현재 상태의 마음으로 다시 태어난다는 내세관이니, 설사 불법이 영원불변이라 하더라도 가락인들의 입장에서는 다가가지지 않았다.

500여 년 전, 발타라 존자가 오르내렸다는 불래오름을 내려가자 수로가 죽음의 세계에서 깨어난 해안가가 멀리 보였다. 그때서야 잊고 있었던 가락(駕洛)이 생각났다. 수로는 해안가로 가고 있었다.

해안가에는 수장당한 선원들을 화장한 유골을 근처에 묻었는지 커다란 봉분이 만들어져 있었다. 인간을 내동댕이치던 태풍의 광란 앞에서, 선원들을 위해 아무것도 할 수 없었던 자신을 생각하니 혼자 살아남았다는 죄책감이 밀려 왔다.

9.
내 사랑!
시작은 끝이 있으니
걱정 마라!

하얀 사리 여자가 질문한 불법과의 인연에 대해 기억을 더듬던 수로는 잠시 침묵했다. 사고를 당했던 선원들에게 미안했기 때문일까. 그런 수로의 마음을 헤아리는 듯 하얀 사리 여자는 살포시 수로의 손을 잡아 주었다.

수로는 하얀 사리 여자의 손이 자신의 손등에 닿는 순간, 오래전 잊고 있었던 정겨움이 온몸을 전율시켰다. 하얀 사리 여자는 화사한 미소로 수로를 바라보며 한 곳으로 수로를 이끌어 갔다.

뒤편 멀리 하얀 사리 여자가 명상에 들었던 사원이 보였다. 끝을 알 수 없는 넓은 호수 주위에는 공작새들이 부챗살을 펼치며 한가롭게 노닐고 있었다.

하얀 사리 여자의 손에 이끌려 온 수로는 전혀 경험해 보지 못한 새로운 환경 앞에 경이감마저 느껴졌다. 그늘진 연못가에 설치되어 있는 자주색 연회 테이블 위에는 처음 보는 과일과 음식이 가득 차려져 있었고, 해맑은 웃음을 머금은 시녀들이 하얀 사리 여자와 수로를 향해 두 손을 합장하여 인사했다.

"공주님!"

수로는 하얀 사리여자에게 예를 갖추는 시녀의 소리에 자신의 귀를 의심하며 여자를 바라봤다. 하얀 사리 여자는 한참 동안 수로와 마주보며, 자신에게 묻고 있는 수로의 눈빛에 대답했다.

"나는 이 나라의 붓디만 공주입니다."

"…?"

수로는 하얀 사리 여자가 자신을 붓디만 공주라고 밝혔음에도 놀라거나 새롭다는 반응을 보이지 않았다.

가락에서 꾼 꿈이 현실화 된 것뿐이라 여겼기 때문일까? 수로가 가락에서 꾼 꿈이하도 상서로워 제사장 발루에게 말했을 때, 제사장은 며칠째 해몽을 해주지 않았다. 제사장 입장에서 보면 그럴 수도 있겠다는 생각을 했다.

지금 수로는 제사장이 말했던 해몽과 천사 같은 붓디만 공주를 앞에 둔 현실이 동시에 교차되고 있었다.

하얀 사리 여자가 이 나라의 공주라는 데 놀라워하거나, 아니면 느낌에 따른 반응을 보여야 정상이지 않은가. 그런데도 수로는 늘 들어 왔던 얘기처럼 덤덤할 뿐, 제사장이 했던 말을 떠올리고 있을 때 붓디만 공주의 소리가 다시 들렸다.

"당신을 만날 줄 알았습니다."

"…?"

"하늘로부터 세상을 밝히는 빛이 눈부시게 쏟아지며 내 안으로 들어왔습니다."

"…?"

"첫날은 왜 그런 꿈을 꾸었는지 그냥 꿈이겠지 했었지만, 다음날도 똑같은 꿈을 꾸었습니다. 이 나라 국왕인 아버지에게 꿈 얘기를 했더니, 하늘이 맺어 준 배필이 나타날 꿈이라며 크게 좋아하셨습니다."

"…?"

"처음 당신을 보는 순간 나는 알았습니다. 당신을 만난 것보다 행복한 일은 없을 것입니다."

수로는 붓디만 얼굴에서 자신의 꿈 해몽을 여쭈었던 제사장의 모습이 떠올랐다.

제사장이 해몽을 미루던 일은 손녀 마리(馬利) 때문이었다. 마리는 어릴 때부터 수로에게 시집갈 거라며 입버릇처럼 말했다. 어려서 우스개로 하는 말인 줄 알았지만, 성인이 되어서도 수로 주위를 떠나지 못했다.

제사장은 내심 수로와 손녀가 부부가 되면 얼마나 좋을까 하는 바람이었지만, 수로의 꿈 얘기를 듣고는 마음을 단념할 수밖에 없었다.

수로의 꿈은 가락을 위해서는 길몽이었다. 제사장은 가락을 위해 꿈이 실현되기를 진심으로 소원했다. 제사장은 수로가 꾸었다는 꿈을 되새김질하듯 뜯어보았다.

세상천지를 환하게 밝히는 빛이 하늘에서 내려오면서 두 줄기로 갈라져 한 줄기는 수로의 몸속으로 들어왔으며, 갈라진 한 줄기는 먼 곳으로 뻗어내렸다고 했다. 빛은 하늘이 정해 준 배필인데, 제사장의 해몽이 여기에 이르자 제사장은 마음을 비웠는데도 손녀 마리를 생각하니 숨이 탁 막혀 버렸다.

제사장이 마음을 비우는 것이 문제가 아니라 마리를 단념시켜야 하는데, 실의에 빠질 손녀를 생각하니 가슴이 아팠다 . 말을 해서 손녀를 힘들게 할 것이 아니라 스스로 알면 모를까 미리 말하지 않는 것이 낫겠다는 생각을 했다.

수로는 꿈속에서 사라진 밝은 빛 기둥이 붓디만 공주의

몸속으로 들어갔다는 말을 듣고, 가락에서 꾼 꿈 얘기를 하지 않을 수 없었다. 수로의 꿈 얘기를 들은 붓디만도 놀라거나 새로워 하지 않았다. 이상한 것은 두 사람 다 놀라워야 할 사실에 별다른 반응을 보이지 않았다는 것은 왜일까? 만나자마자 수수만년을 기다려온 갈증 어린 교감의 과정이 지나버렸기 때문일까?

붓디만 공주는 수로 손을 잡으며 옥구슬 구르는 목소리로 속삭였다.

"난 처음부터 당신인 줄 알았어요."

"…?"

"나의 몸과 영혼이 그렇게 말하고 있었어요."

붓디만은 수로의 손등에 볼을 대고 기뻐했다. 붓디만은 눈을 감은 채 수로의 살갗 감촉을 느끼며 행복해 했다.

손등에 볼을 댄 채 수로의 마음을 느끼고 있을 때, 멀리 호수 길을 따라오고 있는 수행자가 보였다. 곡(曲)진 호수 길이 아름답기도 하지만 수행자의 걸음은 더 없이 평화로워 보였다. 까마득히 멀리 오고 있던 수행자의 모습이 점점 가까워지자 시녀들은 합장하며 수행자에게 예를 갖추었다.

수행자는 천천히 수로가 있는 테이블로 다가왔지만, 등을 진 채 앉은 붓디만은 수행자를 발견하지 못했다. 가까이 온 수행자가 붓디만을 불렀을 때 비로소 알아차렸다.

"붓디만!"

놀란 붓디만은 화들짝 일어나 수행자를 한아름 안아 주며 행복한 얼굴로, 수행자에게 수로를 소개했다.

"이 분은 멀리 가락에서 오신 김수로 님이시고! 이쪽은 제가 사랑하는 오빠 흔지발라입니다!"

수로와 흔지발라는 합장으로 서로를 향해 인사했다. 수로는 언제부턴가 인도에 오게 되면 합장으로 인사하는 습관이 배어 어색하지 않았다.

붓디만은 흔지발라에게 수로를 제일 먼저 소개해 주고 싶어 시종을 통해 연락했었다. 어릴 때부터 흔지발라는 누구보다도 동생 붓디만을 사랑했다. 붓디만의 연락을 받은 흔지발라는 망설이지 않고 찾아왔다. 수로는 흔지발라 같은 승려를 가락에서는 수행자라 부른다며 흔지발라 수행자라 불렀다. 붓디만과 흔지발라는 수행자라는 발음이 어색하면서도 재미있다며 따라하지만 입에 잘 붙지 않았다.

"숭! 형! 자! 숭! 형! 자!"

그것은 붓디만과 흔지빌라의 첫 가락말을 배우는 소리였다. 흔지발라는 오로지 수행자로서 삶을 살고 있으며, 교학(敎學)과 선학(禪學)을 공부하고 있지만, 얼마 전부터 선학에 매진하며 명상 삼매를 즐기고 있다.

수로는 흔지발라가 입고 있는 오른쪽 어깨를 드러내고, 발목까지 가린 인도 수행자의 승복이 흥미로웠다. 탐라에 있는 수행자들이 이런 승복을 입는다면 추운 겨울이 문제가 되겠다는 생각을 해봤다.

흔지발라는 참으로 난감해 했다. 한 번도 여동생에게 남자 친구가 있었던 적이 없었으니, 기뻐해야 하지만 기쁠 수만은 없는 일이지 않은가. 오히려 우려되는 감이 앞섰다.

여동생 붓디만이 처음으로 좋아하는 남자가 들어본 적 없는 곳에서 온 상인이라는 점이 그랬으며, 이질적인 문화의 차이에 존재하는 낯설음을 아무리 좋게 생각하려 해도 풀어지지 않았다. 특히나 아버지 국왕이 알게 되면 어림없는 일이었다. 그것을 아는 붓디만이 이곳까지 부른 건 아버지 국왕을 설득하는 데 흔지발라의 도움이 필요하다는 얘기를 하고 싶은 것이 아닐까.

붓디만은 기쁨 마음으로 수로를 소개했지만, 흔지발라는 그것이 아니었다. 사랑하는 여동생이 감당해야 할 힘든 과정이 눈에 선했기 때문이다. 두 사람 사이에 끼어들지 않으면 안 될 것 같았다.

"두 분은 미래에 대해서 생각해 보셨나요?"

붓디만은 오빠 흔지발라가 무슨 말을 하려는지 짐작할 수 있었다. 지금 붓디만에게 필요한 것은 오빠 흔지발라로부터 충고보다 축복을 받고 싶었다.

"흔지발라! 나는 하늘의 뜻을 따를 뿐 미래에 대해서 생각하지 않아!"

붓디만의 대답을 들은 흔지발라는 또 한 번 수로에게 묻고 있었다.

"미래에 대해서 생각해 봤습니까?"

"여래께서는 과거의 마음도 얻을 수 없고! 현재의 마음도 얻을 수 없고! 미래의 마음도 얻을 수 없다 하지 않았습니까? 말씀하신 미래가 지금이라면, 저는 지금 붓디만 공주님과 함께하고 있습니다."

흔지발라는 두 사람의 확고한 의지 앞에 더 할 말이 없었다. 세상에 하나뿐인 사랑하는 동생 붓디만의 앞날이 못내 걱정스러웠다.

이틀 후 수로는 인도를 떠나야 한다.

흔지발라가 예상했던 대로 붓디만은 수로가 떠나기 전, 아버지 국왕에게 수로를 소개하는 자리에 흔지발라가 있기를 원했다.

흔지발라는 잠시 고민하다 붓디만을 바라보며 말했다.

"붓디만! 나는 내 동생이 행복해 하는 일에 무엇이든지 할 수 있어! 그러나 지금의 네 생각이 옳은지 어떤지 난 판단이 서지 않아!"

붓디만의 인생에서 이처럼 중요한 일이 있을까? 붓디만은 서운한 표정을 감추지 않았다. 언제나 오빠는 자기편으로만 생각했는데, 처음으로 자신의 요청을 거절한 흔지발라가 서운했다. 수로는 두 사람이 얘기할 수 있도록 자리를 비껴주는 것이 필요하다는 생각을 했지만, 의자에서 일어나면 붓디만이 당황할 것 같아 망설였다.

흔지발라는 수로의 마음을 읽었는지 어색한 분위기를 수습하지 않으면 안 될 것 같았다.

"아버지 국왕을 뵈러 갈 때 나도 불러 줘. 그럼 되지?"

"내 편이 되어 주는 거지?"

"나는 한 번도 붓디만 편이 아니었던 적이 없어!"

수로는 행복해 하는 오누이의 모습에서 가락 사람들의

정취가 느껴졌다. 가락 사람들은 자기 자신보다 남의 입장을 먼저 생각하고 나중에 내 의견에 동의를 구하는 성품을 가지고 있지 않았던가.

행복해 하는 붓디만 얼굴을 바라보고 있는 수로는 세상을 다 얻은 것 같았다. 그러나 수로에게 기쁜 마음만 있는 것은 아니었다. 이처럼 예쁜 마음을 가진 붓디만을 어떻게 사랑해야 할 것인가.

가락이 전부인 수로는 고민이 되지 않을 수 없었다. 고민만 한다고 되는 일만은 아니다. 인도를 떠나기 전 청혼을 해야 하는데, 청혼은 결혼이 전제가 되어야 하고, 결혼을 하면 같이 살아야 하는데 수로가 인도로 올 수는 없는 일이지 않은가. 그렇다면 붓디만이 가락으로 와야 하는데 그 또한 불가능하지 않은가. 수로는 난제에 부딪히면 늘 위로로 삼는 말이 있다.

"시작은 끝이 있으니 걱정 마라!"

10.
공주의 배필로 허락한다!

붓디만을 만나고부터 모든 것은 정해진 행로대로 움직여지고 있는 듯했다.

내일 아요디아 국왕을 만나야 한다는 붓디만의 요청에 대해 수로는 거절하지 않았다. 부딪힐 것은 빨리 부딪히는 것이 문제를 해결하는 방법이었다.

다음날 이른 아침, 파트나 선착장을 향해 마차 한 대가 달리고 있었다. 선착장을 오가는 상인들은 마차를 피해 길을 내 주었다. 과속으로 질주하는 마차는 붓디만 공주가 직접 몰았다. 마차는 수로 선단이 있는 선착장에 멈춰 섰으며, 마차에서 뛰어내린 공주는 쏜살 같이 선박 안으로 뛰어들어갔다.

수로는 수하들과 일정을 논의하다 말고 갑판으로 뛰어들어오는 붓디만을 발견하고 얼른 자리에서 일어나 붓디만을 반겼다.

"붓디만!"

붓디만은 달려들 듯 수로를 안자마자 손을 잡아끌며 갑판에서 나가 선착장으로 올라갔다. 수하들은 어리둥절 말문을 닫은 채 홀린 듯 수로와 붓디만을 지켜보고 있었다.

수로를 마차에 앉힌 붓디만은 채찍을 날리며 쫓기듯 말을 몰아 사라졌다.

선착장을 벗어난 마차는 거리를 지나 한참을 달린 후, 궁전으로 진입해 들어갔다. 궁전을 지키는 경비원이 과속 질주해 오는 붓디만 공주의 마차에 놀란 듯 얼른 길을 비켜주며 의아해 했다.

붓디만이 설치는 데는 이유가 있었다. 국왕은 한 달여 일간 인접국 방문 계획 때문에 오전 시간이 아니면 만날 수 없었다.

흔지발라는 국왕 의전실 앞을 초조하게 서성이고 있었다. 우려했던 대로 붓디만은 아직 도착하지 않았으며, 기다리다 못한 국왕은 시간에 쫓겨 의전실에서 나오고 있었다. 국왕은 언제나 흔지발라를 기쁘게 맞아 주었다.

"오호! 흔지발라! 붓디만이 늦어지는 거 같으니! 오늘은 틀렸어!"

"폐하! 조금만 기다려 주십시오! 곧 도착할 때가 되었습니다!"

"어허 참!"

국왕은 시간에 쫓겨 나가다 말고 나가지도 들어가지도 못하고 있을 때, 붓디만의 마차가 궁전 앞에 멈춰 섰다. 붓디만은 급히 마차에서 뛰어내리며 수로를 데리고 궁전 안으로 들어갔다.

아요디아 국왕은 더 이상 지체할 수 없어 접견실을 나가다 말고 화들짝 들어오는 공주와 마주쳤다. 숨가쁘게 들어오는 공주의 모습을 본 국왕은 난색을 표하며 할 수 없어 다시 안으로 들어갔다.

공주와 함께 접견실로 들어온 흔지발라는 국왕의 기분 상태를 살피지 않을 수 없었다. 국왕은 공주와 같이 온 수로를 힐끗 바라보며 못마땅해 했다.

붓디만 공주가 수로를 소개하려 하지만, 수로를 언짢게 보는 국왕의 태도가 마음에 거슬리는 듯 수로는 직접 자신을 소개했다.

"저는 가락에서 온 김수로라 합니다. 국왕 폐하께 인사드립니다!"

"가락이 어디에 있느냐?"

"바닷길로 1년여 남짓 가면 평화로운 땅이 나옵니다. 그곳이 제가 사는 가락입니다!"

"장사꾼이냐?"

"네에! 국왕 폐하! 저는 외국을 다니며 물품을 사고파는 무역상인입니다!"

수로와 별다른 대화의 의미를 찾지 못한 국왕은 시답잖은 표정으로 공주를 바라봤다. 아버지 국왕의 성품을 알고 있는 붓디만 공주는 얼른 두 사람의 대화에 끼어들었다.

"이 분의 고향은 발타라 존자께서 불법을 펴셨던 해 뜨는 나라입니다!"

그때서야 국왕은 조금 관심 있게 수로를 바라봤다.

"발타라 존자? 발타라 존자가 계셨던 곳에서 온 상인이라 말인가?"

"그렇습니다. 국왕 폐하!"

붓디만 공주는 국왕이 관심을 가지는 듯한 틈을 놓치지 않고 끼어들었다.

"폐하께서 저에게 배필이 나타날 꿈이라 하셨잖습니까? 이 분은 하늘이 저에게 내린 배필입니다!"

흔지발라도 거들었다.

"폐하! 공주의 배필은 공주가 찾으라 하셨으니 우리 황실에 축복이 내렸습니다!"

국왕의 표정은 밝지 않았다. 수로와 붓디만 공주를 번갈아 보던 국왕은 흔지발라조차 못마땅하게 바라봤다.

"이 상인과 얘기하고 싶으니 흔지발라는 공주를 데리고 나가 있어!"

거절할 수 없는 흔지발라는 붓디만을 데리고 접견실을 나갔다. 아유타 국왕은 접견실 문이 닫히자 단도직입적으로 수로에게 말했다.

"내 딸 공주가 장사꾼을 좋아하게 할 수는 없네!"

수로는 이미 국왕이 할 말을 예견이라도 하고 있었는지, 국왕의 말이 떨어지기가 무섭게 자신의 입장을 밝혔다.

"국왕께서 공주님의 배필을 마음에 두고 계신 분이 있습니까?"

"최소한 나라 하나쯤은 가지고 있어야 공주의 배필이라 할 수 있지!"

"나는 장사꾼이긴 하지만 여섯 가락의 머리입니다!"

"왕이면 왕이지! 머리라니! 야만스럽구나! 야만인 주제에 농을 하느냐!"

수로를 노려보는 아유타 왕의 얼굴에 엄한 노기가 서렸다.

"야만인 장사꾼을 공주의 배필로 삼을 수 없어! 당장 아유디아를 떠나!"

국왕은 노기를 보이며 경비원을 찾았다.

"밖에 경비원 있느냐?!"

벼락 같이 접견실로 들어온 경비원에게 국왕은 재촉했다.

"이 야만인을 즉시 아유디아에서 출항시켜라! 이 야만 인이 타고 온 배가 다시는 아유디아에 입항할 수 없도 록 하라!"

"네에! 폐하!"

무장한 경비원들이 막무가내 수로의 양팔을 끼며 끌고 나가려 하지만, 수로는 와락 경비원의 손을 털어 내버렸다. 수로의 힘에 물러섰던 경비원들이 칼을 뽑아 들었다. 경비 원의 칼끝이 수로의 목을 겨누지만 전혀 두려움을 보이지 않는 수로는 오히려 국왕을 타일렀다.

"이런 것이 야만인이 하는 짓이오! 내 나라 가락인은 손 님 대접을 이렇게 하지는 않소! 당신네 아유디아인들이 부러워하는 철을 생산하는 선진문화를 가진 나라요!"

경비원들의 칼끝에 눈썹 하나 깜짝 않고 손가락으로 밀 어 내며 제 발로 걸어 나가는 수로 뒤에서 국왕의 소리가 들 렸다.

"멈춰라!"

멈춰선 수로에게 아유타 왕은 다시 묻고 있었다.

"지금 철이라 했느냐?

"그렇소! 우리 가락은 철을 생산하는 나라라 했소!"

"철을 생산하는 나라라고? 그것이 사실이라면 내 눈앞 에 가져오너라!"

"가져오면 야만인이라 한 말씀은 거두셔야 합니다!"

"가져오지 못하면 나를 기만한 죄로 목을 자를 것이야!"

"마음대로 하시되 약속은 지키셔야 합니다!"

수로는 경비원들을 노려보다 말고 직접 접견실 문을 열고 나갔다. 국왕은 수로의 말을 믿을 수 없었다. 아유디아에서 절실하게 필요한 것이 덩이쇠였다. 철이 없으면 농기구 하나 만들 수 없었다. 식량 생산력은 말할 것 없고, 보다 난감한 것은 군사력이다. 그런 덩이쇠를 수로가 만든다 하니 눈으로 보지 않고 어찌 믿을 수 있겠는가.

수로가 거칠 것 없이 접견실 문을 열고 나가고 있을 때, 뒤에서 국왕의 소리가 다시 들려 왔다.

"저 자의 말이 사실인지 알아야겠다! 왕실의 말을 내주어 속히 다녀오도록 하라!"

"네에! 폐하!"

수로를 따라 나가던 경비원들이 일제히 예를 갖추며 국왕의 명을 실행했다.

붓디만 공주와 흔지발라는 접견실 밖에서 기다리고 있었다. 접견실에서 나오는 수로를 발견한 붓디만은 수로의 표정을 살폈다. 수로는 아무 일 없는 듯 밝은 미소로 붓디만에게 말했다.

"폐하께서 가락산 덩이쇠를 보고 싶어 하시니 얼른 다녀오겠습니다!"

덩이쇠라고 하자 흔지발라는 집히는 데가 있었다. 아유디아에서 다른 물품은 다 풍족한데, 부족한 것이 있다면 철이다. 제련 기술도 없지만 철광석이 나지 않는 나라라 언제나 전전긍긍하던 차에, 가락에서 철을 생산한다니 얼마나 놀라셨을까. 이번 인접국 순방도 결국 철을 구하기 위해 외교 도움을 받으러 떠나시려 하지 않았나.

흔지발라는 수로가 더 크게 느껴졌다.

마구간에서 미끈한 말을 몰고 나온 경비원이 궁전 앞에서 기다리고 있었다. 수로를 따라 나온 붓디만 공주가 불안해 하지만, 경비원으로부터 말고삐를 건네받은 수로는 같이 가겠다는 붓디만을 안심시키듯 환하게 웃어주며 비호처럼 말을 몰아 달려갔다.

사라지는 수로를 바라보며 안절부절 마음을 진정할 수 없는 붓디만을 흔지발라가 위로해 주었다.

국왕에게는 외교일정보다 수로의 덩이쇠가 더 간절했다. 나라를 지탱하려면 군 병기가 원활하게 공급되어야 하는데, 철을 구입하지 못한 국왕의 처지로서는 한시가 급한 것이 덩이쇠였다. 가락의 덩이쇠는 아유디아에서뿐만 아니라 어느 나라든지 국제화폐로 사용될 만큼 그 가치가 높았다.

국왕이 가락인더러 야만인이라고 한 말이 수로 마음에 걸려 있었다. 수로를 야만인이라고 한 것이 아니라 가락인을 야만인이라 욕보인 것이다. 수로 자신을 야만인이라 했다면 참을 수 있지만, 가락인을 비하한 말에 대해서 수로는 용납되지 않았다. 수로는 덩이쇠를 국왕의 면전에 보이며 가락인을 야만인이라 한 것에 대해 사과받고 싶었다.

선착장 상인들은 미끈한 말을 타고 달리는 수로를 신기하게 지켜보고 있었다. 수로가 선단에 도착했을 때, 수하인 신귀, 오능, 신도가 오매불망 기다리고 있었다. 중국산 물품들은 날개 돋친 듯 팔려 나갔으며, 수로가 말한 대로 가락인들에게 보급하기 위한 보석 구매도 끝냈다. 그런데 덩이쇠가 문제였다. 덩이쇠는 상인들끼리 싸움이 벌어져 이러지도 저러지도 못하고 수로가 나서 상인들을 중재해 주지 않으면 처리가 안 될 상황에 놓여 있었다.

수로는 덩이쇠 상자 하나를 말 등에 실으며 수하들에게 말했다.

"이곳에서 덩이쇠를 팔지 않을 수도 있어! 기다려라!"

국왕으로부터 사과받지 않으면 덩이쇠를 팔지 않겠다는 말이었지만, 수하들은 어리둥절 수로의 말에 꿀 먹은 벙어리가 되어 버렸다. 장사를 하러 나왔는데 장사를 하지 않겠다니 무슨 말인지 이해가 되지 않았다. 수로는 말 등짝에 덩이쇠 한 상자를 실으며 왔던 길로 다시 달렸다.

수로가 궁전에 도착할 때까지 붓디만과 흔지발라는 마음을 놓지 못했다.

바람처럼 말을 달려온 수로는 걱정하고 있었을 붓디만의 손을 잡아주며, 아무 염려 말라며 또 한 번 안심시키지만, 국왕과 수로 사이에 일어난 일에 대해 내용을 알 수 없는 붓디만은 불안하기까지 했다.

궁 경비원은 수로가 싣고 온 덩이쇠 상자를 안으로 들고 들어갔다. 누구보다도 초조했던 것은 덩이쇠를 기다렸을 국왕이었다. 국왕은 서둘러 경비원이 들고 들어온 덩이쇠 상자를 뜯었다. 국왕의 눈이 휘둥그레졌다. 틀림없는 덩이쇠였다. 덩이쇠를 구하기 위해 인접국을 순방하려 했었는데 앉아서 덩이쇠를 만질 수 있는 것이 믿기지 않았다.

국왕은 수로가 신처럼 보였다. 이렇게 귀한 덩이쇠를 벼락 같이 가져왔으니 국왕은 수로를 그렇게 생각할 만했다. 국왕은 처음 수로를 대했을 때와 다르게 귀빈을 마주한 듯 예를 갖추며 말했다.

"물량은 얼마나 있소?"

"많지는 않지만 우선 쓸 양은 되지 않을까 싶습니다."

"내가 다 구매하겠소! 값은 부르는 대로 주겠소!"

"폐하! 저는 장사꾼입니다. 팔고 사는 것은 제 마음입니다! 이런 야만인 나라에 가락산 철을 팔 생각은 없습니다!"

"야만인이라 한말이 섭섭했나 봅니다! 내 사과하리다!"

"아닙니다! 장사꾼은 들어올 때를 알고 나갈 때를 알아야 합니다! 폐하께서 덩이쇠를 보고자 하셨으니 보여 드렸을 뿐입니다! 그것은 선물로 드리고 저는 이만 물러가겠습니다!"

국왕은 찬바람을 일으키며 나가버리는 수로가 무뢰하기 이를 데 없지만, 다른 방법이 없어 쩔쩔매며 경비원을 바라봤다. 경비원이 벼락 같이 수로의 앞길을 막아서며 칼을 뽑아들었다. 수로는 다시 한 번 국왕을 노려봤다.

"폐하께서 야만인 소리를 듣고 싶은 것입니까? 어서 이들을 거두지 않으면 제가 이들을 치워 버리겠습니다!"

이러지도 저러지도 못하고 난감해 하는 국왕의 표정을 읽은 수로는 번개처럼 몸을 날리는가 싶더니, 가까이 있는 경비원의 칼을 뺏어, 칼등으로 또 한 명의 다리를 후려쳐 쓰러뜨린다. 수로의 무예 솜씨에 탄복한 국왕은 어안이 벙벙한 나머지 멀뚱멀뚱 바라보고만 있었다.

수로는 쥐고 있던 칼을 쓰러진 경비원 몸 위에 던져버리고 국왕에게는 눈길도 주지 않고 바람처럼 나가 버렸다.

붓디만과 흔지발라는 국왕과 수로의 관계정리가 잘되길 바라면서 접견실 밖에서 기다리고 있었다. 수로는 아무 일도 없는 듯 밝은 표정으로 붓디만에게로 다가왔다. 붓디만 가까이 왔을 때 접견실 문 열리는 소리가 들렸다. 수로의 칼등에 맞은 왕실 경비원이 수로에게 눈치를 슬금슬금 보며 붓디만에게 급히 다가갔다.

"공주님! 국왕 폐하께서 속히 드시라 하십니다!"

붓디만 공주는 경비원의 불편한 행동에서 심상치 않은 분위기가 느껴졌다. 붓디만 공주는 수로에게 다녀오겠다며 말한 후, 급히 왕실 접견실로 들어갔다. 공주를 기다리고 있던 국왕은 다급하게 말했다.

"공주야! 아요디아를 위해 너의 힘이 필요하다!"

"폐하! 무슨 말씀이시온지요?"

"아요디아는 지금 덩이쇠가 필요하다! 덩이쇠가 없으면 아요디아는 어려움에 놓인다! 그 자가 가진 덩이쇠를 확보

할 수 있도록 공주가 나서 줘야겠다!"

"그분에게 폐하께서 말씀하지 않으셨습니까?"

"안 팔겠다고 하지 않느냐! 어떡하면 좋겠냐?"

돈을 많이 주면 물건을 파는 것이 장사인데, 거래가 맞지 않는 이상 국왕의 요구를 거절할 이유는 따로 있을 수 없었다. 붓디만은 이해할 수 없었다.

"폐하! 우리 아요디아에서 덩이쇠가 정말 필요합니까?"

"필요하다 뿐이겠냐? 국가의 존립이 달린 문제야!"

붓디만은 곧장 수로에게로 갔다. 수로는 흔지발라와 유쾌한 대화를 나누며 붓디만을 기다리고 있었다. 접견실에서 나온 붓디만의 표정은 어두웠다. 수로는 붓디만의 어두운 마음을 어루만지듯 손을 잡아 주었다. 붓디만은 수로에게 조심스레 말을 꺼냈다.

"덩이쇠를 폐하에게 파세요!"

수로는 가만히 손을 잡고 붓디만의 눈빛을 바라보며 미소를 지었다.

"나는 공주와 혼인할 수 있으면 내 목숨까지도 줄 수 있습니다!"

공주는 수로의 말을 듣고 정신이 번쩍 드는지 냉큼 접견실로 뛰어갔다. 덩이쇠로 고민에 빠져 있는 국왕은 접견실로 뛰어들어오는 공주를 다급하게 바라봤다.

"폐하! 그분을 제 배필로 허락해 주시면 폐하가 원하는 덩이쇠를 얻을 수 있습니다!"

"그래! 그래! 공주의 배필로 허락한다!"

국왕은 목마른 데 샘을 발견한 얼굴이었다. 국왕의 허락을 받은 공주는 냉큼 달려나가 수로의 품으로 뛰어들며 말했다.

"국왕께서 저희들의 혼인을 허락하셨습니다!"

붓디만 공주는 수로와 깊은 입맞춤을 하며 사랑을 확인했다. 흔지발라는 두 사람의 행복한 모습을 흐뭇한 눈길로 바라보다 몇 걸음 비켜 주었다. 긴 입맞춤을 끝낸 수로는 붓디만 앞에 무릎을 세워 앉으며 말했다.

"나는 공주와 결혼하고 싶소! 내 청혼을 받아 주시오!"

붓디만 공주는 수로의 말에 더 없는 행복을 느끼고, 수로의 손을 감싸 쥐며 망설이지 않고 대답했다.

"나도 당신과 결혼하고 싶어요!"

수로는 마음의 징표로 늘 분신처럼 목에 걸고 다니는 은으로 만든 방울 목걸이를 풀어 붓디만의 목에 걸어 주었다. 붓디만이 방울을 손끝으로 만지자 미세하지만, 맑고 깨끗한 소리가 들렸다.

"우리 가락인의 소리요!"

붓디만은 항상 머리에 꽂고 다니는 브로치를 뽑아 수로 가슴에 꽂아 주었다.

"내 어머니가 아버지로부터 받은 사랑의 징표입니다."

브로치 가장자리에 둥근 보석이 박혀 있었고 주위에는 고급스런 연꽃 문양이 새겨져 있었다. 수로는 브로치를 어루만지며 말했다.

"목숨처럼 간직하겠소!"

방울 목걸이에 키스하던 붓디만 공주가 말했다.

"당신의 눈이고 당신의 심장이고 당신의 영혼입니다! 제 몸에서 떠나는 일은 없을 겁니다!"

흐르는 시간이 안타까운 두 사람은 서로를 끌어안은 채 떨어질 줄 몰랐다.

그날 수로 선단 앞에 왕실 마차가 멈춰 있었으며, 선단에 실려 있었던 모든 덩이쇠를 왕궁으로 운송해 갔다.

그날 밤 붓디만 공주는 아침이 오면 아유디아를 떠나는 수로와의 작별을 위해 의식을 치르듯 춤을 췄다. 기름불 일렁거리는 바닷가에서의 시타르 악기 연주는 사랑하는 남녀의 작별을 더욱 애절하게 했다. 흔지발라도 못내 아쉬운 듯 붓디만과 함께 춤을 추었다. 격렬하게 줄을 뜯는 시타르 연주가 수로의 온몸 신명을 불러일으켰다. 붓디만과 흔지발라의 춤이 끝나자 수로는 붓디만을 위해 가락인의 전통 춤인 '바라바라' 춤을 추었다.

'바라바라' 춤은 전쟁터에서 느껴질 수 있는 말의 생리를 나타낸 춤으로, 뒷 굽으로 땅을 차거나 허리를 구부리기도 하면서 사력을 다해 달리는 말의 거친 모습과 승리자가 마상에서 환호를 내지르는 투박한 몸짓이 격렬한 춤으로 보여졌다. 단조로운 율동이라 지켜보던 붓디만과 흔지발라도 수로를 따라 춤을 추었다. 처음에는 어색한 듯했지만 점점 익숙해지던 세 사람은 한 몸이 된 듯 춤을 추었다.

춤이 끝나면서 수로와 붓디만의 눈빛은 서로의 마음속을

바라보고 있었다. 수로는 붓디만에게 약속했다.

"공주를 오랫동안 혼자 있게 하지 않을 것입니다! 곧 돌아오겠습니다!"

"당신이 없는 곳에서 살고 싶지 않습니다!"

"공주님! 영원히 함께하기 위해 잠시 작별하는 겁니다!"

"내일 당신이 떠나는 모습 보지 않을 겁니다! 당신은 내게서 떠난 적이 없으니까요!"

"오! 공주!"

수로는 붓디만의 애절하게 떨리는 입술을 덮어 버리듯 또 한 번 깊은 입맞춤으로 작별을 아쉬워했다.

11.
나는 석탈해라 하고
우리는 부여 유민이다!

구지봉 북쪽 두대(頭臺).

여전사 마리는 칸을 상징하는 석조물 관 앞에 무릎을 꿇고 앉아 수로의 무사 귀환을 천신에게 기원하고 있었다. 수로가 가락을 떠난 지 2년이 가까워 왔다.

바람에 흔들리며 석조물을 밝히는 관솔불에 그늘진 마리의 얼굴이 하늘하늘 흔들리고 있었다. 마리는 할아버지 제사장 마음처럼 수로가 칸의 관을 쓰는 날을 하루빨리 보고 싶었다. 천지가 어둠속에 잠겨 있는 시간이지만 마리의 정성어린 기원은 오늘만이 아니었다. 수로가 떠나고 몸이 회복되면서부터 하루도 거르지 않고 구지봉으로 올라왔었다. 그럴수록 가락의 평화를 기원하는 마리는 수로의 마음마저 닮아 갔다. 침략하는 것은 원하지 않지만 침략을 당하면, 침략자들의 무릎을 꿇리기 전에는 끝낼 수 없었다.

6가락 부족장들의 지원에 힘입어 마리가 양성하고 있는 가락 여전사의 기상은 하늘에 닿아 있었다. 그 용기는 수로의 이념에서 시작됐으며, 가락밖에 모르는 수로의 마음으로 전사들의 정신을 다잡았다.

골포국 병사의 화살을 맞고 떨어졌던 수모를 기억에서 지우지 못한 마리는, 한시도 편하게 잠들지 못했다. 마리는 포상팔국 중에서 첫 전투로 선택한 곳이 골포국이었다. 악연 골포국뿐만 아니라 가락을 노략질 삼던 포상팔국들은 감히 엄두도 내지 못할 만큼 철저하게 되갚았다.

골포국 진지는 해안가를 낀 산으로 둘러싸여 있었다. 진지를 경계하고 있는 초병(哨兵)은 돌진해 오는 마리와 여전사들을 발견하고 즉시 본진에 파발을 보내 전 병사들에게 전투태세를 알리지만, 불화살을 놓으며 달려오는 마리와 여전사들의 공격으로 종잡을 수 없는 혼란에 빠져버렸다.

불길은 본진 입구 건축물을 순식간에 옮겨 붙고 걷잡을 수 없는 화마에 휩싸여 버렸다. 지휘부가 있는 화재의 불길 속으로 뛰어든 가락 여전사들과 맞서는 골포국 병사들의 가슴에 칼을 꽂으며 비호처럼 진영을 교란시켰다.

마리는 벼락같이 말을 몰아 적장 돌부지와 맞닥뜨렸다. 돌부지는 상대가 여자라는 사실을 인지하는 순간 세상 찢을 듯 분한 마음을 폭발하며 칼을 날렸다. 마리가 적장의 칼을 맞받아치는 순간 마속에 의해 간격이 벌어지지만 곧장 말의 방향을 바꾸어 돌진했다. 돌부지는 한 치도 비켜서지 않고 달려드는 마리를 향해 칼을 날리지만 마리의 예민한 눈빛은 돌부지의 빈틈을 노리고 베어 버린다. 돌부지의 옆구리로 마리의 칼끝이 지나가며 순식간에 내용물이 쏟아졌다.

기세가 꺾인 돌부리는 도주로를 찾아 도망가지만 근처에 있던 여전사 솔바람이 급히 말을 몰아 퇴로를 막아 버렸다. 돌부리는 다시 방향을 바꿔 도망치지만 떡하니 가로막고 서 있는 마리의 서늘한 눈빛 앞에 허둥거렸다. 순간 단도를 꺼내 드는가 싶은 마리가 민첩하게 날려 버린다. 바람을 가르며 날아간 마리의 단도는 돌부리가 어찌 해볼 틈도 없이 정확하게 돌부리의 가슴에 꽂히면서 피를 토하고 마상에서 떨어져 버린다. 돌부리의 죽음을 목격한 골포국 병사들은 전의를 상실, 칼을 던지고 투항해 버린다. 마리는 투항한 병사들을 노려보며 소리쳤다.

"똑똑히 들어라! 또다시 가락을 약탈하려 드는 자는 죽음뿐이다!"

마리는 여전사들을 향해 승리의 칼을 치켜들자 전사들이 내지르는 환호가 골포국 땅을 진동시켰다.

수로 선단은 순풍을 안고 가락국으로 돌아오고 있었다. 선원들은 멀리 가락국 포구가 모습을 드러내자 일제히 갑판으로 나와 기쁨의 환호를 질렀다.

"가락이다! 가락이다!"

코를 벌렁거리며 고향의 냄새를 맡는 선원도 있었고, 사랑하는 가족들의 이름을 목청껏 내지르며 기쁨의 눈물을 흘리는 선원도 있었다.

선원들 한 명 한 명 면면을 바라보고 있는 수로는 해상 사고로 잃어버린 그들에게 미안했다. 그들의 가족을 먼저 만나 위로해 주고 싶었다. 수하들에게 일러 돌아오지 못한 선원의 가족들이 어렵지 않게 살아갈 수 있도록 부족함 없이 지원하고, 상륙하는 즉시 제일 먼저 그들의 가족을 찾아 정중한 예를 갖추라 지시했다.

조금만 더 지혜로웠으면 같이 돌아올 수 있었는데 그러지 못했던 수로 자신이 부끄러웠다.

황색 돛에 바람을 가득 머금은 수로 선단이 돌아오고 있다는 소문은, 일시에 가락 장안에 전해지면서 누구보다도 간절하게 기다렸을 마리는, 잠시 눈을 감고 천신에게 감사한 마음을 올리고 있었다.

마리는 수로의 귀환을 할아버지 발루에게 전갈을 보낸 후, 제련소로 가 장수 아궁, 여해, 피장, 오상에게도 알려 함께 망산도 용주 포구로 향했다.

장수 아궁, 여해, 피장, 오상은 수로의 천마와 세필의 말을 끌고 마리를 뒤따라갔다.

망산도는 작은 돌섬이라 선박이 계류하기 용이해 물이 조금만 빠져도 걸어서 오를 수 있었으며, 계류장과 연결된 목책으로 된 다리가 놓여 있었다.

선단이 들어온다는 소식을 듣고 한 걸음에 달려 온 선원들 가족들과 구경나온 가락인들이 망산도 용주포구 입구를 가득 메웠으며, 제사장 발루와 마리는 말에서 내린 장수들과 나란히 서서, 계류하는 선단을 지켜보며 기쁜 마음을 감추지 못했다.

상선에서 내린 수로는 목책 다리를 건너 뭍으로 올라갔다. 노구를 이끌고 마중 나온 제사장 발루에게 정중히 예를 갖추자, 발루는 노고를 치하하며 수로의 손을 잡고 귀환을 축하했다. 마리는 그리워했던 사람을 마주보며 그동안 마음 조리며 애태우던 시간들이 한꺼번에 녹아내리는 것 같았다. 마리를 바라보는 수로의 눈빛은 가락을 위해 몸을 아끼지 않았을 누이동생을 위로해 주고 있었다.

"고생 많았구나!"

"무사히 돌아와 주셔 기쁠 뿐입니다!"

수로는 떠나면서 가락을 당부했던 장수 아궁, 여해, 피장, 오상의 손을 일일이 잡아주며 고마운 마음을 또렷이 가슴에 새겼다.

선단에 동승했던 신도, 오능, 신귀는 어느새 바닷물이 빠지면서 하선하고 있는 선원들을 독려한 후 수로를 호위했다.

수로는 환호하는 가락인들의 손을 놓으며 아궁이 건네는 자신의 천마에 오르다 말고 한 곳을 주시했다. 가락을 상징하는 태극문양의 깃발을 든 국경 초병이 벼락 같이 말을 달려오고 있었다. 수로 일행은 심상치 않은 의혹을 느끼며 의아해 했다. 곧이어 도착한 초병은 말에서 뛰어내려 수로 앞에 예를 갖추었다.

"의문의 기마병이 망산도를 향해 오고 있습니다!"

"가락 병사가 아니더란 말이냐?"

"그러하옵니다! 칸!"

그런 사이 병사가 온 곳을 바라보던 수로의 눈빛이 굳어지고 있었다. 초병의 보고처럼 까마득 멀리 소속 깃발이 없는 기마병 10여 명이 망상도를 향해 달려오고 있었다. 근처 구경 나왔던 가락인들은 또 난리가 나는가 싶어 불안해 했다.

수로는 정체를 알 수 없는 기마병들을 향해 망설임 없이 말을 달려 나갔다. 곧이어 수로를 보위하는 장수들과 마리가 뒤따라갔다.

전속력으로 말을 달린 수로는 정체불명의 기마병 앞을

눈 깜짝할 사이에 막아 서버렸다. 급히 말고삐를 당기며 멈춰선 기마병들은 수로의 기세를 느끼듯 살폈다. 엄중한 수로의 거침없는 소리가 들려 왔다.

"너희들은 누구며 어디로 가는 자들이냐?!"

소뿔처럼 뾰족한 가죽 모자를 뒤로 제껴 쓴 자가 수로를 바라봤다.

"여기가 망산도가 맞는가?"

"내가 묻고 있지 않느냐?!"

"나는 석탈해(註 26)다!"

"석탈해?! 근데 이곳에는 무슨 일인가?"

"나의 해전 수병들과 망산도에서 만나기로 했다!"

망산도라는 말에 앞바다를 바라보던 신귀가 까마득 먼 곳에서 다가오는 선단을 발견하고 의혹을 느낀다.

"칸!"

신귀가 바라보는 곳에 수십 척의 선단이 망상도를 향해 오고 있다.

"저기 오는 배들이 나의 해전 선단이라면 여기가 망산도가 맞기는 맞는가 보군!"

망산도 앞바다 해전 선단을 바라보던 석탈해는 수로 따위는 안중에도 없는 듯 부하들을 끌고 갔다.

"나의 해전 선단을 맞이해야지! 가자!"

석탈해가 갈 길을 재촉하자 수로가 다시 길을 막아섰다.

(註) 26 신라 4대왕, 62세에 왕위에 오름.

"멈춰라!"

"넌 누구냐?

지켜보던 수로의 호위장수 신도가 크게 소리쳤다!

"네 이 놈! 무엄하다! 이 분은 가락의 칸이시다!"

"당신이⋯ 김수로?!"

"여기는 가락의 땅이다! 누구도 내 허락 없이 군사를 들일 수 없다!"

수로는 이름을 밝히지 않았는데도 자신을 알고 있는 석탈해를 또렷이 노려봤다. 이런 상황에서도 전혀 흔들림 없는 탈해의 모습에서 심상치 않은 예감이 느껴졌다. 수로의 시선을 외면하지 않는 석탈해는 혼잣말처럼 중얼거렸다.

"김수로⋯! 가락의 김수로⋯!"

무엄한 석탈해의 행동을 더는 봐 줄 수 없는 신귀가 벌컥 화를 내며 소리쳤다!

"네 이놈! 목이 달아나고 싶은 게냐! 어찌 칸의 존명을 함부로 들먹이느냐!"

냉큼 칼을 뽑아 들며 석탈해를 향해 돌진하려 하자 탈해의 부하들도 칼을 뽑아 들고 앞을 나섰다. 수로가 손을 들어 신귀를 제지하며 또 한 번 탈해에게 경고했다.

"석탈해라고 했던가!"

"그렇소이다!"

"석탈해는 들어라! 이곳의 바다와 땅은 가락인의 것이다! 저 배 위에서 단 한 명이라도 가락의 땅을 밟는다면 모두 수장시킬 것이다!"

탈해는 수로의 말을 빈정거리는 것인가. 아니면 이곳 가락에 거처하기 위한 작업을 시작한 것인가. 탈해는 수로와 맞서고 있었다.

"가락의 인심이 이렇게 야박한 줄이야!"

탈해는 장수 원명(元明)을 보내 망산도로 들어오는 해전 선단 수병은 상륙하지 말고 선단에서 대기하라고 지시하지만, 수로는 대기가 아니고 당장 가락에서 나갈 것을 명령했다.

"지금 즉시 수병들을 데리고 가락을 떠나라!"

"낭인인 나에게 당장 나가라면 어디로 가겠는가? 오라는 곳 없는 낭인이지 않은가. 정 우리들이 불편하다면 수병들은 상륙시키지 않을 것이니 며칠 말미를 주시게! 우리가 갈 곳을 정하겠네!"

"외부군사들을 안방에 들이는 나라도 있더냐! 당장 가락을 떠나라 했다!"

수로가 엄하게 노려보자, 말에서 펄쩍 뛰어내린 탈해가 수로 앞에 털썩 무릎을 꿇었다. 그러자 탈해의 부하장수들이 일제히 마상에서 내리며 수로를 향해 무릎을 꿇었다. 탈해는 수로에게 간곡히 요청했다.

"이곳에서 나가라면 어디로 가겠소! 신라 백제에서도 우리를 받아 주지 않으니! 며칠 말미만 달라는 것입니다. 물이 위에서 아래로 흐르듯 칸께서 선을 베풀어 주십시오!"

수로는 무릎을 꿇은 석탈해의 행동에서 진정성이 느껴지지 않았으며, 눈빛 속에는 알 수 없는 목적이 숨겨져 있는 것을 느낄 수 있었다. 막다른 곳으로 쥐를 몰면 고양이를 무는 법이다. 탈해 같은 자는 언제 강도로 돌변할지 모르는 자이니, 재촉한다고 그가 선택할 수 있는 패가 있는 것 같지도 않았다.

"하루에 두 번 바닷물이 든다. 내일 첫 물이 들 때까지 가락을 떠나라!"

"칸의 넓으신 마음에 감사드립니다!"

"감사하지 마라! 내일 첫 물이 들 때까지다!"

"예! 그때까지 떠나겠습니다!"

수로는 무릎을 꿇고 조아리는 석탈해와 부하들을 노려보다가 거처를 향해 돌아갔다. 수로가 자리를 뜨고서야 몸을 일으킨 탈해는 시간을 번 것에 만족하며 묵묵히 수로 일행의 뒷모습을 지켜봤다. 부하 장수들도 탈해와 같은 마음인지 완전히 수로 일행이 사라질 때까지 아무도 입을 열지 않았다.

12.
첫물이 들 때까지 가락에서
나가지 않으면 적이다!

탈해의 기마병들은 망산도 가까운 곳에서 야영을 준비하면서, 혹 일을 그르칠 수도 있으니 또 한 번 해전 선단 수병들에게 상륙하지 말고 대기하라는 수신호를 보냈다. 원래 계획대로라며 이 시간 수병들은 모두 상륙하여 일전을 시작하고도 남을 시간이었다.

탈해는 밤이 늦었는데도 깊은 고민에 빠져 있었다. 수병들을 뭍으로 상륙시켜야 하는데 수로가 불허했으니 그럴 수도 없었다. 쥐도 새도 모르게 수병들을 뭍으로 올릴 방법을 찾아보지만 길이 없었다. 혹여 가락의 염탐꾼이 어디선가 지켜보고 있다면 더 큰 화를 자초하는 일이기 때문이다. 모르긴 해도 염탐꾼이 지켜보고 있을 것이다. 수로와 첫 대면한 탈해의 마음은 복잡해졌다. 소문으로만 들었던 수로는 절대로 만만해 보이는 자가 아니었다.

근처에서 자신의 명령을 기다리고 있는 부하 장수들을 바라보지만 탈해는 원래의 계획을 결행하지 못하고 있었다.

석탈해가 가락으로 온 목적은 가락을 접수하기 위해서였다. 자신을 따르는 수병 선단이 50여 척이고 잘 훈련된 기마병이 있으니, 가락쯤이야 아직 나라도 서지 않은 임자 없는 무지렁이들만 모여 사는데, 반나절이면 접수할 수 있으리라 생각했다.

그러나 생각보다 보이지 않는 가락의 힘이 곳곳에서 느껴졌다. 자칫 일을 그르칠 수 있겠다는 생각이 먼저 들었다.

수로는 탈해가 예측한 대로 이미 초병 중 믿을 수 있는 두 명을 뽑아 석탈해 야영장이 한눈에 들어오는 곳에 매복 시켰다. 건초 무더기로 위장했으니 아무리 영악한 탈해라 하더라도 염탐꾼은 찾지 못했다.

수로 처소는 디귿자 형태에 본체 옆으로 양옆 각각 10여 칸 정도의 객방으로 쓰고 있는 건축물이 있으며, 특별한 여자 손님들을 위해 뒤편으로 본체와 나란한 크기의 별채 건축물이 있었다. 마리는 그 별채에 쉬고 있었다.

수로는 본체 차실에서 허리를 꼿꼿하게 세운 채 앉아 염탐꾼으로부터 소식을 기다리고 있었다. 탈해가 어떤 흑심을 가지고 가락으로 들어왔는지 알아야 했었다. 20명 가까운 기마병을 대동하고 들어온 것도 그렇지만, 50척 넘는 해전 선단이 망산도 앞바다에 있다는 것은 기분 좋은 일은 아니었다. 그들이 일시에 폭력집단으로 변한다며 가락인의 안전에 위해가 될 것이고 희생을 각오하지 않으면 안 된다.

살짝 벽에 기대어 눈을 부치기는 했지만, 수로는 온 밤을 뜬 눈으로 새었다. 그때까지 석탈해에 대한 아무런 보고가 없는 걸로 봐선 허튼짓이 일어나지 않았다는 뜻일 텐데, 그럴수록 탈해의 의중에 의혹만 커졌으며 도무지 짐작이 가지 않았다.

첫물이 들어오려면 정오가 되어야 한다. 날이 지나 햇살이 퍼진 지 오래되었는데도 염탐꾼으로부터 아무런 전갈이 없었다. 수로는 마음이 바빠지는 것을 스스로 절제하며 소식이 오기만을 기다렸다. 초병과 중간 연락을 취하다 잘못

되면 오히려 역효과를 부를 수 있기 때문에 기다려야만 했었다. 수로의 심중을 알고 있는 마리와 호위 장수들은 날이 새면서 본채 차실로 들어와 수로의 명령을 받들기 위해 대기하고 있었다.

수로의 차실은 오랫동안 침묵만 흐르고 있었다. 반 식경 후면 물이 들어올 시간이다. 그때까지 석탈해가 가락을 떠나지 않는다면, 그것은 수로에 대한 도전으로 봐야 한다. 탈해가 나가지 않을 때는 일전을 피할 수 없다는 생각을 하고 있을 때, 본채 밖에서 초병의 소리가 들려 왔다.

"석탈해라는 분이 칸을 뵙고자 청합니다!"

침묵을 지키며 앉았던 마리와 호위 장수들이 일제히 귀를 세웠다. 수로는 밖의 소리를 되새겨 보면서 물었다.

"어디에 있느냐?"

"연못 석좌에서 기다리고 계십니다."

초병으로부터 석탈해가 찾아왔다는 말을 들은 수로는 호위 장수 신귀를 바라보며 단호한 어조로 말했다.

"첫물이 들어올 시간까지 가락을 떠나지 않으면 도전으로 여길 것이니! 그렇게 전하라!"

"네에! 칸!"

신귀가 자리에서 일어서자 신도와 오능이 동행하기 위해 수로에게 예를 갖추고 차실을 나갔다.

석탈해는 부하 장수 두 명과 함께 수로 저택 안 연못 석좌에서 기다리고 있었다. 수로가 직접 맞이할 줄 알았는데,

호위 장수가 온 것을 보고, 석탈해는 수로의 경계심을 읽을 수 있었다.

신귀, 오능, 신도는 찾아온 손님에게 예를 갖추며 인사를 했다.

"무슨 일로 칸을 뵙고자 합니까?"

석탈해의 목적은 수로를 만난 자리에서 여의치 않으면 부지불식간에 베어 버릴 생각이었다.

"직접 칸을 뵙고 말씀드리고자 합니다."

"말씀은 어제 다 하셨으니 오신 뜻을 밝혀 주십시오!"

당연히 수로와 대면하리라 여겼는데 뜻을 이룰 수 없다고 판단한 탈해는 자세를 낮출 필요가 있었다.

"저희들은 부여 유민입니다. 새로운 땅을 찾지 않는 한 유민들을 받아 주는 곳이 없습니다. 저희들이 살 수 있는 가락의 땅을 허락하여 주시길 칸에게 간청 드리고자 합니다!"

신귀는 석탈해의 말이 끝나기도 전에 칸이 전하라는 말이 이미 머릿속에서 정리가 되었다.

"칸께서 말씀하셨습니다! 첫물이 들어올 때까지 가락에서 나가지 않으면 적으로 간주한다 하셨습니다!"

더 이상 대화는 무의미하다는 것을 간파한 석탈해는 부하 장수들을 바라봤다.

"다른 말씀 없으시면 일어나겠습니다!"

수로의 뜻을 전한 신귀와 오능 신도는 석탈해에게 손님에 대한 예를 갖추고 차실에서 가버렸다. 어쩔 수 없는 탈해는 부하장수들과 함께 자리에서 일어나, 집 앞에 매어둔 말을 타고 떠났다.

망산도를 향해 가고 있는 탈해와 부하 장수들은 끓어오르는 불만을 내색하지는 않았지만, 이참에 수로의 목을 쳐버리고 가락을 차지하려던 계획이 물거품이 돼버린 것에 따른 화로 목젖이 뻣뻣해 왔다. 해전선단에 대기 중인 수병들을 상륙시키는데 많은 시간이 필요한 것도 아니다. 수병 중에 일당백의 용사들도 많지만 기마병은 정예요원들로 매우 용맹스런 자들이다. 수로만 잡으면 가락을 접수하는 데 별어려움은 없을 것 같았는데, 빈손으로 돌아가는 처지에 화가 치밀었지만 다른 방법이 없었다.

그러나 석탈해와 오랜 인연을 같이해 온 수족과 다름없는 용부지, 탁종, 원추명은 가락을 접수하기에 이보다 좋은 기회는 없다며 탈해의 결정을 부추겼다. 평소에 과묵하기로 따를 자가 없는 용부지가 입을 열자 탁종, 원추명이 거들고 나섰다.

"저들은 우리가 떠날 것으로 생각할 겁니다! 곧바로 수병들을 상륙시켜 틈을 주지 않고 쳐들어가면 수로를 잡을 수 있습니다!"

"수병들도 오랜 선상 생활에 지쳤습니다. 수병들을 상륙시키면 활력이 살아나고, 활력이 살아나면 공격하는 데 유리할 것입니다!"

나이 많은 원추명은 유민생활에 지친 듯 말투는 느렸지

만 생각은 다르지 않았다.

"우리가 또 다시 어디론가 가야 한다면, 이곳에서 끝을 냅시다!"

수족 같은 세 명 장수들의 의견은 지금 당장 수로를 치자는 쪽으로 기울어 있었다.

그러나 석탈해는 수모당했다는 분함만으로 행동했다가는 대사를 그르친다는 생각이었다. 가락의 병사들은 탈해의 등장으로 이미 대결 준비에 들어간 거나 마찬가지일 테니, 지금은 때가 아니라고 했다. 탈해는 외관적 모습보다는 매우 치밀한 성격이었다.

"해상 전선선단은 외항으로 물리고 일단 여기서 철수한다!"

세 명의 장수들은 석탈해의 결정에 끓어오르는 분심을 속으로 삭일 수밖에 없었다.

결정난 일을 우물쭈물 망설이다 훨씬 어려운 상황에 직면했던 일이 그동안 한두 번이 아니었다. 수로의 경고대로 바닷물이 들기 전에 철수하는 것이 후일을 도모하기에 용이하다는 판단이었다. 석탈해는 망산도를 향해 말을 달려, 해전선단 수병들에게 신라로 이동하라는 수신호를 보내고 기마병도 서둘러 출발했다.

13.
대가락의 칸이시여!
보관을 받드옵소서!

수로는 차실에 앉아 첫 번째 바닷물이 들 시간을 기다리고 있었다. 마리와 호위 장수들은 수로의 기다림을 지켜보며 침묵하고 있을 때 문 밖에서 초병의 소리가 들려왔다.

"첫물이 들어오고 있다는 전갈이 왔습니다!"

수로는 그때서야 침묵을 깨며 호위 장수들을 바라봤다.

"가자!"

수로는 창틀 앞에 안치되어 있는 칼을 거머쥐고 차실을 나가자, 마리와 수하들이 뒤따랐다.

제사장은 어제 기마병을 대동하고 나타난 석탈해 얘기를 전해 듣고 내심 걱정을 하고 있었다. 군사를 이끌고 거리낌 없이 가락 땅으로 들어올 정도면, 가락을 국가로 인정하지 않고 하찮게 보고 있다는 뜻이지 않은가.

제사장은 잠이 오지 않았다. 또 한 번 수로를 참석시키는 제사장 회의를 소집해야 될 것 같았다.

수로 또한 깊은 근심으로 가락의 앞날을 생각하며 꼬박 날밤을 새웠다.

가락이 부여 유민이라는 자 때문에 업신여김을 당하고, 허약한 나라 취급을 받은 불쾌한 하루였다. 순수 유민이라면 동병상련 언제든지 보듬어 줄 수 있지만, 무장한 병사들이라면 수로는 받아들일 수 없었다.

바닷물이 들어왔는데도 탈해가 떠나지 않았다면, 수로는 단칼에 목을 쳐 가락의 위상을 본보기로 보여 주어야겠다는 생각밖에 없었다.

수로가 망산도에 도착했을 때 석탈해의 기마병들은 신라

를 향해 떠난 후였다. 근해에 정박 중이던 해전 선단도 모습을 감추었지만 수로의 마음은 편하지 않았다. 석탈해가 기마병사와 해전 선단을 데리고 다니는 한 어느 나라도 거처를 허락해 주지 않을 것이다. 지금은 신라로 갔다고는 하지만 신라에서 받아 줄 리 만무한데, 그런다고 백제가 받아 주겠는가? 턱도 없는 일이다. 결국 얕봤던 가락으로 다시 올 것이다, 수로는 생각이 여기에까지 이르자 국경초소 감시인원을 확충해야겠다는 생각을 했다.

붓디만 공주는 부왕과 함께 가가라 강변을 따라 말을 달리고 있었다. 수로를 그리워하는 붓디만의 마음을 위로해 주기 위한 부왕의 배려였다.

원류인 가가라 강은 내륙으로 향하는 무역선단이 빈번했다. 들고 나는 무역선을 바라보며 마음을 쉴 수 있어 좋았다. 수로가 다시 인도를 찾으려면 최소 2년은 기다려야 하는데, 붓디만에게 2년은 너무 가혹한 시간이었다. 수로가 보고 싶어 힘들어지면 수로선단이 내려갔을 강을 따라 말을 달렸다. 그렇게 한참을 달리다 보면 마음이 한결 후련해졌다. 다시 수로가 이 강을 따라 붓디만을 만나러 올라올 것을 알기에 돌아가는 길도 가벼웠다.

아요디아는 전통적으로 물고기에 대한 믿음이 있었다. 소원과 다산을 이루어 주는 물고기를 숭배했다. 붓디만은 언제부턴가 두 마리의 물고기가 한 마음으로 바라보는 형상을 조각하고 있었다. 수로에 대한 기다림의 시간이 애틋할수록 쌍어 조각에 집중했다. 수로의 마음과 붓디만의 마음이 담긴 쌍어는 지금이라도 물길을 차고 뛰어오를 듯 살아 꿈틀대는 듯했다.

국왕은 붓디만 공주가 마음을 애태울 때마다 걱정이 앞섰다. 수로가 아유디아로 다시 오게 되면, 국왕이 원하는 대로 될 수 있을지 그것이 고민이었다. 붓디만 배필로 수로를 허락했는데 왕위를 계승해야 할 붓디만이 수로를 따라 가락으로 가겠다면, 수습할 수 없는 사태가 발생하니 국왕으로서 난감한 처지에 빠졌다.

국왕은 멀리 있는 수로를 기다릴 것이 아니라, 가까이 있는 좋은 남자 친구가 있다면 붓디만의 마음을 바꿀 수 있을까 싶어, 이런저런 명분으로 연회를 열어 교제할 기회를 만들어 주지만 붓디만의 마음은 요지부동이었다.

가락의 제사장과 부족장들은 백주대낮에 기마병들이 가락을 제집 다니듯 한 석탈해 사건으로 대가락국 건국을 더는 미룰 수 없었다. 수로가 건국을 선포하고, 집단연맹 국가로써 대가락국의 당당한 위세로 국가의 기틀을 다져, 석탈해 같은 떠돌이 따위가 감히 넘보지 못하는 나라를 세우기 위해, 수로의 결단을 촉구하는 가락국 건국을 위한 천제를 준비하고 있었다.

천제를 준비 중인 구지봉에는 하늘에 불길을 올리기 위

한 화목이 산덩이처럼 쌓여 있고, 구간들은 새벽 물을 받아 몸과 마음을 정갈하게 씻고, 하얀 대례복으로 갈아입었다. 끝이 뾰쪽하고 긴 대오리^(註 27)로 만든 모자를 쓰고, 이슬 받은 물을 담은 질그릇을 머리 위로 높이 들어 구지봉으로 모이고 있었다. 보관이 놓인 석조물 앞 제단에는 오곡과 과일이 가득 차려져 있었고, 이슬 물이 가득 든 구간들의 질그릇이 제단에 하나씩 놓이면서 제사장이 팔주령을 흔들었다. 동경에 반사된 빛이 사위를 끌어들이는가 싶더니 보관에 비추어지며 천제가 시작되었다.

"하늘이시여! 천자를 살피시어! 대가락을 건국하게 하옵시고! 천대 만대! 가락의 자손들이 땅과 바다의 주인이 되게 하옵소서! 대가락의 칸이시여! 부디 보관을 받드옵소서!"

제사장이 하늘에 고(告)하자 구간들이 일제히 큰소리로 고했다.

"대가락의 칸이시여! 부디 보관을 받드옵소서!"

하늘에 고하는 구간들의 소리에 맞춰 화목에 기름불이 당겨지면서 순식간에 불길이 하늘 높이 치솟았다. 제단 좌측 대열을 지고 있던 남자 무인(巫人)들이 격렬하게 북을 쳤다. 떼를 지은 무녀(巫女)들이 불길 속으로 뛰어들 듯 주위를 맴돌며, 좌우 발로 번갈아 땅을 발로 차는가 싶더니 펄쩍펄쩍 솟구치듯 강렬한 몸짓으로 춤을 추며 구지가^(註 28)를

(註) 27 대를 쪼개서 가늘게 깎은 개비
(註) 28 가락국 부족장들이 김수로왕을 맞이하기 위해 부른 고대가요

노래했다.

　거북아 거북아

　머리를 내어라

　내놓지 않으면

　구워서 먹으리

　대가락국 건국 기원 천제를 참여하기 위해 몰려든 가락인들은 하늘 높이 치솟는 불길을 바라보며, 두 팔을 들어 모두 구지가를 부르며 염원했다. 제사장은 결의를 다지듯 구간들을 독려했다.

　"칸이 보관을 받들기 전에 천제는 멈추지 않을 것입니다!"

　"암! 그래야지요! 하늘에 불길이 부족하면 나무를 더 가져와야 할 것이고! 북소리가 하늘에 닿지 않고! 춤사위에 하늘이 감동하지 않으면! 몇 날 며칠이고 춤을 춰 하늘의 소리를 들어야 할 것입니다!"

　제사장과 구간들이 수로를 만나기 위해 구지봉을 내려가는 시간에도, 무녀들은 지칠 줄 모르고 더 격렬하게 구지가를 부르며 춤췄다.

　거북아 거북아

　머리를 내어라

　내놓지 않으면

　구워서 먹으리

　가락인과 무인(巫人)들의 노래 소리가 천지를 진동시켰다. 불길은 하늘을 태울 듯한 기세로 거세게 타올랐다.

수로는 구지봉 소식을 듣고 고민에 빠져 있었다. 호위 장수들은 주군의 심기를 어지럽힐까 모두들 말을 아끼고 있었지만, 마리는 수로에게 자신의 생각을 말했다.

"칸! 보관을 받드십시오! 가락인의 뜻입니다!"

수로는 알았다는 건지 몰랐다는 건지 천천히 고개만 끄덕일 뿐 침묵만 하고 있었다.

자신이 계획했던 해상왕국의 꿈들이 하나씩 머릿속으로 지나갔다. 광활한 바다의 지평을 넓히고, 바다에서 가락인의 원대한 포부를 펼칠, 그 웅대했던 꿈보다 대가락의 건국으로 가락인이 행복할 수 있는 길이 하늘의 뜻인가?

대가락 건국을 선포하는 순간 수로는 바다로 나갈 수 없는 상황이 못 견디게 했다.

국가를 지탱하는 효율성 있는 조직체계를 갖춰야 하고, 갈등 관계에 있는 인접 국가들의 침략에서 가락인을 보호해야 하고, 평화로운 가락인의 생활을 지켜야 하는 일들보다 수로에게는 바다에 대한 꿈이 더뎌지고 있다는 절망감이 더 컸었다. 그 순간 제사장의 소리가 문 밖에서 들렸다.

"대가락의 칸이시여! 부디 보관을 받드옵소서!"

제사장의 소리에 이어 구간들이 일시에 청(請)하는 소리가 집안을 쩡쩡 울렸다. 그 순간 마리와 호위 장수들은 수로의 표정을 살폈다. 수로는 눈을 감은 채 미동조차 하지 않았다. 마리와 호위 장수들은 살얼음판에 앉아 있는 듯 숨소리도 낼 수 없었다. 다시 제사장과 구간의 소리가 들렸다.

"대가락의 칸이시여! 부디 보관을 받드옵소서!"

수로는 결연한 표정으로 자리에서 일어섰다. 마리와 호위 장수들도 숨을 죽이며 수로를 따라 일어섰다. 침묵 속에 비켜 찬 칼자루의 부딪침 소리만 들렸다. 수로는 문을 열었다. 문 밖에 부복해 있던 제사장과 구간이 수로를 바라보았다. 수로는 천천히 다가가 부복해 있는 제사장의 손을 잡아 일으키며 구간들에게 말했다.

"그만 일어나십시오!"

그럼에도 구간들은 일어날 수가 없었다. 또 다시 일제히 청했다.

"대가락의 칸이시여! 부디 보관을 받드옵소서!"

제사장과 구간의 면면을 바라보는 수로의 얼굴에 잔잔한 미소가 보였다.

"가락인들의 평화를 염원하는 제사장과 구간들의 마음은 누구도 미치지 못합니다! 하물며 이 김수론들 어찌 여러분들 마음만 하겠습니까? 그만 일어나십시오! 보관을 받들겠습니다!"

보관을 받겠다는 말을 듣고도 믿기지 않는 듯 어리둥절하던 제사장과 구간들이 다시 허리를 숙이며 수로를 향해 감격했다.

"칸!"

마리와 호위 장수들도 칸에 대한 예의를 갖추며 무릎을 꿇었다.

"칸!"

수로는 다시 제사장과 구간들을 일으키며 달랬다.

"일어나시오! 우리 같이 구지봉으로 가서 가락인들과 어울려 노래하고 춤추며! 대가락의 건국을 세상에 알립시다!"

마리와 장수들은 수로의 말이 떨어지기 무섭게 앞길을 열어 호위하며 나갔다. 수로는 연로한 제사장을 부축해 구간들과 함께 뒤따라 집을 나섰다.

밤이 내린 구지봉에는 가락국 건국을 염원하는 가락인들과 무인들의 춤과 노래가 계속되고 있었다. 일순간 함성과 악기소리가 찬물을 끼얹듯 조용해지자 일제히 한 곳을 바라봤다. 제사장을 부축한 수로가 구지봉으로 올라오고 있었다. 제사장은 수로의 부축을 받으며 보관이 안치된 석조물로 다가갔다. 숨소리조차 들리지 않는 침묵 속에 보관을 들어 올린 제사장이, 칸의 자리에 앉은 수로 머리에 씌워 주었다. 그때서야 천제에 참석한 가락인들이 일제히 '칸'을 연호하며 환호를 내질렀다.

"칸!"

"대가락국 만세! 대가락국 만세!"

서기 42년, 사슴뿔 모양의 대가락국 칸의 보관을 쓴 수로는 가락인들의 면면을 눈에 새기듯 바라봤다.

"가락인들이시여! 오늘은 밤새워 노래하고 춤추며 즐깁시다! 우리들의 나라를 대가락이라 선포합니다!"

가락인들의 터져 나오는 함성이 밤하늘을 쩡쩡 울렸다. 타악기 연주가 울려 퍼지며 어느새 가락인들은 한 덩어리가 되어 춤추고 노래했다. 수로와 구간들도 가락인들과 손에 손을 잡고 춤추며 노래했다. 노쇠한 육신이 힘겨운 제사장도 어울렸으며, 대가락 건국의 밤은 날이 샐 때까지 계속되었다.

14.
47년, 가락국에 세운 호계암

대가락국 칸 수로는 첫 구간 회의를 주재하면서 국가조직 체계를 구간에 의한 합의제로 시행할 것을 결의했으며, 감히 인접국들이 넘겨다볼 엄두를 못 내는 강한 나라만이 침략을 받지 않는다며, 각 부족장들에게 재량권을 부여해 독자적 집단연맹체로서의 가락을 제안했다.

무엇보다 가락인들의 평화로운 삶이 제일 우선이었다. 그 삶을 지켜야 하는 칸으로서 당분간 해상무역은 수하들에게 맡길 수밖에 없었다.

선단의 이름도 수로선단에서 가락선단이라 바꾸고 선장을 수하 유공에게 갑판장을 유덕에게 명하고, 이번 선단을 출발시키면서 지난번에는 방문하지 못한 왜섬에 있는 가락촌을 경유할 것을 지시했다.

칸은 가락선단 선장 유공을 불러 붓디만 공주에게 보내는 선물을 챙겼다. 가락의 명품인 옻칠 상자에 넣어 비단보자기로 두 겹으로 쌌다.

금으로 세공한 가락지와 바람개비 모양의 가락 문장을 본뜬 목걸이를 넣으면서, 공주 목에 걸려 있을 목걸이를 상상하며 좋아했다. 특별히 공주의 예쁜 몸을 감싸줄 가락인이 만든 비단을 넣었다. 칸은 비단을 개면서 잠시 싸한 그리움이 솟구쳐 오르자, 가만히 눈을 감으며 선단을 따라가고 싶은 마음을 진정시켰다.

가락선단이 떠나는 전날 밤 칸은 잠을 이룰 수 없었다.

붓디만을 그리워하는 마음도 그렇지만 바다를 향한 칸의 야망이 정지하는 듯한 무기력감이 잠을 설치게 했다.

다음날, 가락선단이 탐라로 바닷길을 잡아 사라질 때, 칸은 한쪽 가슴이 텅 빈 듯 쓸쓸함이 몰려 왔다.

수로가 나라를 세우면서 바뀐 또 한 가지 변화는 장수들의 호칭이었다. 병사들을 아홉으로 나누어 각각 다른 임무를 부여했으며, 각각의 책임자를 군두(軍頭)[註 29]라 칭했다.

군두 오능은 선단을 출발시키면서 외로워했을 주군의 그 쓸쓸한 마음의 정체를 알고 있었다. 주군을 위로해 주고 싶지만 무엇으로 마음을 채워 줄 수 있단 말인가. 오능은 오늘만큼은 일손을 놓고 주군을 모시고 싶었다.

오능은 부인에게 전갈을 보내 술상을 봐두라 한 후, 칸을 초대했다. 가야금 연주와 소리꾼이 부르는 노래가 저절로 흥겨웠다. 칸은 오능의 마음을 헤아리듯 덩실덩실 춤도 춰 보지만, 그럴수록 붓디만 공주를 향한 견딜 수 없는 그리움에 힘들어했다.

가락선단이 떠난 후, 쾌청한 날이 계속되어 칸의 마음도 한결 가벼웠다.

제사장 발루가 고뿔로 자리에 누웠다는 소식을 듣고 병문안을 갔다가 수발을 들고 있는 마리를 만났다. 칸을 보면

(註) 29 군의 머리

언제나 미소를 띠던 마리였는데, 그날 마리의 얼굴에 미소가 보이지 않았다. 마리를 바라보는 것이 미안할 만큼 싸늘했다.

제사장 발루는 며칠 누웠다 일어날 테니 걱정 말라지만 수척한 얼굴에 근심이 가득했다.

발루는 칸의 꿈 해몽을 해주었을 때, 마리와 인연이 없다는 것을 알고 이미 마음을 비웠다. 그러나 정작 당사자 마리를 어떻게 이해시킬 것인가에 대해서는 아무런 대안 없이 오늘에 이르렀다.

세상에 비밀은 없다. 혼인을 약속한 붓디만과의 이야기는 칸 자신도 모르는 사이에 소문이 퍼져 호사가들 입을 오르내린 지 한참 되었지만, 정작 마리는 며칠 전에 알았다. 마리는 수로의 염문을 믿지 않으려 했었다. 심심한 사람들이 지어냈을 거라고 생각했다. 그럴수록 종잡을 수 없는 자기 혼란에 빠져 아무 것도 할 수 없을 만큼 충격이 컸다.

여전사 훈련으로 자학도 해보지만, 자신을 혹사할수록 더 깊은 외로움의 동굴 속으로 빠져드는 듯했다. 아무리 울지 않으려 마음을 먹어도 쉼 없이 흘러내리는 눈물 때문에 얼굴을 들 수 없었다. 울다가 할아버지한테 들킨 것이 할아버지를 자리에 눕게 만들었다. 그런 마리를 봐야 하는 할아버지의 마음도 마리 만큼 힘들었다.

마리가 진작 마음의 준비를 했었더라면 지금처럼 고통스럽지만은 않았을 것이다.

수로와 마리 사이에 부부인연이 없다는 것을 알면서도,

마음에 준비를 시키지 못한 것이 후회스럽고, 고통스러워하는 손녀를 지켜봐야 하는 할아버지 마음은 찢어지는 듯 아팠다.

할아버지의 병환이 차도를 보이자 마리는 거칠산 국경초소로 떠나겠다고 했다. 칸은 마리 마음이 평화로워질 수 있다면 무엇이든 해주고 싶었다. 무엇을 어떻게 해야 마리의 마음이 평화로워질 수 있을까. 위험이 도사린 거칠산 국경초소로 가고자 하는 마리의 심중이 훤히 보였지만 칸으로써 만류할 수 없었다. 멀리 떨어져 있으면 마리가 평정심을 갖는데 아무래도 낫지 않을까 그러길 바라는 마음뿐이었다.

마리는 마지막으로 한 가지 소원이 있었다.

"옛날 오빠처럼 안아 주세요."

칸은 따뜻한 미소로 마리를 바라보며 두 팔을 벌렸다. 마리는 이생 마지막이 될 칸의 품속을 오랫동안 기억하고 싶었다. 어깨를 두른 칸의 손길에서 느껴지는 따스함이 온 몸으로 전해졌다. 마리는 있는 힘을 다해 칸의 허리를 조여 안은 후, 팔을 풀고 돌아서 갔다.

마리는 그날 즉시 여전사 5명을 차출해 거칠산 가락국 병사가 주둔하고 있는 국경초소로 출발했다.

가락국의 적은 신라만이 아니었다. 백제로부터의 공격도 빈번하게 일어났다. 신라와 백제가 가락국을 눈독 들이는 이유는, 가락국이 철 생산을 주도하고 있었기 때문이다.

가락이 덩이쇠 공급을 닫아 버리면 신라와 백제는 호미자루 하나 만들 수 없었다. 그만큼 가락국의 철기 문화는 신라와 백제가 감히 대놓고 덤비지 못할 만큼 초월적이었기 때문 이다. 또한 가락국이 덩이쇠로 적절한 외교 관계를 유지하 고 있었다. 그런데도 신라와 백제가 철광석이 나는 가까운 곳을 간헐적으로 공격하는 숨은 뜻은 야금야금 도둑고양이 처럼 철 생산지를 차지하기 위해서였다. 철을 다룰 줄 아는 가락인을 납치해 제련 기술을 습득한다 하더라도 철을 뽑을 수 있는 철광석을 구하지 못하니 실속이 없었다.

칸은 냉철하게 주변국들이 처한 환경에 대한 이해가 필 요했다. 백제에 비해 신라는 주변국과의 무역이 뒤떨어 졌 다. 백제는 금천강(錦川)[註30]을 이용하면 되지만, 신라는 유 일한 황산하(黃山河)[註31]마저 가락국 때문에 자유롭게 이용 하지 못하고 있으니, 신라 입장에서 보면 가락국은 늘 눈엣 가시였다.

양국을 경계하기는 마찬가지지만 칸은 신라를 더 비중 있게 주시했다.

석탈해는 가락에서 철수한 뒤 신라로 들어가 운신해 보 려 했지만, 뜻을 이루지 못하고 가락국 영역인 거칠산[註32] 자 락에서 야영을 하며 진로를 모색하고 있었다. 거칠산은 가

(註) 30 영산강의 옛 이름
(註) 31 낙동강 옛 이름
(註) 32 부산 황령산의 옛 지명

락국이 지켜야 하는 철광석 생산지이기 때문에, 어느 지역보다 경계를 소홀히 할 수 없었다. 오히려 탈해는 그런 지리적 위치를 이용해 자신의 입지를 세워 볼 계획을 하고 숨어들었다. 등잔 밑이 어둡다며 눈여겨보지 않으면 감쪽같은 경사가 급격한 곳에 자리를 잡았다.

신라가 염원했던 광산을 차지하면 신라와 유리한 입장에서 협상할 수 있다는 생각이었기 때문이다. 그러나 그 또한 계획대로 되지 않았다.

해전선단 생활에 지쳐 있는 수병들의 어려움도 모른 척할 수 없었다. 상륙을 허락하고 합류했지만 바닥난 군량미 때문에 탈해의 몰골이 말이 아니었다. 궁핍한 위기를 돌파하려면 이대로는 안 된다는 것이 수하 장수들의 요구였다.

"가락국 수로가 건국을 선포했다 합니다."

"…!"

"시간이 갈수록 가락은 단단해질 것입니다. 곧 겨울이 올 텐데 곁불이라도 쬐려면 기회는 지금밖에 없을 듯합니다."

"곁불이라도…?"

"그러하옵니다."

"곁불은 무슨! 가락국을 차지해 버리면 되지!"

"가락국을요? 좋은 타개책이 있사옵니까?"

"내가! 석탈해야!"

"수로를 밀어내겠다는 겁니까?"

탈해는 고개를 끄덕일 뿐 즉답은 하지 않았다.

칸이 나라를 세우고 모든 정치의 근간이 가락인 우선책으로 자리를 굳혀 안정세에 접어들었지만, 늘 마음 한곳에는 붓디만에 대한 그리움이 웅크려 있었다. 보고 싶기도 하지만 어떻게 붓디만과의 사랑을 키워 나갈 것인지 미래가 보이지 않는 것이 수로를 우울하게 했다.

과거처럼 가락 선단을 타고 다니며 무역하는 처지라면 모르겠지만, 그리워한다고 바다 건너 먼 아유디아에 있는 붓디만을 만날 수 있는 처지가 아니지 않은가.

방법이 있다면 수로가 아유디아로 가든지 붓디만 공주가 가락국으로 오는 길밖에 없었지만, 두 가지 다 실현 가능한 일이 아니었다. 특히나 수로는 가락국의 칸으로서 자리를 비울 수 없는 입장이었으며, 붓디만이 가락으로 온다는 것은 상상조차 할 수 없는 일이었다.

가락 선단이 떠난 날짜를 계산해보던 칸은 해상기후가 별 탈 없었다면 지금쯤 아요디아 파트나 포구에 근접했거나, 가가나 강 원류를 따라 올라가고 있을 가락선단이 눈에 선했다. 칸은 가락에 있지만 마음은 선단을 이끌고 아요디아로 가고 있는 것 같았다.

아요디아에 가 있는 칸의 마음을 깨운 건 탐라에서 온 연탁이라는 수행자였다. 연탁의 몰골은 거지와 다르지 않았다. 승복은 낡고 초라하기 짝이 없었으며 짚신조차 신지 못한 채 맨발이었지만, 형형한 눈빛 만큼은 빛이 났다.

수하 장수의 안내를 받으며 칸의 거처로 들어오는 연탁

을 발견한 칸은 한달음에 손을 잡으며 반갑게 맞이했다.

그동안 칸은 존자암 존재를 잊고 살았다. 어찌 보면 지금 살아 있는 것이 존자암 수행자들 덕분인데 잊은 채 살고 싶어서 그랬다기보다, 그럴 수밖에 없었던 일들이 칸의 머릿속에서 존자암을 멀찍이 밀쳐놓고 있었다.

칸에게 불법의 진리를 가르쳐 준 존자암 암주 빈유는 이미 열반에 들었다고 했으며, 사세가 바닥나면서 그나마 남아 있던 수행자들은 환속해 어디론가 떠났다고 했다.

발트라 존자가 직접 수풀을 헤치고, 불법을 펴기 위해 빈손으로 일구었던 존자암이 폐사(廢寺)가 되었다는 말을 들은 칸은 잠시 눈을 감고 깊은 생각에 빠졌다. 불법이 가야인을 감동 시키지 못한 데서 그 이유를 찾아야 할 것 같았다.

인간은 태어났으면 죽어야 하는데 왜 태어났으며 어떻게 살다 죽는 것이 올바른 길인지, 빈유 존자를 통해 정신적으로 자유를 찾은 수로는 불법이나 가락인의 우주관이나 별반 다르지 않은데, 가락인들이 불법으로부터 감동을 받지 못한데는 접근이 쉽지 않다는 이유밖에 달리 이해되지 않았다.

누구나 태어났으면 죽는다는 사실을 입으로만 아는 사람들은 많지만, 진실로 생사를 믿는 사람은 많지 않았다. 이처럼 평범한 가르침을 참으로 믿는다면 침략과 약탈이라는, 인간이 인간을 살육하는 비참함 앞에 자신의 양심의 소리를 들을 수 있을 것이다. 영원히 살 것처럼 하지만, 태어나면 죽는다는 평범하고도 지극한 불법의 진리를 진실로 믿을 수 있게 가르쳐 준 참스승 암주 빈유가 그리웠다.

연탁은 불법을 펼 수 있는 자리를 얻고 싶어 했다. 수로는 국토를 책임지는 유수간(留水干)과 함께 직접 연탁 수행자가 원하는 자리에 암자의 위치를 지정해 주고, 일체의 건축자재를 마련해 암자를 건립할 수 있도록 지원해 주었다. 연탁은 몸이 부스러지게 일을 하면서도 발타라 존자가 뿌려 놓은 불법의 씨를 돋운다 생각하니 그렇게 즐거울 수가 없었다.

서기 47년, 수로의 지극한 관심으로 시작한 암자는 호계암(虎溪庵)[註 33]이라 이름 짓고 가락국에서 처음으로 불법의 문을 열었으니, 탐라에 있었던 존자암 다음으로 삼한 땅에서는 최초의 불법 도량이었다.

(註) 33 삼국유사 탑상(塔像) 편, 파사석탑이 봉안된 도량.

15.
왜섬 가락촌의 위기

왜섬 가락촌 포구에 도착한 가락선단의 물품은 기다렸던 가락촌 사람들과 원주민들에 의해 순식간에 팔려 나갔다. 가락촌은 하루가 다르게 번창하고 있었다. 시장이 형성되고 물물교환이 이루어지면서 먼 곳에서 이주해 오는 원주민이 늘어 갔다.

사람들이 유입되면서 누가 시키지 않아도 자발적 상업이 발달했으며, 거래가 이루어지면서 이익을 쫓는 무리들이 생겨났다.

수로에 의해 오래전 가락촌장으로 장국이 지명된 후 예전에 없던 가락인들끼리 우애가 깊어갔으며, 가락촌은 평화로운 곳이라 소문이 나 멀리 살던 원주민까지 몰려들었다. 어느 사회든 사람들이 득세하는 곳에는 이익을 쫓는 교활한 자들이 꼬이게 되어 있었다.

수로는 그런 불합리를 예상하고 촌장을 지명해 관리하게 했지만, 법은 멀리 있고 주먹은 가깝다는 말처럼 본국은 멀리 있었고 주먹은 가까이 있었으니 장국촌장의 권위를 넘보는 자들이 죽순처럼 생겨나고 있었다.

장국 촌장은 가락촌의 어려움을 가락선단 선장 유공에게 토로했다. 지금까지는 고향을 떠난 가락인들의 애로를 해결해 주고, 힘든 일은 서로 보듬어 주며 결속을 다져 왔는데, 가락인 중에 태바리종이라는 자가 원주민을 불러모아 세를 결집해 주민들을 위협하고, 가락촌을 쥐락펴락 폭력으로 위협하니, 말도 못하고 꿀 먹은 벙어리처럼 가락인들의 불만이 이만저만 아니었다. 자발적으로 생성된 포구시장에 주인

행세를 하며, 관리 명분으로 자릿세까지 뜯어 간다니 기가 찰 노릇이다. 최근에는 세력간의 다툼까지 벌어져 밖으로 나다니기가 겁나 오후엔 아예 나갈 생각을 안 한다고 했다.

선장 유공(留功)의 얼굴색이 어두워졌다. 가락촌에 상권이 커지고 가락인 패거리들끼리 세력다툼이 발생하면, 이기는 자가 가락촌에서 힘을 과시하게 될 것이고, 본국에서 들어오는 선단도 위협받을 수 있다는 말이다.

이들을 제지하려니 가락촌장 혼자 힘만으로는 패거리들의 세력이 너무 컸으며, 가락촌장 존립에 문제가 있을 만큼 심각한 수준이었다.

유공은 갑판장 유덕과 함께 태바리종이 운영하는 주점을 찾아갔다. 주점은 포구에서 몫이 좋은 곳으로 대낮인데도 술이 넘쳐나고 있었다.

태바리종은 유공과 유덕을 알아보고 인사를 하지만 그 태도가 거만하기 짝이 없었다.

"본국에서 배가 들어왔다는 소리는 들었는데… 무탈하셨습니까?"

순간 유공의 얼굴에는 참을 수 없는 분노가 차올랐지만, 그렇거나 말거나 태바리종은 유공과 유덕을 무시하며 빈정거렸다.

"아! 배가 들어온 걸 알면서 왜 나와 보지 않았냐고요? 내 맘이지요! 본국 사람들은 장국 촌장밖에 더 있습니까? 이 태바리종이야 알기나 합니까?"

태바리종의 빈정거림을 더 이상 참지 못한 유덕이 발 앞에 놓여 있는 나무 의자를 걷어차 버렸다.

"이 자식이!"

유덕의 발길에 날아간 나무의자는 태바리종의 머리에 맞고 떨어졌다. 근처에 있던 태바리종의 부하들이 품속에 숨겨 다니는 칼을 꺼내 들고 유덕과 맞서려고 했다. 의자에 맞아 머리에서 흐르는 피를 손등으로 쓰윽 닦던 태바리종이 비열한 웃음을 지으며 부하들을 나무랐다.

"물러서! 등신 같은 놈들아! 이 분들이 누군 줄 아느냐!"

태바리종은 유공과 유덕을 조롱하듯 부하들을 나무라며 사과하지만 겉치레일 뿐이었다.

"아이들이 버릇이 좀 없어요! 이해하십시오!"

이 자들은 가락촌에 상주하는 자들이고, 유공과 유덕은 내일이면 떠나는 사람이다. 지금 이 자리에서 태바리종을 응징한다고 문제가 해결되는 것은 아니다. 유공과 유덕은 수로의 군두 장수들이다. 태바리종 같은 건달 열 명이 한꺼번에 덤벼도 눈 하나 깜짝하지 않을 만큼 뛰어난 무사이지만, 이 자리에서 태바리종을 베 버리면 제2의 태바리종이 나올 것이고 그 자는 전자가 당한 결과를 보고 더욱더 악랄하게 가락촌을 유린할 것이다. 응징하려면 씨를 말려야 하는데 그러려면 시간이 필요했다.

유공이 태바리종을 엄하게 노려보자, 사납게 인상을 쓰며 눈길을 비켜 가던 태바리종이 주억거렸다.

"그만하십시다!"

유공이 무겁게 태바리종을 부르자 마지못해 대답했다.

"태바리종!"

"말씀하십시오!"

"이곳 촌장은 본국 칸의 뜻을 받들어야 할 것이고! 가락촌의 대소사는 촌장의 뜻을 받들어야 할 것이야! 만약 이것이 지켜지지 않으면 본국 칸이 역린하는 것이라! 내 칼에 피를 묻히게 될 것이다! 알겠는가?"

유공과 유덕은 마지못해 대답하는 태바리종이 못마땅했지만 주점을 나갔다. 유공 일행이 주점에서 사라지자마자 태바리종에 대한 충성심이 과민한 부하들이 불쾌감을 터뜨리며 분개했다.

"쟤들이 우리를 부뚜막 밥풀떼기로 아나 봅니다! 처리해 버릴까요?"

태바리종은 비열한 웃음을 흘릴 뿐 대답이 없었다.

유공과 유덕은 장국촌장을 만나, 태바리종 처리는 본국에 먼저 알리는 것이 문제 해결의 순서일 것 같아, 가을철 가락촌 천제 때 칸의 처분을 따르기로 했다.

응징하려면 뿌리를 뽑아야 하는데 섣불리 해결하려 들었다가는 기갈만 키우는 꼴일 테니, 지금으로서는 최선의 방법이었다.

유공과 유덕은 촌장과 저녁식사를 끝내고 숙소로 돌아갔다. 옛날 같으면 선박에서 잠을 잤었지만 가락촌에 사람이 늘어나면서 여관이 생겼다.

기다리고 있던 수하에게서 원주민으로부터 매입한 금과

구매한 보급품 수량에 대한 보고를 받고, 내일 출항 준비 때까지 놓친 것 없이 준비할 수 있도록 격려한 다음 잠자리에 들었다.

늦은 시간까지 주점에서 술을 마시고 있는 태바리종은 마음이 많이 불편했다. 가락촌은 자신의 존재감을 나름대로 알아 줬는데, 본국 사람들만 오면 개죽처럼 돼버렸으니, 더러운 기분 때문인지 술이 취하지 않았다.

가락촌은 태바리종 손아귀에서 좌지우지되고 있었던 것은 부인할 수 없는 일이지 않은가. 모든 이권은 태바리종의 허락 없이 삽질이 안 된 지가 오래 되지 않았나. 그런데 본국 사람들만 오면 태바리종의 존재가 물밖에 나온 붕어새끼처럼 소리 없이 입만 벙긋거리고 있으니 죽을 맛이었다.

차근차근 원인을 찾아보지만 태바리종 위에 실체하는 것은 촌장이라는 자밖에 없었다. 본국 아이들이 떠나버리면 촌장 그 까짓게 뭔데, 본국 아이들도 그렇지 지들은 뜨내기잖아!

태바리종은 본국에서 온 사람들 앞에서 확실하게 자신의 존재감을 보여 줬어야 했는데, 그렇지 못한 것에 화가 났다.

태바리종은 근처에 있는 아쿠를 고갯짓으로 불렀다. 아쿠라 불리는 심복은 본국 가락에서 같은 마을에 살던 동생 같은 후배로 수로선단에 실려 왜섬으로 건너올 때 같이 왔었다. 다른 사람은 못 믿어도 아쿠가 콩을 팥이라 해도 믿었다.

피곤했던 유공과 유덕이 잠에 빠져 있을 때, 다급하게 문 두드리는 소리에 눈을 떴다.

"선장님! 선장님!"

가락 선단 선원의 목소리라는 것을 알고 문을 열어주자, 뜰구모라는 선원이었으며 숨가쁘게 위급사항을 알려 왔다.

집으로 돌아가던 장국촌장이 괴한으로부터 살해당했다고 했다. 뜰구모로부터 장국촌장의 살해 소식을 들은 유공은 난감해졌다. 직감으로 태바리종을 범인으로 찍었지만 현재로선 응징할 방법이 없다는 것이 곤욕스러웠다. 유공은 판단이 서지 않았다. 태바리종 같은 자들 수백 명도 거뜬하게 쓸어버릴 수 있지만, 문제는 가락 선단이 떠나고 나서다. 제2·제3의 태바리종 닮은 기생충 같은 인간들이 줄을 지어 기다리고 있다는 사실이다.

유덕은 뜰구모 선원에게 구간(九干) 회의를 소집하라고 지시하고 자리를 털며 몸을 일으켰다.

왜섬 가락촌에 본국의 의결제도와 같은 구간을 둔 것은 이처럼 중대한 일이 발생했을 때, 구간회의를 통해 문제를 해결하라며, 오래전 수로가 직접 식견을 갖춘 원로들 중심으로 구간을 임명했었다.

유공은 유덕과 함께 구간회의실이 있는 촌장실로 가기 전에 장국촌장이 살해된 현장으로 갔다. 촌장의 시신은 집으로 옮겨졌지만 살해당한 흔적은 선명히 남아 있었다. 다혈질인 유덕이 당장이라도 태바리종을 요절내고 싶지만 그럴 수 없는 상황에 끙! 분노를 삼켜야만 했다.

태바리종은 아쿠를 부를 때 언제나 아쿠자라 불렀으며, 부하들이 늘어나면서 제1아쿠자 제2아쿠자(아쿠로 비롯된 아쿠자는 나중에 야쿠자로 대를 이어 내려갔다)로 호칭했다. 가락에서 아쿠라는 말은 낚싯줄을 뜻한다. 아쿠의 성품이 낚싯줄처럼 질기다는 뜻에서 태바리종이 어릴 때 붙여준 이름이다.

아쿠는 장국촌장의 거사를 깨끗이 처리하고 태바리종으로부터 술잔을 받고 있었다. 아쿠와 동행했던 부하들에게도 술잔을 돌리며 치하하던 태바리종은, 드디어 가락촌을 지배할 시간이 가까워지고 있음을 느끼고 있었다.

구간들은 불행한 소식 앞에 서둘러 촌장실에 모여들었다. 다들 연륜이 오래된 분들이라 본국 사람만 보면 고향 생각으로 눈물짓는 분들이었다.

가락선단이 포구로 들어오면 선단 관계자들은 제일 먼저 구간을 찾아 인사를 올리는 일은 이미 관습처럼 되어 있었다.

유공과 유덕이 촌장실로 들어서면서 구간들을 향해 정중한 예를 갖추었다. 구간들의 표정은 살해당한 촌장을 슬퍼하기보다 가락촌의 위태로움 앞에 모색할 길을 찾아 난감해 하고 있었다.

현재 본국을 대신할 수 있는 사람은 가락선단의 선장인 유공이었다. 유공은 구간들에게 조심스레 자신의 생각을 전했다.

"장국촌장님의 불행한 사고에 대해 본국을 대표해서 깊은 마음으로 슬픔을 표합니다. 이곳 가락촌은 불과 수년 전만 해도 우애가 깊었습니다. 지금은 고향인심이 퇴색하고 서로를 불신하고 있습니다. 더는 가락촌이 이렇게 변하면 안 되겠습니다. 촌장의 유고로 자리를 비워 두는 것은 큰 혼란을 가져올 것이니, 구간들께서 좋은 의견을 내주시기 바랍니다."

이미 구간들 사이에 장국촌장의 일은 태바리종의 소행이라는 소문이 흉흉했던 터라, 그 자를 응징한다는 말이 유덕 입에서 나오지 않으니 모두들 실망스런 표정들을 하고 있었다.

침묵을 견디지 못한 피도간이 자신의 생각을 꺼내 들자, 꾹 다물고 있던 구간들의 입이 열리기 시작했다.

"범인을 살려둔 채 방도가 찾아지겠습니까?"

"암! 본국을 대표하는 분이라면 그자부터 색출해 본때를 보여야지요!"

구간들의 목소리가 점점 높아가고 있었다.

"하물며 가락촌에 범죄 조직이 생겨나면서 생업에 위협이 된 지 오래 되었는데, 이런 일이 발생할 것을 본국이 모르고 있었다는 것은 말이 안 됩니다!"

"이번에 그들을 뽑아내지 않으면 다시는 기회가 없을 겁니다!"

구간들은 본국에서 모든 문제를 해결해 줄 것이라 믿고

있었다. 당연한 요구였다. 유공은 끝까지 구간들의 얘기를 경청했다.

오늘에서야 구간들의 불만이 하루 이틀 만에 쌓인 일들이 아니라는 것을 알게 되었다. 그간 촌장을 중심으로 칸이 뜻하는 대로 외면상 잘 되고 있는 것으로만 알고 있었다. 문제의 골이 이렇게 깊은지는 전혀 생각할 수 없는 일이었다. 구간들의 얘기를 다 들은 유공은 결론을 내지 않으면 안 될 것 같았다.

"태바리종의 소행이라 하지만 본 사람이 없습니다. 범죄 사실을 증명할 만한 증거가 없는데 그 자를 단죄한다는 것은 오히려 저들에게 빌미를 만들어 주는 결과입니다. 그 자의 목을 베는 것은 문제가 아닙니다. 당장이라도 그 자를 처단할 수 있습니다. 그 다음이 문제입니다. 저희들은 내일 출항합니다. 뿌리를 뽑지 않으면 제2 제3의 태바리종 같은 이들이 도사리고 있습니다. 섣불리 건들렸다가는 문제를 더 키울 뿐입니다."

"어떻게 처리할 것인지요?"

위기를 느낀 구간들은 초조한 나머지 확실한 답을 듣고 싶어 했지만 유공이 할 수 있는 말은 시간을 기다려 달라는 것이었다.

"장국촌장을 살해한 그 자는 시간이 좀 걸릴 뿐 분명히 몇 배로 갚아 줄 것입니다. 이 문제는 태바리종 한 명의 문제가 아닙니다. 이곳 가락촌 명운이 달린 일입니다. 다음번 본국 칸께서 방문하시면 반드시! 반드시 대가를 치르게 할 것입니다!"

"본국 칸께서 오시려면 아무리 빨라도 1년은 있어야 할 텐데, 그 동안 가락촌이 시끄럽지 않으리라고는 누구도 보장할 수 없지 않습니까? 어찌 지내라는 겁니까?"

"그래서 구간 중에 한 분께서 촌장을 맡아 주시라는 겁니다. 그들은 누구라도 구간 어른을 함부로 하지 못할 겁니다."

구간들은 유공의 말에 동의하는 듯 고개를 끄덕였다.

촌장은 지도자로 치안 관리 역할을 겸하고 있기 때문에, 한시라도 촌장의 자리를 비워 둘 수 없었다.

본국 칸을 대신한 선장 유공이 제일 연장자인 오천간(五天干)을 지명했다. 오천간은 나이를 내세워 완강히 거절했지만 결국 촌장을 맡기로 했다.

유공은 걱정이었다. 오천간에게 촌장을 맡기기는 했지만 언제 불거질지 모르는 가락촌의 문제를 하루빨리 칸에게 알려야 하지만, 알릴 수 있는 방법이 없었다. 아유디아까지 무역을 끝내고 본국으로 귀항하려면 최소 2년은 걸릴 텐데, 너무 늦기 때문이다. 고민 끝에 시간이 걸리더라도 탐라에 들러 가락인 어부에게 장계를 전달하는 것이 제일 빠를 것 같았다.

16.
나는 너의 가락국을
뺏을 것이다!

마리는 가락의 주요 광산이 있는 거칠산 국경 전방 초소
로 자원해 왔다. 수로로부터 마음을 쉬고 싶었다. 초소 본관
은 남자 병사들이 숙소로 쓰고 있었고, 여자 초소장이 온다
는 전갈을 받은 전임 초소장은 병사들을 동원해 본관 옆 여
자 숙소를 건축했다.

병사들은 새로 부임하는 초소장이 여자라는 것도 처음
경험하지만, 여자 초소장과 여전사들의 숙소는 남자 병사들
의 호기심을 자극하기에 충분했다. 그러나 그 호기심은 오
래가지 못했다. 첫날 병사들과의 대면 시간에 이은 초소장
의 군령과 전술 훈련은 지금까지 한 번도 경험해 보지 못한,
살 떨릴 만큼 혹독했다. 남자 병사의 눈에 마리와 여전사는
여자로 느껴지지 않았다.

전임 초소장은 마리에게 인수인계를 하면서, 얼마 전부
터 동쪽 기슭에서 말울음소리가 난다는 병사들의 보고가 있
었다며, 지나가는 말로 알려 주었다. 마리의 경험에 의하면
하찮은 정보가 큰일을 치를 경우가 많아 흘려버릴 수 없었다.

마리는 남자 지휘관 3명과 여전사 5명을 대동하고 서쪽
기슭으로 갔다. 기슭이지만 더 전진할 수 없는 가파른 돌산
과 마주치게 되고 되돌아가지 않는 한 오를 수 없는 험악한
지형이었다. 마리는 최대한 높은 비탈을 올라가 주위를 살
폈다. 현 위치에서 급경사 비탈을 곧장 올라가면 신라 땅이
었다. 경사면이 급격한 지대에 늘려 있는 큰 바위의 경계는
신라지역이거나 가락지역일 수도 있는 애매한 곳이었다. 마
리와 지휘관들은 귀를 세워 인기척을 들으려 하지만 아무

소리도 들리지 않았다.

그런데 마리 일행의 행동을 탈해의 감시병이 지켜보고 있다는 사실은 까마득히 몰랐다. 탈해의 잠복 감시병은 마리와 지휘관들이 서쪽 기슭에 나타날 때부터 보고 있었다.

이 사실은 석탈해에게 즉시 보고되었으며, 석탈해는 가락 초소를 공격해 거칠산 광산을 차지하는 날짜를 앞당겨야겠다는 계획을 서두르게 했다. 거칠산 광산만 손에 넣으면 신라뿐만 아니라 가락과도 협상할 수 있는 입지가 훨씬 넓어질 수 있었다.

마리는 전임자의 정보가 쓸모없다는 결론에 이르고, 철수하려다 보행이 불가능했던 너머로 자꾸만 마음이 쏠렸다.

말에서 내린 마리는 지휘관들을 대기하게 한 후, 남자들도 오르기 난해한 모퉁이 돌산을 혼자 기어 올라갔다. 탈해의 잠복 감시병은 마리의 일거수일투족을 지켜보면서 숨을 죽였다. 마리의 발이 미끄러지면서 잔돌들이 굴러 내리며 자글자글 소리를 냈다.

어렵사리 모퉁이 돌산으로 오른 마리가 너머를 바라보는 순간, 눈을 의심하게 하는 상황이 펼쳐졌다. 멀지 않은 곳 야영장에는 헤아릴 수 없는 많은 탈해 군사들이 분주하게 오가고 있었다. 저번 망산도에서 본 적이 있는 뾰족한 모자를 쓴 것만 봐도 분명히 탈해의 병사들이었다.

마리는 본능적으로 상체를 낮추면서 돌산에서 내려갔다. 석탈해 군사가 외부의 눈을 피해 이런 곳에 야영을 선택한 것은 야욕의 발톱을 숨기고 있다는 뜻이다. 신라에서 버림

받고 더 이상 갈 곳이 없다면 가락을 공격할 수밖에 없다.

마리의 생각이 여기에 미치자, 초소의 병력으로는 탈해 군사들의 공격을 이겨낼 수 없다는 생각이 들었다. 지체할 시간이 없었다. 급히 가락본진에 이곳 사실을 알리고 지원 병을 요청하는 장계를 보냈다.

석탈해 동향에 대한 마리의 장계를 받은 칸은 지체하지 않았다. 호위장수에서 군두로 직계가 올라간 군두 신농, 군두 오능, 군두 신귀에게 출전 준비를 명하고 직접 군사를 이끌고 거칠산 국경초소로 향하면서 지켜야 할 가락국의 땅을 생생하게 가슴속으로 새겼다.

그렇지 않아도 석탈해와 마병들이 늘 찜찜했었는데 모든 것이 분명하게 드러났다. 탈해가 가락에서 나가기는 했지만, 결국 가락으로 다시 들어올 것을 예상했으며, 오게 되면 저번처럼 조용히 왔다 가지는 않을 거라는 짐작은 했지만 거칠산 국경초소 근처에 은둔해 있는 줄은 알지 못했다.

칸은 직접 군두와 병사들을 이끌고 거칠산 국경초소로 향하면서 지켜야 할 가락국의 땅을 생생하게 가슴속으로 새겼다.

은둔 야영장이 가락국경 초소 지휘부에 발각되었다는 보고를 받은 탈해는 더 이상 기다릴 이유가 없었다. 탈해는 위치가 밝혀진 이상 선제공격으로 제압해 들어가야 했다. 곧바로 전 병사 출전을 명하고, 마병을 앞세워 비탈을 넘어 가락 국경 초소를 향해 진격했다.

동(東) 진영 1초소 교대병이 진격해 오는 탈해 군사를 발견한 시각은 정오쯤이었다. 교대병은 즉시 초소장이 있는 곳을 향해 봉수(烽燧)를 올렸다. 마리가 있는 곳에서 봉수를 받은 봉수병은 초소장 마리에게 즉시 보고했다. 마리는 신속하게 전투 준비 명령을 내리고 전 병사를 결집시켰다.

마병 여전사 다섯 명과 남자 마병 지휘관 호금막, 질다공, 장걸대 3명에게 작전을 지시했다.

"본진에 지원병을 요청했으니 곧 도착할 것이다. 우리는 어떠한 경우에도 거칠산 초소를 사수해야 한다! 적들의 수가 우리보다 많으니 협공을 유도할 것이다! 호금막은 병사들을 데리고 우측 지형을 은폐물로 기다리고, 질다공은 좌측에서 궁수들을 배치하고! 장걸대는 초소 진입로에 매복한다!"

"네에! 알겠습니다!"

"나와 전사들은 지원병이 올 때까지 탈해의 군사들을 유인해 최대한 시간을 끌겠다! 만약 유인 작전이 실패하면 이곳으로 올 것이다. 그때까지 내 명령을 기다려라!"

"네에! 알겠습니다!"

마병 지휘관들에게 작전을 지시한 마리는 여전사 5명과 함께 탈해 군사가 오고 있는 방향을 향해 말을 달렸다.

제2초소 봉수대에서 탈해 군사들이 지나가고 있다는 봉수가 올라오고 있었다. 마리는 탈해를 최대한 또렷이 확인할 수 있는 근접지역까지 달려갔다.

탈해의 시야에 가락군 마리와 여전사의 모습이 보이기 시작한 곳은 비탈에서 한참 벗어난 평지였다. 말을 달려온 마리는 기세등등하게 진격해 오는 탈해의 군사들을 가까이서 노려보고 있었다.

탈해는 잠시 의아해하지 않을 수 없었다. 탈해 군사들의 진로를 막겠다는 것인지 일전을 치르겠다는 것인지 눈살을 찌푸려 바라보는가 싶은데, 마리의 여전사 솔바람이 혼자 말을 몰아 번개처럼 돌진해 왔다. 장수 용부지가 탈해를 바라보았다.

"제가 나가 보겠습니다!"

"으음!"

탈해의 승낙을 받은 용부지가 쏜살같이 말을 몰아 여전사 솔바람을 향해 달렸다. 솔바람은 물러서지 않고 용부지를 향해 말을 내쳤다. 용부지가 칼을 뽑자 솔바람도 칼을 뽑고 마주보며 달렸다. 불꽃을 번쩍이며 정면에서 두 칼이 맞부딪혔다. 솔바람이 방향을 틀어 마리를 향해 내빼자 용부지가 추격했다. 기다리던 마리와 여전사가 솔바람을 향해 동시에 출격하자 용부지는 급선회하며 도주했다.

그러자 탈해의 마병이 동시에 출격하며 마리와 여전사들을 향해 달려왔다. 용부지를 뒤쫓던 마리와 여전사는 다시 우측으로 유도했다. 탈해의 마병들이 마리를 뒤쫓아 맹추격을 할 때 추격을 멈추라는 나각(螺角)[註 34]소리가 들렸다.

(註) 34 소라 껍데기로 만든 악기

탈해는 마리가 지연술을 쓰고 있다는 의도를 간파하고 말려들 필요 없다며 불러들였다. 열세를 느끼고 지원병이 올 때까지 버티려는 술책임을 판단한 탈해는 마리와 여전사들의 교란을 무시하고, 방향을 바꾸어 진지 탈환을 위한 진격 명령을 내렸다.

탈해 군사들이 가락 국경초소로 방향을 선회할 조짐이 보이자, 마리는 주저없이 전략을 바꾸어 매복한 아군 초소로 유인하기 시작했다. 탈해를 향해 충돌 직전까지 말을 달리던 마리와 여전사들은 탈해를 향해 활을 쏘았다. 방패로 막아낸 탈해가 화를 내며 마리를 다시 뒤쫓았다.

마리와 여전사들은 질다공이 지휘하는 궁수들이 매복해 있는 곳으로 달렸다. 궁수들 은폐 지역을 통과하면서 탈해 병사들이 도착할 시간을 짐작해 봤다. 지금대로 진격해오면 긴 숨 열댓 번쯤이면 궁사들의 사정거리를 통과할 것 같았다.

마리는 긴 숨을 세며 곧장 말을 달렸다. 탈해 병사들은 마리와 여전사를 잡기 위해 속도를 높여 추격했다. 도주하던 마리가 긴 숨 열다섯 번째 되는 순간 매복해 있는 질다공 궁수들을 향해 칼끝을 치켜들었다. 순간 궁사들이 모습을 드러내며 사정거리에 든 탈해 병사들을 향해 일제히 시위를 당겼다. 궁사들이 쏜 화살은 탈해 병사들 가슴을 관통하며 처참하게 피를 뿌렸다. 속수무책 쓰러지는 탈해 병사들은 순식간에 혼란 속으로 빠져들었다. 마리의 전술에 말려든 탈해는 급박하게 병사들을 후퇴시켰다.

"후퇴하라! 후퇴하라!"

궁수 사정거리에서 벗어나면서 전열을 정비하던 탈해는 생각보다 간교한 마리의 전술에 분노를 삼켰다.

궁수들 반대편에 매복 군사들이 있을 것이라는 판단이 서는 순간 초병을 급파했다. 아니나 다를까, 호금막이 지휘하는 가락병사들이 매복하고 있었다. 초병의 보고를 받은 탈해는 마리와 궁수들을 유도하기 위해 호금막 지휘 병사들을 공격했다. 탈해가 호금막 지휘 병사들이 있는 곳으로 이동하는 것을 본 마리는 서두르지 않으면 안 되었다.

마리는 호금막 지휘병사들이 열세라는 것을 알고 있었다. 탈해의 공격이 시작되기 전, 가락병사들에게 총공격 명령을 내리고 여전사들과 함께 돌진했다.

호금막 병사들이 매복에서 나와 수세로 전환하며 마리의 명령을 받은 궁수단 장걸대와 진입로에 매복한 병사들이 일제히 공격으로 참여했다.

적을 끌어내기에 성공한 탈해는 군사를 삼등분으로 분할, 협공 전술 명령을 소리쳤다.

"한 명도 남김 없이 모조리 도륙하라!"

탈해의 마병 전투력은 잘 조련된 용사들로 가히 엄청난 위력을 가지고 있었다. 가락 보병으로는 불가항력이었다. 탈해 마병의 칼 아래 무차별 쓰러지는 가락 병사들을 본 마리가 여전사들과 함께 병사들을 지키려 하지만 역부족이었다.

탈해가 말을 몰아 마리를 향해 달려들었다. 예민하게 파고드는 탈해의 칼날을 비껴 치며, 심장을 향해 칼을 날리는 마리의 용맹성에 감복한 탈해는 더 깊숙이 마리를 향해 칼을 날렸다. 탈해의 칼날에 섬뜩함을 느끼는 순간 마리의 심장을 스쳤다. 마리는 탈해의 칼끝이 지난 자리에 치솟는 피를 마(馬) 등의 천을 찢어 불끈 싸매고, 또 다시 탈해를 향해 말을 달리며 칼을 날리지만 탈해를 베지 못한다.

마리와 일전을 치르던 탈해의 인상이 찌푸려졌다. 천지를 진동하는 말발굽 소리가 들리는가 싶더니 군두를 앞세운 칸의 병사들이 질주해 오고 있었다. 탈해는 다시 전열을 가다듬을 필요가 있었다.

"후퇴하라! 후퇴하라!"

칸이 도착했을 때 마리와 가락 병사들은 거의 전멸에 가까웠다. 여전사도 겨우 솔바람과 마리만 살아 있었지만 둘다 부상이 심각했다. 부상을 당했음에도 주군에게 예를 갖추는 마리를 안아 일으키던 칸의 얼굴에 슬픔은 분노가 되어 차오르고 있었다. 멀리 대열을 정비하고 있는 석탈해를 바라보던 칸이 마리를 위로했다.

"오늘의 치욕을 내가 갚아 주마!"

칸은 마리를 마상으로 다시 올린 후 부상병들을 먼저 챙겼다.

"부상병들은 전선을 벗어나 쉬도록 하라!"

그것은 마리에게 해당하는 말이었다. 마리는 부상병들을 데리고 전선에서 물러나 있으라는 칸의 명령이었다.

칸은 군두와 병사들을 이끌고 탈해의 진영으로 다가갔다. 칸을 다시 만난 탈해는 오늘 비로소 유민생활을 끝낼 수 있겠다며 수하 장수들과 거들먹거리고 있었다.

"찾아가려 했는데! 와 주었구먼!"

"오늘 가락의 주인을 바꾸어야지요!"

"그래야지!"

"하늘은 주군을 버리지 않으셨나 봅니다!"

"나는 탈해야! 석탈해!"

"저 자의 목을 제가 따서 바치겠습니다!"

"좋지! 좋아! 그렇게 하려무나!"

칸은 가락 병사들의 원한을 갚기 위해서라도 탈해를 잡아야만 했다. 저들은 복마전과 다르지 않았다. 가락과는 아무런 원한 관계도 없을 텐데 왜 괴롭히는가? 다시는 넘보지 못하게 혼쭐을 내야겠다는 생각을 하고 있을 때, 탈해의 군사들이 다가왔다. 칸은 탈해를 향해 소리쳤다.

"석탈해! 오늘 네 놈의 목을 가지고 갈 것이다!"

탈해는 칸의 분노를 빈정거리고 있었다.

"어디 한번 가져가 봐라! 나는 너의 가락국을 뺏을 것이다!"

칸의 분노는 참을 수 있는 한계점을 넘고 있었지만 호흡을 가다듬고 공격 시기와 전술을 계산하고 있었다. 칸은 한 걸음도 물러설 생각이 없었다. 적과 맞선 상황에서 등을 보이고 싶지 않았다. 이기려면 한 가지 길밖에 없다. 백병전이다. 칸은 이미 전술을 결정하고 3명의 군두 장수에게 백병전을 펼칠 뜻을 전했다. 군두 장수들도 칸의 결정에 고개를 끄덕이며 응답했다.

"알겠습니다!"

칸은 이런 상황에 대비해 방어도 전술이라며 철 방패를 지급하고 훈련했었다. 가락 병사의 방패는 나무에 일정 두께의 철을 입힌 방패로, 강한 칼도 막아낼 수 있는 강력한 방어 무기였다.

칸은 병사들을 향해 대열을 재편했다.

"군두 장수들은 병사들의 대열을 횡대로 재편하라!"

칸의 명령을 받은 군두 장수들은 일사불란하게 병사들을 횡대로 재편했다.

석탈해는 가락 병사의 움직임을 지켜보며 공격 시점을 찾고 있었다. 가락병사들의 움직임에 의혹을 느끼면서도 정면공격밖에 없다며 일당백으로 싸울 태세를 갖추었다.

횡대로 재편된 칸의 병사들은 탈해의 군사들을 에워싸듯 점점 간격을 좁혀 다가가고 있었다. 탈해는 칸의 의중을 유추해 보지만 짐작되지 않았다. 거리를 좁혀 오는 가락 병사들로부터 위화감을 느끼기 시작한 군사들의 기세를 떨쳐 일으키며 소리쳤다.

"놈들의 목을 쳐! 가락을 접수하자! 총공격하라!"

공격하라는 탈해의 명령에 함성을 지르며 일제히 가락병사들을 향해 달려갔다. 탈해는 마병 원부지 장수에게 또 한 번 중얼거리며 의기를 다졌다.

"수로의 목을 꼭 가져 와라!"

"네에!"

칸은 앞서 달려오는 탈해의 마병이 거추장스러웠다.

"저 자들을 우측으로 유인해 처단하라!"

"예!"

칸의 명령을 받은 3명의 군두가 말을 몰아 정면에서 달려오는 탈해의 마병과 맞서는 척, 우측으로 유인하여 백병전에 걸림돌을 치워 버렸다.

마병 없는 탈해의 군사들이 가락의 병사들을 향해 함성을 지르며 달려왔다. 그러나 칸의 병사들은 전혀 꼼짝하지 않고 있었다. 아무런 반응이 없는 가락의 병사들이 아무래도 이상하여 탈해의 군사들이 걸음을 뚝 멈춰 버렸다. 그러는 사이 한 걸음 한 걸음 전열을 가다듬으며 탈해의 군사들을 향해 접근해 가는 가락 병사들의 움직임은 치밀했다. 그때서야 탈해 군사들은 다시 함성을 지르며 달려갔다.

전선에서 벗어난 곳에서 부상자들의 고통을 지켜봐야 하는 마리는 괴로웠다. 부상자들의 신음소리가 여기저기서 들려왔다. 무슨 일이 있어도 자기 손으로 석탈해를 잡아 복수하고 싶었다. 마리는 멀리 백병전 너머 탈해를 노려보며 피묻은 칼을 움켜쥐었다.

"저 자는 내가 잡을 것이야!"

"같이 가겠습니다!"

"아니다! 내 손으로 처리한다!"

결연한 의지를 나타내는 마리의 눈에 강한 결기가 느껴졌다.

횡대로 재편된 가락의 병사들이 탈해 군사와 코앞까지 마주쳤을 때, 백병전 조건 전열이라 판단한 칸은 마침내 공격명령을 내렸다.

"공격하라! 한 놈도 살려두지 마라!"

백병전에 능한 가락 병사의 철 방패 앞에 탈해 병사들은 속수무책 쓰러져갔다.

칸은 탈해를 잡기 위해 주시했다. 탈해는 군사들을 독려하며 소리치고 있었다.

"가락국은 우리가 차지할 것이다! 모조리 베어라!"

가락 마병 군두 3명과 마상 결투를 벌이고 있는 탈해 마병 용부지 탁종 원추명 장수들의 기세는 승부가 가려지지 않을 만큼 실력이 뛰어났다.

전두 오능과 마상에서 힘을 겨루던 용부지가 백병전 너머 탈해를 향해 말을 달려가는 마리를 발견했다. 말고삐를 잡아챈 용부지가, 군두와의 마병 결투를 뒤로 하고 탈해를 보호하기 위해 말머리를 돌려 마리를 뒤쫓았다. 전두 오능은 용부지가 내빼는 것으로 알고 근처 신귀를 도와 칼을 휘둘렀다.

가락 병사들을 지휘하던 칸이 백병전 너머 탈해를 향해 달려가는 마리와 마리 뒤를 용부지가 뒤쫓는 상황이 아무래도 마음에 걸렸다. 칸은 벼락 같이 마리를 향해 말을 내쳐 달렸다.

칼을 뽑아 들고 전속력으로 말을 달려온 마리가 단도를 꺼내 탈해를 향해 날리려는 찰나, 마병 용부지가 나타나 마리 위로 칼을 긋는다. 용부지를 발견하지 못한 마리는 피할 사이도 없이 칼을 맞고 말에서 어처구니없게 떨어져 버린다. 바닥으로 떨어진 마리는 죽어가면서도 손에 쥔 단도를 놓지 못했다. 한 남자를 목숨처럼 사랑했던 가락국 최초의 여전사는 그렇게 쓰러져 갔다. 달려오던 칸이 소리쳤다.

"마리! 안 돼!"

간발의 차로 칸이 도착하지만 마리가 탔던 말은 주인을 잃고 주위를 맴돌고 있었다. 탈해와 용부지를 마주한 칸은 틈을 주지 않고 칼을 세워 정면으로 말을 내쳤다. 분노한 칸의 칼이 탈해의 목을 향해 직선으로 날아왔다. 칸의 칼을 맞받아치지만 탈해의 칼은 칸의 힘에 손에서 떨어져 공중으로 치솟아 오르는가 싶더니 바닥으로 떨어져 버린다. 겁을 먹은 탈해가 뒷걸음질치고 있을 때 용부지가 칸을 향해 칼을 날린다. 방향을 선회한 칸이 용부지의 칼을 맞받아쳐 버렸다. 용부지도 칸의 칼을 피하지 않고 맞서 그었다. 목 언저리에서 칼이 맞붙으며 불꽃이 일어났다. 용부지의 칼이 칸의 힘에 칼끝이 휘청 아래로 쏠리며 기가 꺾인다. 다시 방향을 선회한 칸이 용부지를 노려보며 괴성을 지른다.

"네 이 놈! 칼을 들어라!"

말을 내쳐 무서운 속도록 질주한 칸이 칼을 날리자, 먼저 뻗은 용부지의 칼날이 칸의 눈앞을 스쳐 지나갔다. 그 순간 용부지 목을 향해 날아든 칸의 칼날이 댕강 목을 날려 버린다. 용부지의 머리가 바닥에서 뒹구는 것을 본 칸이 탈해를 찾지만 보이지 않았다. 탈해를 찾아 말을 몰아 달렸다. 백병전이 벌어지고 있는 전쟁터를 샅샅이 뒤지지만 어디에도 탈해의 모습은 보이지 않았다. 백병전 속에서 탈해 군사의 외침이 들렸다.

"탈해가 도망갔다! 석탈해가 도망갔다!"

탈해의 군사들이 탈해를 찾아 휘둘러보지만 어디에도 탈해는 보이지 않았다. 탈해 군사들이 칼을 내려놓고 투항했다. 탈해를 찾아 근처 곳곳을 살피지만 결국 발견하지 못한 칸은 마리를 향해 말을 달려왔다.

"오! 어찌 이런 일이…!"

용부지의 칼을 맞고 떨어진 마리는 이미 죽어 있었다.

마리의 시신을 안아 올린 칸은 눈물조차 나오지 않았다. 누이동생처럼 연인처럼 이생을 함께한 마리를 이렇게 보내다니!

"오호! 하늘이시여! 어찌 이런 가혹한 일을 나에게 받으라 하십니까!"

마병 군두들이 도착해 칸을 위로하려 하지만, 참았던 칸의 슬픔이 터져 나왔다. 충혈된 눈에서 피눈물이 흘러 내렸다.

마리를 안아 올려 마상에 태운 후, 고삐를 잡다 말고 칸은 망연자실해 버린다. 마리의 팔목에 걸려 있는 고리 장식이 칸의 눈을 잡아끌고 있었다. 칸은 심장 밑바닥에서 뜨거운 핏덩이가 울컥 받쳐 오르는 것을 느꼈다. 소리치며 통곡해 울고 싶었다. 옛날 어린 마리에게 생일선물로 해준 팔목 고리 장식이었다. 그때 마리는 수로로부터 선물을 받고 하늘을 날 듯 펄쩍펄쩍 뛰며 좋아했다. 어린 시절 마리의 목소리가 손에 잡힐 듯 들려 왔다.

"나는 어른이 되어도 수로 오빠와 함께 살 거야!"

말안장에 마리를 태운 칸은 가락국 본진으로 돌아가고 있었다. 피를 불렀던 들판 위 하늘은 잿빛이었다. 군두 신도, 군두 오능, 군두 신귀는 부상당한 병사들을 데리고 칸이 가고 있는 들판 길을 따르고 있었다.

그 뒤로 투항한 탈해의 군사들 행렬이 이어졌다. 들판에 널려 있는 탈해 군사 시체들 위로 까마귀떼가 맴돌고 있었다.

17.
세상은 빛을 잃었고
즐거움은 사라져 버렸다!

수로 선단은 중국에서도 대성황을 이루었다. 세계를 지배할 수로의 꿈은 이곳 산둥성 옌타이(烟台) 포구에도 자리를 잡아가고 있었다. 왜섬 만큼은 아니지만 상선에 실려온 이주민들의 수가 해를 거듭하면서 50여 가구쯤 되었다. 중국 사람들도 이들이 사는 곳을 가락촌이라 부르고 있었다. 가락촌이면 그곳이 어디가 되었든 가락의 땅이다.

산둥성 옌타이 포구 가락촌에서 가락인들의 환송을 받으며 출발했던 가락선단은 가가라 강을 거슬러 올라가 파트나 포구에 안착했다.

가락국에서 상선이 들어온다는 소문이 아유디아 장안에 퍼지자, 진작부터 상인들은 들떠 있었다.

언제나 가락 소식에 목마른 붓디만 공주에게도 가락선단의 소식이 알려지고, 오매불망 기다리던 공주는 한걸음에 파트나 포구로 달려왔다. 분주한 선원의 움직임 속에서 수로의 모습을 발견하기 위해 애를 써보지만 어디에도 수로는 보이지 않았다. 공주가 실의에 빠져 있을 때 선장 유공(留功)은 칸이 보낸 선물을 든 선원들을 거느리고 붓디만 공주에게 예를 갖추며 인사를 올렸다.

"공주님! 그간 안녕하셨습니까? 가락국 칸께서 공주님께 보내는 선물을 가져왔습니다!"

붓디만은 칸이라는 말을 이해하지 못했다. 칸이라면 누구를 지칭하는 말인가.

"칸이라니… 무슨 말입니까?"

"저희 가락국에서는 최고의 지존을 칸이라 합니다! 아유디아에서 왕이라는 말과 같은 뜻입니다!"

"그 분이 왕이 되셨단 말입니까?"

"그렇습니다! 공주님!"

"왕이 되셨는데! 왜 그분은 못 오셨습니까?"

"칸께서도 공주님을 뵙고 싶어 하시지만, 나라를 세우신 지 얼마 되지 않아 다음번에 꼭 오신다 전하라 하셨습니다!"

"그 분께서는 건안하신지요?"

"물론입니다! 공주님의 안녕만 바라고 계십니다!"

붓디만 공주는 수로가 자신을 잊지 않고 있다는 것만으로도, 기쁨의 눈물이 줄줄 볼을 타고 내렸지만, 가락선단이 들어오기만 하면 수로를 볼 수 있다는 일념으로 하루하루 그리움을 참으며 지내 왔는데, 수로를 볼 수 없는 붓디만 공주의 가슴은 텅 비어 세상일에 아무런 흥미를 느낄 수 없었다.

얼굴을 볼 수도 만질 수도 없는데 수로가 보냈다는 선물이 산을 이룬들 무슨 소용이랴. 세상일에 관심을 가질 수 없는 붓디만 공주는 실의에 빠져 하루하루 기운을 잃어 가고 있었다. 그러던 어느 날 집안 한곳에 밀쳐 두었던 수로의 선물 보자기가 생각났다.

붓디만 공주는 수로가 보낸 비단 선물 보자기를 풀다말고 자신도 모르게 눈물을 쏟아내고 있었다. 수로의 마음이 담긴 목걸이와 가락지를 몸에 부착하고, 고운 비단을 얼굴에 대는 순간 수로의 사랑이 온몸으로 전해졌으며, 주체할 수 없는 그리움은 눈물이 되어 쏟아지고 있었다. 아! 어떻게 해야 하나. 죽을 것 같이 보고픈 이 마음을 어찌해야 하나. 물 한 모금 넘길 수 없었다. 세상은 빛을 잃었고 즐거움은 사라져 버렸다.

가락선단이 돌아가면 또 다시 2년여를 기다려야 하는데, 붓디만은 기다릴 자신이 없었다. 그 순간 불현듯 가락으로 가야 한다는 강한 외침이 마음속에서 들렸다. 그 분이 없는 곳에서 아무런 즐거움을 느낄 수 없다면 이곳에 있을 이유는 없었다. 또 다시 죽음의 시간 같은 2년을 기다릴 것이 아니라 가락 선단과 함께 가야겠다는 마음의 외침이 계속 들려 왔지만, 공주가 가고 싶다고 갈 수 있는 일은 아니었다. 왕의 허락 없이는 안 되는 일이 기다리고 있었다.

사원에서 수행 중인 흔지발라는 손님이 찾아오는 것을 좋아하지 않았다. 특히 왕실 관계자들은 아예 발을 못 붙이게 했다. 그런데도 예외인 딱 한 사람 누이동생이 찾아오는 것은 언제나 대환영이었다.

오랜만에 누이동생을 보는 흔지발라는 깜짝 놀랐다. 여윈 얼굴에 마르지 않은 눈물 자국을 지울 사이도 없이 붓디만의 흐느낌은 멈춰지지 않았다. 흔지발라는 붓디만의 얘기를 또박또박 새겨듣지만 당혹감이 앞섰으며 정리되지 않았다. 단 한 번도 생각해 보지 않은, 일어나서는 안 되는 일을 붓디만은 말하고 있었다.

선단을 따라 가락국으로 가겠다는 뜻이며, 왕의 허락을 받기 위해 흔지발라의 도움이 필요하다는 말이다.

흔지발라에게는 대단히 어려운 문제였다. 붓디만이 가락국으로 가면 언제 돌아올지 기약할 수 없는 먼 길이다. 아득하기도, 다시 돌아온다는 약속도 전제할 수도 없는 길이다. 아무것도 확실한 것이 없는 먼 길도 문제지만, 더 큰일은 아유디아 왕위는 누가 이어야 하는가?

흔지발라 자신이 왕위를 이어야 했었지만, 그는 이미 세속적인 일체의 것들을 버리고 자유를 찾았다. 흔지발라가 출가하면서 다음 왕위는 붓디만이 받기로 되어 있었다. 그것은 오래전 가족간의 약속이었다. 그런 붓디만이 가락국으로 가버리면 졸지에 왕위를 이을 사람이 없어져 버린다. 흔지발라는 왕에게 이 문제를 꺼낼 자신이 없었다.

붓디만의 마음도 충분히 이해되지만 아유디아의 앞날이 걱정이었다. 세속적인 일들을 다 내버리고 수행자로 살고 있는, 자신이 왕위를 이을 수도 없는 일이지 않는가.

목숨만큼 사랑하는 누이동생 붓디만 일이라면 무엇이든 도와야겠지만, 이 문제만큼은 어느 것이 옳은지 판단이 서지 않았다.

문제는 붓디만의 마음은 흔들림이 없다는 것이다. 가락 선단과 함께 수로가 있는 가락국으로 가겠다는 생각밖에는, 아유디아 왕위 따위는 붓디만에게 아무런 가치가 없었다.

흔지발라는 고요히 눈을 감고 앉아 깊은 생각을 했다. 붓디만의 마음을 바꿀 수 있는 그 어떤 것은 없는가?

흔지발라와 붓디만 둘만의 문제가 아니었다. 아버지 국왕에게 붓디만의 생각을 밝혀야 한다. 차마 붓디만이 직접 말할 수 없으니 흔지발라에게 짐을 지운 것이지 않나.

흔지발라는 누이동생의 청을 거절할 수 없었다. 붓디만이 느끼고 있을 고통의 시간을 끝내게 해주어야겠다는 생각을 하면서, 양날의 칼을 쥔 듯한 마음으로 아버지 왕을 알현하러 궁으로 들어갔다.

아들의 방문은 왕에게 언제나 기쁨을 주었다.

"수행자가 아비를 보러 왔구나! 어서 오너라"

흔지발라는 왕에게 해야 할 말을 정리하면서 예를 갖추어 인사를 올렸다.

"폐하! 그간 법체 강건하셨습니까?"

"암! 잘 있고 말고! 오랜만에 수행자 아들을 만나니 이보다 좋은 일이 없구나!"

"소청이 있어 왔습니다."

"소청? 사원에 뭔 어려움이라도 있느냐?"

"공주를 가락국에 다녀올 수 있도록 허락해 주십시오!"

"공주를! 지금 제정신이냐!"

예상은 했지만 왕은 무서울 만큼 화를 내며 돌아 앉아 버렸다.

"폐하께서 공주의 배필로 허락하신 김수로가 나라를 세웠다 합니다!"

"뭐야! 내 나라에 부마로 살면 되지! 나라를 왜 세워!"

"혼인할 사람이 나라를 세웠다는데 어찌 공주가 모른 척할 수 있겠습니까?"

"안 된다! 공주를 어디로 보낸다 말이냐! 그 일로 애비를 찾아왔다면 당장 물러가라!"

왕의 노여움으로 더 이상 대화가 이어지지 않았다.

흔지발라는 아버지의 노여움이 충분히 이해되었다. 국왕의 성정을 괴롭히는 청이었고, 자식으로는 불효한 소행이었다.

아들이라는 자는 출가 수행자 길로 가버리지 않았나. 남은 여식은 사랑에 눈이 멀어 남자를 따라 알지도 못하는 나라로 가겠다는데 기가 차지 않을 부모가 있겠는가.

흔지발라는 왕의 역정만 일으키고 궁에서 물러날 수밖에 없었다. 흔지발라로부터 왕과의 얘기를 전해 들은 붓디만은 직접 허락받기 위해 궁으로 들어갔다. 왕은 공주를 보자마자 화를 내며 얘기조차 들으려 하지 않았다.

"가락국에 간다는 말을 하러 왔다면 듣기 싫으니 그만 돌아가!"

왕은 공주의 얘기에 귀를 닫고 있었다. 붓디만은 왕이 못 가게 하면 할수록 수로를 그리워하는 마음은 고통의 시간이었다. 고통이 가중될수록 붓디만의 낮과 밤은 영혼마저 짓눌리는 듯 아려왔다. 결국 물 한 모금 넘기지 못하고 자리에 눕고 말았다.

붓디만이 몸져 누웠다는 소식을 들은 왕은 공주를 가락으로 보내는 것보다 몸이 아파 이곳에 누워 있는 것이 훨씬 낫다는 생각을 했다. 그러나 그 생각은 오래 가지 못했다. 어느 부모가 자식이 아프다는데 모른 척할 수 있을까?

공주는 자기가 옳다고 생각했던 일은 어떤 경우에도 굽

히지 않았다. 공주의 성품을 알고 있는 왕은 또 다른 고민에 빠졌다. 이러다가 공주가 목숨이라도 잃어버린다면 감당할 수 있을까. 어찌되었든 공주가 지옥에서라도 살아 있는 것이 낫잖은가.

자리에 누운 공주를 지켜보는 왕은 공주의 병중이 가볍지만은 않은 것 같아 애를 태웠다. 사랑을 찾아가겠다는 딸의 마음을 무엇으로 바꾼다는 말인가. 다 욕심이다! 자식을 곁에 두고 싶어 하는 부모의 욕심일 뿐이다!

부모와 자식 간도 태어날 때부터 이미 정해진 영원한 이별의 법칙은 하늘의 이치다. 영원히 부모자식간 함께하는 시간은 처음부터 존재하지 않는다. 언젠가 헤어져야 할 시간이 왔을 때 자식을 붙잡기 위해 마음을 아프게 했다면, 어찌 손을 놓을 수 있을 것인가. 태어나는 날부터 헤어짐을 위하여 살아가는 것. 부모와 자식이 영원히 함께한 사람이 이 세상에 단 한 명이라도 있단 말인가. 세상에 영원한 것은 아무것도 없다. 그까짓 왕위가 무엇이랴! 꿈같은 시간에 얹혀 잠깐 지나가는 것에 불과한 것을! 왕의 생각이 여기에 이르자 오히려 한결 마음이 편안해졌다.

붓디만 공주가 배필을 만나러 가락국으로 가려면 불편하지 않아야 할 텐데, 그 먼 길에 혹여 고생이라도 하면 어떡할까, 아비의 마음은 벌써부터 아렸다. 왕은 아들 흔지발라를 궁으로 들게 했다.

"흔지발라가 동행한다면 공주를 보내겠다!"

흔지발라는 왕의 두 가지 사실에 놀라며 아무 말도 할 수 없었다. 공주를 가락으로 보내겠다는 왕의 말을 믿을 수 없었으며, 또한 붓디만과 동행하라는 뜻밖의 요구에 대해 어안이 벙벙할 뿐 어떤 대답도 할 수 없었다.

이생은 수행자로 살다 가기 위해 출가를 결심한 사람이다. 출가자가 누이동생의 삶을 염려하다 어느 세월에 부처를 이룬다는 말인가. 이생 앞에 주어진 시간은 각자의 몫이다. 누이동생이 선택한 삶은 잘되든 잘못되든 그것은 누이동생의 몫이다. 그런데 국왕은 누이동생의 삶에 흔지발라를 동행시키려 한다. 흔지발라가 동행하면 공주를 가락으로 보내고 동행하지 못하겠다면 보낼 수 없다고 하지 않는가.

흔지발라는 잠시 눈을 감고 자신 앞에 놓인 선택지를 들여다봤다. 어느 쪽이든 왕과 누이동생을 위하는 일밖에, 자신의 삶은 없었다. 아무리 들여다봐도 자신이 선택할 수 있는 답은 없었다.

고민에 빠져 있던 흔지발라의 마음을 깨운 것은 수로로부터 들었던 발타라 존자였다. 발타라 존자가 불법을 펴기 위해 갔던 곳이 가락국이라지 않은가. 그곳이 흔지발라가 수행할 곳이라면 자신이 선택할 여지가 마련되는 것이지 않은가. 흔지발라의 생각이 여기에 이르자 왕의 성정을 불편하게 하는 것도 자식의 도리가 아니라는 생각이 번쩍 들었다. 수행자가 어딜 간들 본분만 챙겨든다면 무엇이 문제가 되겠는가.

흔지발라는 아버지 왕에게 합장하며 공주가 무사히 가락

국으로 갈 수 있도록 보살피겠다며 위로했다.

　기력을 회복한 붓디만 공주는 바빠졌다.

　가락국으로 간다고는 했지만, 한 번도 배를 타 본 경험이 없는 붓디만은, 오랜 시간 항해할 수 있을지 두렵기도 했다. 장도에 오르면서 필요한 물품을 명목별로 기록하다 말고, 너무 먼 길이라 겁이 덜컥 나기도 했지만 수로의 얼굴만 생각하면 용기가 일어났다.

　왕은 마치 자신이 먼 여행을 떠나듯 공주가 만든 아유디아 전통 쌍어 문양을 선박에 설치하라고도 했으며, 특히나 젊은 시절 해전 경험이 있는 왕은 파사석으로 선박의 무게 중심을 잡으라는 충고도 아끼지 않았다.

　시종들과 공주의 건강을 돌볼 주치의를 가려서 정하고, 음식을 담당할 요리사도 특별히 챙겨 오랜 해상생활에서 자칫 음식 때문에 고생하지 않게 신경을 썼다. 공주의 불편함을 덜기 위해 30여 명의 왕실 사람들을 승선시킬 준비도 시켰다.

　발타라 존자가 불법을 펼쳤던 성지인 가락국으로 간다는 소문이 퍼지면서, 사원에서 흔지발라와 같이 수행하던 스님 3명이 동행하겠다는 의사를 밝혀 왔다.

　붓디만 공주가 타고 갈 선박이 출항하기까지 최소 3개월은 소요될 것 같았다. 폭풍에 견딜 만큼 견고하려면 배를 손봐야 했고, 가져갈 물품을 구입하고 만드는 과정이 필요했다. 3개월 후 출발하여 가락에 도착하는 기간을 계산해보면 최소 1년 6개월은 소요될 것 같았다.

　가락 선단 선장 유공(留功)은 붓디만 공주를 가락으로 모셔갈 책임이 막중해졌다. 먼저 칸에게 공주의 소식을 전해야 했었다. 상선 중 물품을 다 판 배 한 척에 공주의 소식을 실어 가락국을 향해 먼저 출발시켰다.

18.
어서 항해를 계속하라!

마리의 전사(戰死) 소식을 듣고 자리에 누웠던 제사장 발루는 결국 일어나지 못했다. 그가 염원했던 대가락국 건국을 봤기에 여한은 없었지만, 눈을 감기 전에 마지막으로 수로를 보고 싶어 했다. 그러나 제사장은 생을 마치면서 수로에게 해주고 싶은 말이 있는 듯한데, 전하지 못하고 결국 그렇게 눈을 감았다. 제사장이 눈을 감기 전에 수로에게 전하고 싶었던 말은 무엇이었을까?

가락 선단이 왜섬을 출발하면서 가락촌의 사정이 우려스러운 선장 유공은 본국 칸에게 장계를 올릴 방법을 찾지 않으면 안 되었다. 탐라라면 뭍으로 왕래하는 자가 있지 않을까 싶어 중국으로 향하는 도중 탐라에 들렸다.

가끔 뭍에서 고기 잡으러 탐라까지 오는 어부가 있다는 소리를 들은 적이 있었기 때문에, 주민들에게 수소문한 끝에 어부를 만날 수 있었다.

유공은 어부에게 장계를 맡기면서 어떠한 일이 있어도 칸에게 전해야 한다며, 일 년 내내 고기를 잡아도 벌 수 없는 대가인 덩이쇠를 안겨 주고 떠났다.

공교롭게도 어부가 유공의 장계를 가지고 탐라에서 바다를 건너 칸을 찾아왔던 시간에 제사장은 눈을 감았다.

제사장의 부음 앞에서 슬픔을 억누르길 없는 칸은 많은 생각을 했다. 제사장은 칸에게 아버지와 다르지 않았다. 칸의 가계와 어린 시절을 알고 있는 세상에서 단 한 사람이었던 그가 숨을 거두었다.

칸은 아무도 없는 곳으로 가 목을 놓고 슬픔을 토해냈다. 언제나 밝은 길을 일러 주었던 제사장을 다시는 볼 수 없다는 것이 너무나 슬펐다. 어찌 보면 칸이 가락을 생각하는 것과 제사장이 생각하는 것은 다르지 않았다. 마리 또한 어릴 적부터 보고 느끼며 자랐으니 마찬가지였다.

구지봉이 보이는 언덕, 마리의 묘지 옆에 제사장을 묻은 가락국의 칸은 정중하게 잔을 올리며 천고를 했다.

"하늘이시여! 가락국의 제사장을 보내오니 받아 주옵소서! 후손들의 평화를 지켜 주옵소서!"

칸의 천고가 끝나고 슬픔을 감추지 못한 구간들은 모두 엎드려 곡(哭)하며 제사장의 죽음을 안타까워했다.

칸은 제사장의 장례일로 미뤄 두었던, 가락선장 유공이 보낸 장계를 읽으며 생각지도 못한 가락촌의 문제 앞에 아무 일도 할 수 없었다.

유공의 장계에는 가락촌의 실상이 낱낱이 기록되어 있었다.

왜섬 가락촌이 본국의 영향권에서 멀리 있다 보니, 칸이 그처럼 중요하게 생각한 평화에 균열이 발생하고 있었다. 누군가 가락촌 사람들의 평화를 해치는 일을 한다면, 수로는 당장이라도 건너가 바로잡아야 했었다. 다른 일이라면 모를까 어떤 경우에도 가락인들의 평화를 깨뜨리는 자는 단죄해야 했다. 유공이 오천간에게 촌장을 맡긴 것은 잘한 일이지만, 워낙 연로하신 분이라 문제를 감당할 수 있을지 마음이 놓이지 않았다.

칸은 왜섬 가락촌으로 가는 날짜를 조정하지 않으면 안 될 것 같았다. 원래는 가을 천제에 참석하려 했는데, 화약고 같은 문제를 머리에 인 채 불편하게 생활하고 있을 가락인들을 생각하면 잠이 오지 않았다.

칸은 가슴이 답답했다. 나라를 건국하고 산적한 문제 앞에 치어 지내다 보니, 원대했던 해양대국의 꿈이 자꾸만 쪼그라드는 것이 느껴졌다. 그럴 때마다 바닷가로 갔다. 군두장수들과 말을 달려 바닷가로 온 칸은 끝없이 펼쳐진 가락국 앞바다를 바라보면 비로소 마음이 안정되었다.

선박 수리소에서 연락이 왔다. 20여 일 후면 수리중인 배가 완성된다는 것이다. 배가 없는 것은 아니지만 칸이 타고 가야 할 배이니 견고함을 고려하지 않을 수 없었다.

가을에 올리는 왜섬 가락촌 천고제에 가기로 한 날은 한 달 후였지만, 원래 계획보다 열흘이나 당겨 가려는 것은 늦으면 늦을수록 가락촌의 문제에 도움이 안 되기 때문이었다.

군두들과 가락촌 문제를 논의하고 있을 때 가락선단이 돌아 왔다는 소식이 들렸다. 누구보다 칸이 제일 기뻐했다. 학수고대하던 붓디만의 소식을 가지고 왔을 터이니 어찌 기쁘지 않을까.

그런데 무슨 말인가. 선단 중 배 한 척만 돌아왔다니 해상 사고를 당했다는 말인가. 칸은 잠시 긴장하지 않을 수 없었다. 이건 또 무슨 말인가? 붓디만이 가락국으로 오고 있다는 전갈을 가져 왔다니? 처음에는 믿기지 않았다.

"정말 공주님이 가락국으로 오고 있다는 말인가?"

"그러하옵니다! 기쁜 소식을 전하기 위해 저희들이 먼저 왔습니다!"

어떻게 붓디만이 가락국으로 온다는 생각을 할 수 있었을까. 몇 번이고 확인을 했지만 선장은 사실이라고 했다. 그때서야 칸은 뛸 듯이 좋아하며 체면이고 뭐고 싱글벙글 어쩔 줄 몰랐다. 그런데 붓디만이 거처할 집이 문제였다. 옆에서 듣고 있던 군두들이 이구동성 차제에 가락국 칸이 거처할 궁전을 조성해야 한다고 했다. 지금까지 궁전의 필요성을 느끼지 못한 채 민가 속에서 가락인들과 같이 살고 있었지만, 아유디아 붓디만 공주께서 오신다는데 거처할 곳이 마땅치 않다는 것은 국격에 맞지 않는다고 했다.

붓디만 공주가 가락국에 도착할 때를 계산해 보니 앞으로 6~7개월은 더 걸릴 듯싶었다. 궁전을 짓는다 해도 그 안에 완공은 어렵겠지만, 공주가 거처할 공간이라도 마련하지 않으면 안 되겠다는 생각이 들었다.

빠듯한 시간이었다. 군두들은 시간이 많지 않으니 속히 궁전이 들어설 자리를 잡자고 했다. 칸은 군두들의 말이 틀리지 않았다. 공주가 불편하지 않게 거처를 준비하는 것이 옳았다. 칸은 다음날 군두들과 뒷산에 올라 신답평(新畓坪)[註 35]

(註) 35 삼국유사 가락국기(駕洛國記)에 나오는 김해평야의 옛 지명

을 바라보다가 아늑한 곳이 눈에 들어왔다. 오능에게 궁전의 위치를 정해 주고 칸은 근처 호계암으로 갔다.

호계암 암주 연탁 수행자가 반가운 나머지 맨발로 뛰어나와 칸을 맞이했다.

칸이 예상했던 대로 가락에서 불법은 만만하지 않았다. 대개의 가락인은 천신을 신앙하고 있었으니, 인도 싯다르타의 불법에는 마음이 움직여지지 않았다. 젊은 시절 어부로 살았던 나이 많은 노인 부부 2명이 유일한 호계암 신도였다. 칸을 죽음에서 살려 보낸 발트라 존자의 뜻이 분명이 있을 것이고, 지금은 불법이 가락에서 일어나지 않는 이유도 있으리라.

칸이 수하들을 다 물리고 혼자 호계암에 온 것은 불법은 내생관에 밝으니 연탁 수행자에게 마리와 제사장의 극락왕생을 빌어 주고 싶어서였다. 제사장도 마리도 오직 가락을 위해 가락이 잘되길 소원하며 살다 가신 분들이 아닌가. 두 분을 위해 기도를 부탁해야겠다면서 차일피일 늦었지만 오늘에야 호계암을 찾았다. 연탁은 칸의 말을 듣고 자신의 입장을 말했다.

"저는 아직 누구를 제도(濟度)할 능력이 안 되는 수행자일 뿐입니다만, 부족하지만 폐하의 뜻을 받들어 두 분의 극락왕생을 위한 기도를 올리겠습니다."

"두 분은 나에게 정말 고마운 분들입니다. 천상계에서 편안하셨으면 합니다."

"네에! 칸!"

군두들은 궁전 공사에 총공력을 다하고 있었다. 이미 토목공사를 끝내고 목재를 들이고 있었다. 공사장을 둘러보고 있을 때 선박 수리소에서 배가 완성되었다며 사람을 보내 왔다.

공주가 가락국에 도착하는 날짜를 다시 계산하던 칸은 난감해 했다. 5~6개월 후 공주가 도착하는데, 그 안에 왜섬 가락촌을 다녀올 수 있을까?

공주를 맞이하는 것도 중요하지만 가락촌의 평화를 지키는 일도 중요했다. 하루라도 서둘러 일정을 맞추는 것이 지금 할 수 있는 최선의 길이었다.

칸은 다음날 군두들을 데리고 왜섬 가락촌으로 항해를 시작했다.

붓디만 공주는 마음이 들떠 있었다. 가락선단 선장 유공은 바닷길을 잡기 위해 맨 앞배에 승선했으며, 그 뒤에 공주와 흔지발라 그리고 공주의 시종들이 타고 있었다.

시간은 좀 더 걸리겠지만 위험이 덜한 페르시아 인접국 연안을 따라 뱃길을 잡았다. 지금 계절은 경험상 갑작스런 태풍이 없는 한 순조롭게 항해할 수 있으리라 생각했다.

붓디만 공주는 갑판 위에서 얼굴을 스치는 바람을 느끼고 있었다. 바람은 수로의 숨결 같았다. 햇빛은 수로의 눈빛이었다. 공주는 눈을 감은 채 수로의 미소를 음미하고 있었다. 공주는 마음속으로 말하고 있었다.

"제가 가고 있어요! 당신을 만나러 제가 가고 있어요."

뱃전에 부딪쳐 철썩거리는 파도소리는 대답하는 수로의 목소리처럼 들렸다. 붓디만 공주를 축하하듯 바람도 잤으며 물결은 고요했다. 유공은 혹시 모를 기상 변화에 대응하기 위해 선원 중에서 제일고참인 수로 선단 갑판장 유덕(留德)을 공주가 탄 배에 승선시켰다.

해상기후는 조석으로 변했다. 인도지나반도를 거슬러 올라가고 있던 가락 선단은 조금 전만 해도 유리알 같았던 바다에 거센 파도가 일기 시작하면서 심상치 않은 바람의 냄새가 느껴졌다.

유덕(留德)은 느낌에서 오는 불길함이 온 몸으로 엄습해 왔다. 바람이 돌기 시작하면서 더운 열기가 몰려왔다. 더운 열기는 습기를 동반하면서 후더분함이 얼굴 위로 확 밀쳐오는가 싶더니 곧이어 먹장구름이 하늘을 덮기 시작했다.

유덕은 아무래도 공주가 걱정이었다. 배가 요동치기 시작하면 걷잡을 수 없는 상황에 직면하게 된다. 별실에 움직일 수 있는 물건들은 단단하게 고정되어 있는지 걱정이었다. 경험해 보지 않는 사람이 예사로 생각하는 것들은, 조금만 방심해도 바로 사고로 연결된다. 사람들을 선체에 밧줄로 묶어야 하는데, 유덕은 직접 자신의 눈으로 확인이 필요했다.

유덕은 공주가 있는 별실로 갔다. 공주의 시종들은 멀미 때문에 초죽음 상태에서 곤욕을 치르고 있었지만, 공주는 오히려 시종들을 독려하며 돌보고 있었다. 갑판장 유덕은 붓디만 공주에게 당부했다.

"공주님! 제가 돌볼 테니 어서 자리를 잡으십시오!"

"저는 괜찮습니다! 이들이 멀미로 고생들을 하니 어떡합니까?!"

"공주님! 이러고 계시면 안 됩니다! 어서 피하셔야 합니다!"

"알겠습니다!"

유덕은 갑판도 문제였다. 물건 하나가 잘못 묶이면 요동치는 배 위에서 흉기로 변해 큰 사고를 초래할 수 있었다.

얼른 갑판으로 나와 살피지만 다행히 경험 있는 선원들에 의해 갑판은 제자리를 잡고 있었다. 이미 선체는 크게 흔들리기 시작했다. 수평선 끝에는 집채만한 파도의 포말이 밀려오는 것이 육안으로 보였다. 큰 파도가 도착하는 데는 시간이 그리 걸리지 않을 성싶었다.

선장 유공은 가까운 연안으로 피신하기 위해 선원들을 재촉해 배를 몰았지만 밀어닥치는 파도를 당할 방법이 없었다.

유덕은 마음이 놓이지 않아 다시 공주의 별실로 갔다. 멀미로 정신이 혼미한 시종들을 독려하며 아직도 챙겨주고 있는 공주가 위험했다. 화들짝 놀라며 급히 공주의 행동을 제지해 안전한 곳으로 피신시켜야만 했다.

"공주님! 위험합니다! 어서 붙드셔야 합니다!"

순간 요동치던 배가 앞뒤로 솟구치며 공주의 몸이 천장으로 쾅당 부딪치나 싶더니, 유덕은 손을 써 볼 사이도 없이 공주의 몸이 바닥으로 떨어졌다. 중과부적인 유덕의 몸도 공중으로 뜨는가 싶더니 벽에 얼굴을 맞고 형편없이 쾅

당탕 떨어졌다. 머리를 부상당한 유덕은 얼른 정신을 차리며 공주를 찾았다. 공주는 바닥에 쓰러진 채, 흔들리는 선체에 이리저리 쓸리며 의식을 잃고 있었다. 유덕은 간신히 기어가 공주에게 접근해 밧줄을 잡아 선체에 묶지만 공주는 의식을 차리지 못했다. 유덕은 혼비백산 어쩔 줄을 몰랐다.

"공주님! 공주님! 정신 차리시옵소서!"

선원들은 있는 힘을 다해 태풍권에서 벗어나려 하지만 중과부적이었다.

유덕은 공주를 보호하기 위해 요동치는 선체의 밧줄을 놓치지 않으려 안간힘을 썼다.

선체가 앞뒤로 솟구칠 때마다 머리가 거꾸로 매달리기를 반복하는 선내 사람들은 아비규환이 따로 없었다.

흔지발라와 다른 수행자들도 밧줄을 잡고 애를 쓰며 버티지만, 멀미로 오물을 쏟아내며 혼미해져 가는 정신을 차리지 못했다. 태풍에서 벗어나기 위해 사력을 다하는 선원들은 필사적으로 노를 젓고 있지만 끝이 보이지 않았다.

유공은 공주가 승선한 배가 어마어마한 높이의 파도에 얹힐 때마다 속을 태우며 마음을 졸이지만 어찌 해볼 도리가 없었다. 가락 선단은 태풍 속에서 사투를 벌였으며 태풍이 지나가기만을 기다렸다.

유공은 천신만고 끝에 태풍의 영향권에서 벗어나자 뒷배에 타고 있는 공주의 안위가 무엇보다 걱정이었다. 갑판에 올라가 뒷배 상태를 확인하기 위해 수기 신호를 보냈다. 청천벽력 같은 내용을 보내 왔다. 공주가 부상당했다는 것이다. 유공은 순간 머리카락이 쭈뼛 일어서면서 아무 생각이 안 났으며 머릿속이 하얘졌다.

유공은 공주의 안위를 직접 자기 눈으로 확인하는 것이 먼저였다. 파도가 잠잠해지는 안전한 곳으로 접어들면서 뒷배와 접안을 시도한 끝에 공주가 탄 배로 건너갔다.

주치의가 치료를 하고 있었지만 공주는 죽은 사람과 다르지 않았다. 유공은 의식이 없는 공주의 모습을 보는 순간 등골에서 식은땀이 흘렀다. 어떻게 해야 하나. 일어나서는 안 되는 이 일을 어떻게 해야 하나. 이대로 항해를 계속할 수 없었다. 공주를 치료하기 위해 인도로 회항하는 것을 서두르지 않으면 안 될 것 같았다.

그런데 무슨 말인가. 흔지발라는 회항을 반대했다.

붓디만 공주는 출발할 때 이런 일을 예상이라도 했을까. 만약 우리 두 사람 중에 한 사람이 사고가 나더라도 항해는 계속되어야 하며, 회항은 절대로 안 된다는 약속이었다. 흔지발라에게 문제가 생겨 공주가 가락으로 가는 시간이 늦어지는 것을 흔지발라도 원치 않았으며, 만약 공주에게 사고가 발생하면 죽어도 가락에서 죽을 것이니 회항은 절대로 안 된다며, 흔지발라에게 약속을 지켜 줄 것을 요구했다.

회항하게 되면 수로를 만날 수 있는 시간이 그만큼 늦어지니, 죽어서라도 수로에게 가야 한다는 붓디만의 간절함이었다.

유공은 흔지발라의 말을 들으면서도 무엇이 옳은 선택인

지 판단이 서지 않았다. 공주의 주치의 2명은 회항을 한다 해도 붓디만 공주가 깨어난다는 확신이 없다며, 모든 사람들을 절망하게 했다. 주치의 말을 들은 흔지발라는 더욱 강력하게 계속 항해할 것을 요구했다.

선장 유공은 난감했다. 공주를 이런 모습으로 주군에게 모시고 갈 수는 없지 않는가. 회항해서 공주를 먼저 살려야 하는 것이 자신의 임무가 아닌가. 마침내 유공은 회항을 결정했다.

"모든 선원은 그대로 들어라! 아요디아로 회항하라!"

흔지발라는 유공과 강력하게 맞섰다.

"안 됩니다! 항해를 계속하십시오! 공주의 뜻입니다! 회항하다 공주가 숨을 거두면, 공주님은 영원히 가락국으로 갈 수 없습니다! 어서 항해를 계속하십시오! 죽어도 가락국에서 죽게 할 것입니다!"

19.
저 자들을 까마귀밥이
되게 하라!

오랜만에 왜섬 가락촌을 본 칸은 놀라웠다. 처음 이곳에 발을 디뎠을 때는 가락인은 한 명도 없었을 뿐만 아니라, 나무로 만든 농기구로 땅을 갈아, 먹을 것을 해결하던 원주민들 30여명이 살던 곳이었다. 그러던 곳이 사람들로 넘쳐 나고 즐비한 상가들과 가옥들이 군집해 있었다. 칸을 호위하는 군두 신도, 오능, 신귀도 발전한 가락촌을 보며 놀라움에 입을 다물지 못했다.

칸이 배에서 뭍으로 오르자 기다리고 있었던 가락인들이 환호하며 반겼다. 가락촌 구간들과 촌장인 오천간은 본국의 칸에게 예를 갖추었다.

"폐하! 먼 길 오시느라 얼마나 노고가 많으셨습니까?"

칸은 일일이 손을 잡아주며 반가움을 나눈 후에 전임 촌장의 뒷일을 챙겼다.

"전임 촌장은 잘 모셨습니까?"

"모든 가락촌 주민들이 마음을 다해 정성껏 모셨습니다."

"늦었지만 인사를 올릴까 합니다."

촌장과 구간들은 장국 촌장의 묘지가 있는 곳으로 칸을 안내했다.

장국 촌장의 묘지 봉분은 볕바른 곳에 단정히 마련돼 있었다.

칸은 본국에서부터 가져온 술잔을 올리며 애도했다. 촌장과 구간들 모두는 칸의 마음 씀에 감복하며 고개를 숙였다.

칸이 전임 촌장의 묘소에 잔을 올리는 것은, 가락촌이 오늘이 있기까지 수로가 지향해 온 진정한 평화를 실천해 오신 분을 추모하는 마음이기도 하지만, 이번 방문을 기화로 가락촌의 결속을 다지기 위함이기도 했다.

붓디만 공주는 여전히 의식불명 상태였다. 눈물이 그칠 날 없는 시종들은 한시도 공주를 떠나지 않고 팔다리를 주무르며, 인도식 고운 영양을 조제하여 미세량을 목구멍 깊숙이 위 안으로 넣는 데 정성을 다했다. 시종들은 눈물로 보살피지만 공주는 깨어나지 않았으며, 점점 여위어 희망을 잃어가고 있었다.

흔지발라는 붓디만 공주에게 닥친 시련을 자기가 믿는 불법으로 헤아려 봤다. 불행이던 행복이던 모든 것의 변화는 자기 자신에게 있었다. 이 배를 타게 된 원인 또한 자기 자신에게 있었으며, 공주의 사고 또한 흔지발라의 잘못이었고 누구를 탓할 수 없는 인과(因果)의 결과였다. 그 인과는 사람과 사람으로 끝없이 연결되어, 선박에 타고 있는 모든 사람과의 관계로 엮여 결국 나로부터 시작한 원인으로 돌아갔으니, 누구를 원망할 일도 탓할 일도 없었다.

흔지발라가 할 수 있는 것은 온 마음을 다해 공주의 회복을 기원하는 기도뿐이었다. 흔지발라는 동행한 수행자들과 함께 쉬지 않고 공주를 위한 기도를 했다.

선장인 유공은 공주가 탄 배에서 자신이 직접 보필해야 했었다며, 자신이 잘못해서 일어났다는 자책감으로 괴로워했다.

가락국에는 유능한 의사가 많았다. 지금 할 수 있는 최선의 방법은 빨리 도착해 가락국 의사에게 치료를 받는 길 밖에 없었다. 유공은 선원들을 독려해 바닷길을 재촉했다.

전임 촌장의 묘소를 방문하고 온 칸은 가락촌의 변화를 실감했다. 과거에는 촌장실 별채가 따로 없었다. 촌장 집에서 업무를 봤지만 지금은 별도로 구간들이 함께 회의를 할 수 있는 별채를 사용하고 있었다.

오천간의 안내를 받아 촌장실로 온 칸은 구간들의 노고를 치하(致賀)하지 않을 수 없었다.

"가락촌이 오늘에 이르기까지 본국을 대신한 촌장과 구간들의 희생적인 노력을 치하합니다. 앞으로도 본국은 여러분들을 적극적으로 지원할 것입니다."

칸은 구간들을 치하하면서 본국의 의결기관처럼 가락촌을 다스릴 제사장이 필요하다는 것을 인식했다. 수로가 칸으로 등극하기 전에는 발루 제사장이 충분히 가락을 잘 통제해 나갔으며, 구간회의에서 선출된 제사장은 실질적으로 칸 직전의 권위를 가지고 있었다. 앞으로 이곳 가락촌은 대륙에서 유입되는 사람들이 더 늘어날 것이고, 타지역 원주민들도 들어와 살 텐데 조직 체제를 제사장 중심으로 통제할 필요성이 있었다.

칸의 치하가 끝나기 무섭게 촌장과 구간들은 가락촌 평화를 해하는 자들의 죄를 물어 줄 것을 촉구하고 있었다.

이미 수로가 뜻을 세웠던 과거의 가락촌은 아니었다. 본국의 영향권에서 벗어나려는 세력들이 머리를 내미는 것이

느껴졌다. 원주민이었던 아이누인과 본국에서 건너온 가락
인들만 거주하는 것이 아니라 대륙 유민 다수와 혼재해 살
고 있었다. 가락인과 원주민이 평화롭게 살아온 옛날의 모
습은 아니었다.

백제 유민이면 어떻고 고구려 유민이면 어떤가. 누구든
서로 좋은 환경을 만들며 함께 살아간다면 무슨 문제가 되
겠는가. 폭력의 무리들이 득세를 하며, 가락촌민들을 괴롭
혀 자기 이익만 취하는 지배 세력이 태동하고 있는 것이 문
제였다.

어떤 경우에도 가락촌의 평화를 어지럽히는 자들을 이곳
에 살게 할 수는 없는 일이다. 나의 이익을 위해 상대를 괴롭
히는 무리들은 가락촌에 살아서는 안 된다. 앞으로도 그렇
고 미래도 그러려면 지금 칸의 용단이 절실한 시점이었다.

내 편이면 상인들의 자릿세를 절감해주고, 네 편이면 자
릿세를 올려 받아 괴롭히는 자가 태바리종이라는 가락인 이
였으며, 가락촌 토지를 마음대로 선을 그어 자기 땅처럼 권
리 행사를 하는 자는 낙가록이라는 자였고, 구간들과 어울
리면 노골적으로 시장 출입을 못하게 가락인들을 분란 시키
는 자는 자빠토리였다.

칸은 그 동안 불안에 떨며 폭력 앞에 시달렸을 가락인들
을 생각하니 마음이 무거웠다.

태바리종은 본국에서 칸이 왔으니 분명히 전임 촌장의
사건을 밝히려 들것이라 짐작하고 주점에 얼굴을 내밀지 않

앉다. 태바리종뿐만 아니라 가락인들로부터 원성을 사고 있는 낙가록과 자빠토리도 본국 사람들이 돌아갈 때까지 자취를 감춰 버렸다.

군두들은 촌장과 구간들 모르게 사람을 시켜 그들의 동선을 추적하고 있었지만, 이미 행적을 감춘 뒤였다.

잠적해도 가족과는 연락을 하고 있을 것으로 알고, 가족의 움직임을 면밀하게 살폈지만, 어디에도 그들의 행방은 오리무중이었다.

촌장과 구간들은 천제 준비에 들어갔다. 고향을 떠난 가락인들은 본국 구지봉에서 해마다 천제를 올리듯이 언제부턴가 가락촌에서도 천제를 올리고 있었다. 가락촌 천제를 올리는 장소도 구지봉이라 불렀으며, 모든 가락인들이 한자리에 모여 고향의 그리움을 달랬으며 가족의 안녕을 하늘에 기원하는 날이었다. 이들의 염원 속에는 언젠가는 고향으로 돌아가겠다는 꿈이 서려 있었다. 가락촌 사람들은 자신들이 준비한 화목(火木) 한 다발씩 안고 구지봉으로 올라 하늘 높이 쌓았으며, 천제에 올리는 제물도 각자가 조금씩 정성껏 준비했다.

태바리종과 낙가록, 자빠토리는 가락촌에서 떨어진 바닷가 작은 움막에 숨어 있었다. 여차하면 배를 타고 도주할 수 있기 때문에, 그곳보다 안전한 곳은 없었다. 처음부터 3명 모두 이곳에 있던 것은 아니었다. 평소 조직관계에서는 적으로 지내 왔지만, 숨어 지내야 하는 같은 처지다 보니 정보가 필요했고 자연스레 모이게 되었다.

태바리종의 심복 아쿠는 아무리 생각해도 이상했다. 열흘이 지나가는데도 누구도 감시하는 사람이 없다는 거였다.

이해가 안 되는 것은 태바리종과 낙가록, 자빠토리도 마찬가지였다. 열흘이 지나도록 자신들을 찾으려 다닌다거나, 장국촌장 사건을 밝히려 들거나, 본국에서 취해야 할 것이 분명히 있을 텐데, 전혀 관심을 가지지 않는 것은 참으로 이상했다. 그러나 그 이상함은 방심이었고 길지 않았다.

그날 밤 태바리종과 낙가록, 자빠토리가 잠에 빠져 있을 때, 이들의 목 끝에 칼끝이 닿아 있었다. 자다 말고 섬뜩함에 번쩍 눈을 뜨지만, 목젖을 지그시 누르는 칼끝에 꼼짝달싹할 수 없었다. 칸의 군두 신의 오능 신귀였다.

칸의 군두들은 은밀하게 사람을 놓아 쥐도 새도 모르게 이들의 행방을 알아봤지만 도무지 이해가 안될 만큼 행적이 나타나지 않았다.

군두의 보고를 받은 칸은 누군가 내통하는 사람이 분명히 있을 것이니, 그 자들의 부하들과 가족 중에 일정시간 모습을 감추는 자가 내통하는 자라 일러 주었다.

칸의 지시대로 다음날부터 그들의 부하와 가족들의 동선을 놓치지 않고 살폈다. 칸의 말대로 태바리종 심복 아쿠가 밤 시간에 사라졌다. 아쿠는 나름대로 주도면밀하게 정반대의 길로 가는 척하다 가락촌을 훨씬 우회해서 다시 돌아 바닷가 움막으로 갔다. 칸의 군두들은 아쿠가 돌아가고 이들이 잠들기를 기다렸다가 번잡하지 않게 조용히 태바리종과 낙가록, 자빠토리를 제압하기에 이르렀다. 같은 시간 칸

호위 군사들은 아쿠를 비롯한 하수인 일곱 명도 붙잡았다.

다음날, 가락촌 네거리 한가운데 태바리 종과 낙가록, 자빠토리 그리고 아쿠와 하수인 일곱 명이 무릎을 꿇린 채 포박되어 있었다. 아직도 그들이 두려운 근처 상인들과 주민들은 처음에는 마주 보기도 꺼려했지만, 칸이 이들을 응징한다는 소문이 돌고부터 돌을 던지기 시작했다. 돌에 맞은 이들의 얼굴에서 핏물이 낭자하게 흘렀지만 아무도 동정하지 않았다.

구지봉에는 천제를 목전에 두고 가락촌을 일신하기 위한 칸이 주제하는 구간회의가 본국의 구지봉과 다르지 않은 원방각 회의로 진행되었다.

촌장은 아도간, 유수간, 신천간 3명과 함께 칸이 새로 구간을 구성하는 데 불편하지 않게 스스로 물러나겠다는 의사를 밝혔다.

촌장의 나이가 구순을 넘었고 아도간, 유수간, 신천간도 서너 살 작은 또래들이라 칸은 이들의 뜻을 받아들였다.

구간들이 자리에서 물러나려면 후임자를 추천해야 하는데, 하루아침에 결정하는 것이 아니라 물러나려는 구간들은 오래전부터 마음속으로 사람의 됨됨이를 지켜본 후, 덕과 지혜로움이 갖추어졌다 여겨지는 후임자를 가슴으로 새기고 있다가 오늘 같은 날 물러나는 자리에서 공표했다.

칸은 물러나는 구간들이 추천하는 신임 구간들을 즉석에서 인준하고, 가부를 논하지 않았으며 신임 촌장은 새로운 구간들이 뜻을 모아 추천하면 칸이 임명했다.

새로 구성된 구간회의에서 추천된 촌장은 살해당한 정국 촌장의 맏아들 해돌기였다. 칸은 신임 촌장 해돌기에게 팔주령과 동경을 내려 권한을 부여했다.

"촌장의 징표이니 대대로 우리 가락인들이 평화롭게 살 수 있도록 힘을 아끼지 마시오!"

"칸의 뜻을 받들어 가락촌 평화를 지키는데 일신을 다하겠습니다!"

칸은 구지봉 회의를 마치고 새로 임명된 신임촌장 해돌기와 구간들이 함께 가락촌 네거리로 나갔다. 촌장실 사무를 총괄하는 발땀이 칸 일행 앞길을 안내하며, 상인들과 주민들을 향해 외치며 길을 열어 나갔다.

"보십시오! 본국의 칸께서 신임 촌장과 신임 구간님들을 임명하시고! 친히 폭력단들을 벌하기 위해 납시고 계십니다!"

발땀은 반복해서 큰소리로 외치며 길을 비켜 네거리로 향했다. 칸을 보기 위해 몰려나온 가락인들은 발땀이가 외치는 소리를 복창하며 그 뒤를 따라갔다.

네거리에는 가락인들의 돌팔매질에 피투성이 된 태바리종과 낙가록, 자빠토리가 살기 위해 눈을 번뜩거리고 있었다. 이때 가락인들의 환호가 들리며 칸을 뒤따르는 신임 촌장과 구간들이 다가오고 있었다.

네거리 한 가운데 묶여 있는 폭력단 앞에 멈춰 선 칸은 태바리종과 낙가록, 자빠토리의 얼굴을 바라보았다. 그들은 하나 같이 칸이 은정을 베풀어 주기를 간절한 눈빛으로 호소하고 있었다. 칸은 폭력단들을 바라보며 또박또박 말했다.

"너희들이 가락인의 이름을 더럽힌 자들이냐?"

"칸이시여! 살려 주옵소서! 살려만 주시면 가락인들을 위해 목숨을 바치겠습니다!"

지켜보던 가락인들이 돌을 던지며 소리쳤다.

"어찌 네 놈들이! 살기를 바라느냐! 저 놈들을 살려두면 절대로 안 됩니다!"

"죽여라! 죽여라!"

순간 누군가 큰소리로 외치자 주민들은 모두 따라 함성을 질렀다.

분노가 폭발한 상인과 주민들의 외침은 그칠 줄 몰랐다. 칸은 폭력단으로부터 억압받아 온 가락인들의 분노를 보며 촌장과 구간들에게 말했다.

"이것이 가락인의 소립니다. 이 가락인의 소리를 거슬리면 한순간 민심의 불길이 내 몸을 활활 태워 지옥으로 빠뜨립니다!"

이때 칸의 군두 병사들이 여러 개의 긴 원목을 폭력단이 묶여 있는 곳으로 가져왔다. 병사들은 원목 세 개를 한 묶음으로 두 곳에 삼발이로 엮어 세우며, 빨래 줄처럼 긴 원목하나를 걸친 후 칸의 지시를 기다렸다. 영문을 모르는 가락인들은 의혹스런 표정으로 살얼음 같은 침묵으로 지켜봤다.

칸은 가락인들의 분노서린 눈빛들을 낱낱이 바라본 후

폭력단을 엄하게 노려보며 명했다.

"가락인의 평화를 깨뜨린 자는 하늘도 용서 하지 않는다!
지금도 그렇고! 앞으로도 그럴 것이다! 저자들을 까마귀
밥이 되게 하라!"

칸의 명령이 떨어지기가 무섭게 삼발이에 걸쳐진 원목
에 빨래 널 듯 매달아 버린다. 목숨을 구걸하며 울부짖는 폭
력단 위로 또다시 분노한 가락인들의 돌멩이가 날아들었다.
태바리종과 낙가록, 자빠토리는 돌멩이에 맞아 얼굴이 터져
피를 흘리면서 살려 달라 애원하지만 가락인들의 분노는 그
치지 않았다. 폭력단들은 가락인들이 던지는 돌에 맞아 죽
어 갔으며, 근처 하늘에서 시체 냄새를 맡은 까마귀들이 날
아와 파먹기 시작했다.

칸은 늦은 시간까지 잠을 이루지 못했다. 사람의 마음이
란 언제나 자기이익을 위해 작용한다. 자기 이익을 생각하
면 남의 이익도 생각해야 하는데, 그것이 어느 한쪽으로 치
우치지 않게 중심을 잡아 주는 것이 양심이다. 양심은 어떤
경우든 자신을 속일 수 없는 내면의 거울이다. 그런데도 자
신의 양심을 들여다보며 살기란 참으로 난해한 문제다.

그 문제를 이겨낼 수 있는 것은, 양심을 자각할 수 있는
인격적 수준을 갖추는 일이다. 이제 겨우 나라를 건국했으
니 앞으로 얼마나 많은 시간이 필요할까? 그래도 가야 하는
가락인의 길 앞에, 칸은 밤잠을 이루지 못하고 있었다.

본국과 한참 떨어진 이곳에 살고 있는 가락인들 중에 자기 이익만 쫓는 자는 또 생길 것이고, 언제든지 더 포악한 폭력단이 등장할 수 있다.

본국과 떨어졌다 해서 일어나는 일만은 아니다. 인간들이 살고 있는 곳이라면 어디서든 이익 집단이 득세하게 되어 있다. 더 흉악하고 잔인해질 것이다. 그것은 본국도 마찬가지다. 문제는 어떻게 그들의 양심을 들여다보게 할 것인가.

오늘 그들의 처단은 당분간 본보기로 기억하겠지만, 언제 그런 일이 있었냐는 듯 까맣게 잊어버리는 습성 또한 인간이 가지고 있는 존재양식이다. 칸은 내일 있을 천제를 생각하며 많은 일들이 마음을 어지럽혔다.

날이 바뀌어 시작된 가락촌 구지봉 천제는, 본국 구지봉의 천제와 다르지 않았다. 구간들이 새벽이슬을 모아 받은 질그릇을 머리에 이고 와 제단에 정성껏 올렸으며, 이곳 구지봉의 모습은 장소만 다를 뿐 본국의 천제와 똑같았다. 다른 것이 있다면 천제에 참여하는 가락인들의 마음이었다. 본국에서 하늘에 제를 올릴 때, 가락국의 번영과 자신의 안녕을 기원하지만, 이곳에서의 천제는 가락국의 번영보다는 본국을 향한 그리움 속에 언젠가는 고향으로 돌아 갈것이라는 염원이 들어 있었다.

촌장은 천제를 시작하기 전에 칸에게 특별한 부탁을 했다.

"칸! 이곳 가락촌에 없는 것이 있습니다."

"그게 무엇입니까?"

"지명입니다."

"지명이요?"

"네에! 칸! 가락인들이 모여 산다해 가락촌이라 부르지만 동네 이름은 아닌 것 같습니다. 차제에 칸께서 이곳에 지명을 내려 주소서!"

칸은 생각지 못한 질문을 정리하면서 번쩍 스치는 낱말이 떠올랐다.

"이곳은 본국에서 보면 해가 뜨는 곳입니다! 해돋이 마을로 하심이 어떨까요?"

"해돋이요? 그보다 좋은 이름은 없는 것 같습니다. 본국에서 보면 이곳이 생각나는 이름이고! 이곳에서 본국을 보면! 해가 떠서 고향 마을로 지니 언젠가는 고향으로 돌아가겠다는 염원이 있는 이름이라 너무 좋습니다!"

촌장은 목청을 돋우어 가락인들을 불렀다.

"여러분! 칸께서 우리 마을을 해돋이(註 36)로 명명하셨습니다!"

비로소 자신들이 사는 곳의 지명이 생긴것을 즐거워하는 가락인들의 함성이 터지며 촌장은 천제를 시작했다. 제사장 역할을 같이하는 촌장이 팔주령을 흔들며, 동경에 빛

(註) 36

칸이 명명한 해돋이를 아이누 원주민 말로는 야마토인데, 나중에 야마토 왕조 이름이 되었고, 결국 해돋이 즉 일본(日本)이라는 국호가 된 것이 수로가 지은 해돋이인 것이다. 일장기가 김수로의 작품이라면 너무 나간 비약일까.

을 받아 가락인 주민들 위로 비추며 화목에 불을 댕겼다. 순식간 불길이 하늘 높이 치솟자 가락인들은 일제히 환호를 내지르며 소리쳤다.

"가락국 만세! 해돋이 만세!"

무인(巫人) 가무패가 악기를 연주하며 구지가를 노래했다.

거북아 거북아

머리를 내어라

내놓지 않으면

구워서 먹으리

어느새 가락인들은 한몸이 되어 춤추며 노래했다. 밤새워 어깨를 걸치고 원을 그리며 돌고 도는 가락인들에게는 칸도 구간들도 너와 내가 없었다.

20.
나의 아내가 되어 주세요!

칸은 촌장과 구간들의 환송을 받으며 시장 네거리를 지나 포구로 향하고 있지만, 마음이 가볍지 않았다.

태바리종 일당들의 사건은 어디서든 일어날 수 있는 일들이었다. 문제라면 인간은 무리를 이루면 힘이 모이고, 모인 힘을 내 이익을 채우려는 데 쓰는 속성이 문제인 것이다. 본국을 업신여기는 지배세력을 보며 촌장과 구간들이 분노할 수도 있다. 본국을 밀어내겠다는 반란과 다르지 않다고 생각할 수도 있다. 평화롭던 마을이 갑작스런 변화에 대해 위축될 수도 있다.

수로는 이런 일련의 일들은 너무나 당연한 사건이라 여겼다. 그것이 인간의 속성(屬性)이기 때문이다. 속성을 속성대로 두면 오로지 나의 이익을 위한 범죄로밖에 귀결되지 않는다. 결국에는 더 큰 것을 뺏기 위해 전쟁을 일으키기 때문이다.

그렇다면 국가는 이러한 인간의 속성을 묻어 두고 가야 할 것인가? 그건 아니다. 국가는 인간의 속성에 책임을 부여해야 한다. 남을 위하는 책임이냐? 나만 생각하는 책임이냐?

수로는 여기에 근원적인 국가 존립의 문제가 있다고 생각했다. 중앙집권정치 체제는 나만 위하는 책임만을 추구하는 구조를 가지고 있다. 집권세력이 살아야 국가가 존재한다고 생각하는 데는 많은 사람들이 피를 흘려야 하는 희생이 전제된다. 내가 살아야 남도 살릴 수 있다는 말은, 내가 살기 위해서는 남을 짓밟아야 살 수 있다는 말이다. 그것이

고대 국가들의 정치체제였으며, 그들은 결국 비참하게 파멸하고 만다.

수로는 중앙집권체제가 얼마나 모순된 정치형태인지 알고 있었다. 수로는 나만 생각하는 책임을 거부했다.

남을 위해 책임지는 가락인임을 스스로 실천하고 있었다. 남이 살면 나도 사는 평범한 진리를 실천하고 있었다. 나보다 남을 위하는 책임을 실천해 각각의 연맹체로서 독립성을 보장하고 서로간 지원하며, 독립된 연맹들의 장점대로 발전, 그 자체가 연맹국가가 되는 것일 뿐 제국을 원하지 않았다. 제국은 외형적인 것일 뿐 백성이 피를 흘리고 살점이 떨어져야 가능한 정치 형태였다.

수로는 남을 위하는 책임을 실천할 때만 진정한 평화가 존재하며, 수로가 추구한 연맹국가의 이념이 서는 것이라 생각했다. 남을 위하는 책임을 실천할 때 연맹끼리는 서로를 넘보지 않고, 탐하지 않으며 서로의 관계를 통해 더 독창적으로 각각의 연맹이 발전하기 때문이다.

수로의 이념처럼 평화롭게만 살아간다면 본국을 밀어내든, 본국을 적으로 여기든 무슨 상관이겠는가. 그 또한 연맹 안에서 일어나는 일이므로 남을 위해 정화할 자정능력 또한 스스로 만들어져 있으니, 나의 이익을 위해 다른 사람을 불행하게 만드는 일은 발생하지 않는다.

수로는 중앙집권체제를 원하지 않았으며, 집단연맹 체제라는 가락만의 정치제도를 만들어 가고 있었다.

야마토 가락촌 폭력집단도 연맹체제로 가는 과정에서

충분히 발생할 수 있는 일이라 생각했다. 그러나 나의 이익을 위해 남을 짓밟는 중앙 집권적 형태는 용서되어서는 안 된다. 지구 끝까지 쫓아가서라도 응징해야 했다.

수로가 가락국의 진로에 대해서 고민하고 있을 때 군두들이 다가왔다.

"칸! 오늘은 바다가 참 아름답습니다."

"제장들의 마음이 아름다우니 바다도 아름다운 거지."

칸은 미소를 지으며 겸연쩍어하는 군두들을 바라봤다. 군두들은 살짝 고개를 숙이는 것으로 칸의 말에 답례했다.

오늘따라 잔잔한 바닷길 수평선이 유리면 같았다. 외롭다는 것은 같이 있어야 할 사람이 옆에 없을 때 외롭다 하기도 하고, 어떤 문제를 해결하지 못할 때 외롭다 하기도 한다.

지금 수로는 두 가지 다 해당되었다. 사랑하는 붓디만을 볼 수 없었고, 가락을 해양강국으로 만들기 위해 이대로 배를 타고 저 넓은 바다 항해를 계속해야 하지만, 다시 본국으로 돌아갈 수밖에 없는 처지가 그랬다.

수평선 너머에서 가락으로 오고 있을 붓디만 공주가 못 견디게 보고 싶었다.

칸이 가락에 도착했을 때 궁전은 거의 완공되어 있었다. 흙으로 빚어 구운 토기와도 깨끗하게 이어졌고 조경도 단장되어 있었다. 공주가 거처할 궁전과 시종들이 거처할 전각 두 동이 따로 지어져 있었다.

칸은 궁전을 돌아보며 낮밤을 가리지 않고 애썼을 목수

들의 노력이 고마울 뿐이었다. 특히나 공주를 배려한 차탁이 마음을 사로잡았다. 궁전 뜰 앞에 대여섯 사람 앉을 고목나무로 매끈하게 다듬어진 곡진 차탁이 품위 있게 놓여 있었다.

칸은 차탁에 앉아 공주와 차를 마시는 자신을 생각하니 숨길 수 없는 기쁨이 올라왔다.

마침내 애태우며 기다렸던 공주가 탄 배가 들어온다는 소식을 알려 왔다.

칸은 벼락 같이 마구간으로 가 공주를 태울 백마를 끌고 무서운 속도로 달렸다. 칸을 보위해야 할 군두들은 정신을 차리지 못해 허둥지둥 서둘러 뒤따랐다.

소문을 들은 주민들이 아유디아 공주를 보기 위해 망산도 용주 포구로 몰려들었다. 칸이 망산도에 도착했을 때 구경나온 가락인들로 발 디딜 틈조차 없었다. 공주가 외국인이라 선망의 관심사이기도 하지만 가락국 칸의 배필에 대한 궁금증이 가락인들로 하여금 망상도로 향하게 했다.

칸은 기쁨을 감추지 못한 채 계류 중인 가락선단에 있을 공주를 찾아 살폈다. 순간 기쁨이 넘치던 칸의 표정에서 미소가 점점 사라져 갔다. 선단 갑판 위 사람들은 계류에 필요한 일만 할 뿐 누구도 환영 나온 가락인들을 향해 반응하지 않았다. 갑판에서 칸을 찾아 기뻐했을 공주는 어디에도 보이지 않았다. 알 수 없는 불안감이 칸의 온몸으로 느껴졌다. 칸은 다급한 나머지 아무도 봐주지 않는 갑판 위를 향해 소리쳤다.

"공주님은 어디에 계시느냐?"

그때서야 흔지발라와 수행승들이 갑판 위에 모습을 나타내며 침울한 표정으로 칸을 향해 합장인사를 할 뿐 아무 말도 하지 않았다. 불안감을 감출 수 없는 칸은 선박을 올려다보며 다시 소리쳤다.

"공주님은 왜 보이지 않느냐! 왜 대답이 없느냐! 어서 말을 하여라!"

누구도 칸의 질문에 대답할 수 없었다. 더 이상 참을 수 없는 칸은 계류가 끝나지 않은 선박 위로 뛰어 올라갔다. 선원들은 하나 같이 얼굴을 숙인 채 칸을 외면했다. 흔지발라에게 다가간 칸은 엄하게 노려봤다. 흔지발라는 다시 칸을 향해 합장하며 예를 갖출 뿐 어떠한 말도 하지 못하고 고개를 떨어뜨렸다. 이때 선박 별실에서 들것이 나오고 있었다.

공주는 의식 불명인 채 들것에 눕혀져 있었고, 들것을 운반하는 시종들은 침울하게 얼굴을 숙이고 있었다. 칸은 공주를 향해 벼락 같이 다가가지만 공주는 죽은 사람과 다르지 않았다. 모든 것을 알아차린 칸은 하늘이 무너지는 절망감으로 소리쳐 의관을 찾았다.

"가락국 의관은 어디에 있느냐! 어서 공주님을 뫼시지 않고 무얼 하느냐!"

칸은 또 다시 절규하듯 소리쳤다.

"가락국의 의관은 무얼 하느냐! 어서 공주님을 뫼셔라!"

그날 밤, 공주의 궁전에는 여러 개의 약탕기가 화롯불에 끓고 있었다. 시종들과 의관들이 온갖 정성을 다하지만, 붓디만 공주는 변화가 없었다.

칸의 슬픔은 그 어떤 것으로도 표현할 길이 없었다. 그는 구지봉으로 올라갔다. 어둠속 구지봉 밤하늘에 별들이 빛나고 있었다. 칸은 천제단에 무릎을 꿇어앉으며 탄식의 기도를 했다.

"하늘이시여! 나의 기도를 외면하지 마소서! 나를 이 땅에 보낸 이유가 있다면 공주님을 다시 제게 오게 하소서! 하늘이시여! 나와 공주의 인연이 여기까지라면 나도 데려가세요! 그렇지 않다면 공주를 다시 내게 보내 주세요!"

칸은 자신의 기도에 하늘이 답하기 전에는 온몸이 부서져도 자리에서 일어나지 않겠다며 앉아 있었다.

공주의 사고는 자신 때문에 일어난 일이다. 자신이 갔어야 했는데 공주를 오게 한 자신의 잘못이었다. 공주가 일어나지 못한다면 이 잘못을 어떻게 갚아야 하는가.

"하늘이시여! 나의 기도를 외면하지 마시고! 공주님을 다시 내게 오게 하소서!"

칸은 밤을 새워 하늘에 기도를 올렸다.

새벽이 지나고 날이 샐 쯤 군두 신도, 오능, 신귀가 서둘러 구지봉으로 올라왔다. 칸은 천제단에 무릎을 꿇은 채 돌처럼 앉아 있었다. 군두들은 칸의 건강이 우선 염려되었다.

"칸! 법체를 보존하십시오! 공주마마께서 깨어나셨습니다!

칸은 군두 신귀의 말을 믿을 수 없었다.

"지금 뭐라 했느냐!"

"공주마마께서 의식을 찾으셨습니다!"

칸은 믿기지 않았다. 뒷걸음쳐 군두들을 노려보는가 싶
더니 근처 매어둔 백마를 타고 번개처럼 구지봉을 내려갔다.

한걸음에 궁전으로 온 칸은 공주의 거처로 뛰어 들어갔
다. 시종들의 보살핌을 받고 있던 공주가 들어오는 칸을 발
견하고 핑 눈물이 돌며, 아무 말도 못하고 칸을 향해 두 팔
을 벌렸다. 다가와 공주를 안아주는 칸의 눈에도 눈물이 글
썽했다.

"이런 모습으로 칸을 뵙게 되어 송구합니다."

"아니오! 아니오! 내 다시는 공주를 혼자 있게 하지 않겠소!"

수로와 붓디만은 서로 안은 채 떨어질 줄 몰랐다.

하루가 다르게 붓디만의 몸이 회복되면서, 칸은 공주를
데리고 바다를 향해 말을 타고 달렸다. 수평선에는 붉은 태
양이 떠오르고 있었다. 칸은 떠오르는 태양 앞에서 공주에
게 말했다.

"가락국은 공주님에게 모든 것을 허락하니 성씨를 허씨
로 하고, 공주님은 나에게 황금 같은 구슬과 다르지 않
으니 이름을 황옥이라 부르겠소! 나의 아내가 되어 주
세요!"

황옥의 얼굴에 기쁜 미소가 번지듯 세상을 밝히는 황금
의 햇살이 온 천지로 퍼져 나갔다.

황금 같은 태양을 마주한 황옥은 수로를 꼭 안아 주었다.
그 해는 48년이었다.

[2편에서 계속]

작가 후기

나는 언제나 그렇듯 영화를 만들기 위한 수순으로 소설 『가락국왕 김수로 0048』을 썼다.

처음 김수로를 영화로 만들어야겠다고 작정하게 된 것은, 지금은 열반에 드신 부산 금정산 미륵암에 살고 계셨던 백운 스님으로부터다.

"영화감독이면 김수로를 찍어 봐!"

"영화가 되겠어요?"

"아냐! 사람들이 잘못 알고 있는 것이 있어!"

"뭐가요?"

"알에서 나오긴 무슨 알에서 나와!"

"삼국유사가 어떤 책입니까? 알에서 나왔다면 나온 거죠!"

"일연스님이 그 당시 유행하던 판타지적 요소를 작가적 발상으로 재미있게 가미한 것일 뿐이야!"

"뭡니까? 최고의 역사서를 믿지 않는다는 말씀입니까?"

"누구처럼 삼국유사를 부정하는 얼치기 아냐! 당연히 믿지!"

"근데! 알에서 나온 김수로가 뭔 영화가 되겠어요!"

"김 감독이 좋아하는 소재가 아니구먼!"

"관심 없어요!"

"이만한 영화 소재가 있을까 싶은데…!"

"스님께서 김수로에 꽂힌 게 있나 봅니다!"

"있지! 내가 영화감독이면 만들겠다!"

"뭐가 그리 꽂히게 했어요?"

"사람이 어찌 알에서 나와! 일연스님도 당시 역사가들의 대중적 추세(趨勢)를 따랐을 뿐이야! 난생했다는 시조가 한 둘 아니잖아! 우리나라만 그런가? 세계적으로 수두룩해!"

"그건 들었고요!"

"그는 유일무이(唯一無二)한 해상 왕이야! 2000년 전에 세계를 자기 집처럼 드나들었던 엄청난 해상 왕이었어! 지금은 과학이라도 있지! 그 당시 상상이나 되는 일이야! 2000년 전에 국제결혼이 이해가 돼? 혁명이야! 자유를 위한 혁명!"

스님과 연락이 끊긴 지 30년도 더 된 세월이 지났다. 올 초 유튜브에 스님의 상좌라는 분이 올린 다비식을 보고 스님이 열반했다는 사실을 알았다. 그 순간 오랫동안 찾아뵙지 못한 내 어리석음이 부끄러웠다. 지금 생각하면 스님과 더 많은 대화를 나눴어야 했는데, 그때만 해도 김수로를 영화로 만든다는 것에 대해서는 아무런 흥미를 느낄 수 없었다.

그런데 이상한 것은 세월이 지나면 지날수록, 김수로에 관심 없다는 내 관념 밑바닥에는 늘 언제나 스님이 한 말씀이 맴돌고 있었으며, 내가 좋아하는 영화 소재가 아니니 관심 두지 않으려 할수록, 영화를 만들어야 한다는 생각이 자리를 잡아 굳혀지고 있었다는 사실이다.

역사를 공부하지 않은 내가 감히 김수로를 어떻게 얘기한단 말인가? 그러나 영화적으로 김수로를 들여다보면 볼수록, 영화로 만들어야 한다는 의지가 눈덩이처럼 부풀어 올라 무엇인가 하지 않으면 안 될 것 같았지만, 언제 어떻게 시작할 것인가는 막연할 따름이었다.

삼국유사를 쓴 일연스님은 고려 시대 때만 해도 알의 신화가 환타지로 읽혀지는 것이 대단히 재미있는 발상이라 여겼던 것 같다. 김수로뿐만 아니라 석탈해, 고주몽, 박혁거세를 넘어 동남아 지역에서 시조와 관련된 인물들은 대개가 난생으로 그려져 있다.

지금은 인간이 알에서 출생한다는 것은 현실적으로도 그렇고 전혀 흥미로운 이야기가 아니다.

일연스님은 김수로를 흥미롭게 표현하고 싶었을 뿐이었을 거라는 그 이상의 의미는 없을 것이다. 삼국유사 가락국기에서 나름대로 재미있게 묘사하려다 보니 난생이 되어버린 것이다.

30년 전, 오늘의 내 머릿속을 스님은 알고 계셨을까? 나는 어느새 영화를 만들기 위한 수순으로, 스님께서 하신 말씀들을 머릿속에서 발효시키고 있었다.

일연스님이 꾸며낸 얘기를 이해하려면 일연스님의 마음속으로 들어가지 않으면 안 되었다. 어떻게 재구성할 것인가, 김수로와 허황후의 만남에서 신화적인 요소를 어떻게 걷어낼 것인가. 엄중한 역사로 보는 시각을 도출해 내는 것이 먼저였기 때문에, 정작 처음에 언급하려 했던 김수로를 통한 우리 민족의 시원과 닿아 있는 고대사와 관련한 이야기는 들어가지 못했다.

삼국유사가 그렇듯 환타지적 요소로 포장되어 있는 유리 상자를 깨는 것이 먼저였기 때문이다. 그러나 이 한 편의 소설로 감히 김수로를 이야기한다는 것은 어불성설(語不成說)이다. 김수로의 사상과 이념에 대해 이 한 편의 소설로 다 말할 수 없는 일이다. 김수로를 이해하는 데 비로소 한 걸음 뗀 것에 불과하다.

소설을 끝내면서 아쉬운 점이 많다. 특히 『가락국왕 김수로 0048』에서 민족의 시원과 관련한 고대사를 언급하지 못한 것이 큰 아쉬움으로 남는다. 기회를 만들어 김수로 가계를 통해 우리 민족의 이동경로를 만들어보고 싶다. 이유는 간단하다. 역사를 들여다보면 삶은 그냥 흘러갈 뿐이다. 적과 적이 대립할 이유는 어디에도 없다.

박물관에서 고고학자들이 발굴한 인골을 볼 때마다 느끼는 것은 그도 한때는 뜨거운 가슴으로 세상과 맞섰던 시절이 있었을 것이고, 그가 온몸을 태워 사랑했던 여자와 남자가 있을 것이고, 사랑하는 가족에게 잘해 주지 못한 아픈 마음 때문에 세상 앞에서 절망했던 날들이 가슴을 괴롭혔을 것이다. 그들이 살고 간 과정 위에, 지금은 모습만 바뀌었을 뿐 똑같은 가슴을 가진 사람들이 이어서 살고 있으니, 어제와 오늘이 달라진 것이 없음을 본다.

지리산 내 움막 창 너머 나뭇잎들이 물이 빠지면서 까슬까슬해지고 있다. 오직 지금이 없으면 바스락 낙엽도 그 찬란했던 푸르름도 없는 것이다. 모든 일들은 현재 위에 서 있는 것, 과거와 미래를 걱정하는 것은 부질없는 짓! 흐르는 역사 위에 얹혀 있을 뿐, 너도 가고 나도 그렇게 흘러가는 길 위에서 오늘 김수로를 꺼내 든 것은, 어제를 보며 오늘 어떻게 숨을 잘 쉬어야 하는가이다.

지금, 오직 지금! 숨 잘 쉴 때다!

교정 본다고 잠을 아낀 임경일 아우님과 표지 디자인한다고 애쓴 이백 화백, 말벗 직원들, 그리고 박관식 대표에게 고마움을 전한다. 그리고 『가락국왕 김수로 0048』을 통해 우리 사회가 고대국가 가락을 이해하는 데 조금이나마 도움이 되었으면 좋겠다.

가난한 영화감독을 군말 없이 지켜보며, 늘 같은 세상을 바라보는 아내 이자비 여사와 나 혼자 지리산에서 사노라 같이 있어 주지 못한 나의 기쁨인, 그림 잘 그리는 딸 호정에게 사랑한다는 말을 전하며, 내가 너희들의 가족된 것이 고맙다.

특히 늘 곁에서 정신적 물질적 아낌없는 도움을 주시는 나의 형님이신 김일앙 선생님께 깊은 감사함을 전합니다.

2020년 음력 9월 19일 '지리산소굴에서'

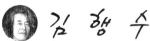

서울대학교 규장각 한국학연구원

한국사 데이터베이스 – 삼국유사 가락국기 원문과 해석

三國遺事 卷 第二卷

第二 기이(紀異) 가락국기(駕洛國記)

———

소설 『가락국왕 김수로 0048』의 근간이 된 「가락국기(駕洛國記)」에 대하여

———

수로왕의 탄생과 6가야의 성립 설화

『한국민족문화대백과사전』을 보면, 가락국기의 완전한 내용은 전하지 않으며, 『삼국유사』 기이편(紀異篇)에 간략하게 초록하여 전하고 있다.

『삼국유사』에 수록된 「가락국기」의 주에는 정확한 저자의 이름이 나와 있지 않으며, 다만 금관주지사(金官州知事) 문인(文人)이 편찬하였다고만 밝히고 있다.

김해김씨 종문에서는 이 문인이 김해김씨 출신인 김양감(金良鑑)이라고 주장하나 확실하지 않다. 다만 1075~1084년간 금관주지사를 지낸 인물이 가락국의 옛 땅인 금관주의 역사서로서 『가락국기』를 편찬한 것으로 추측된다.

내용은 수로왕의 건국설화, 허황후(許皇后)와의 혼인설화 및 수로왕릉의 보존에 관련된 신이 사례(神異事例)와 신라에 합병된 이후부터 고려왕조에 이르기까지의 김해 지방의 연혁 등이며, 제2대 거등왕부터 마지막 구형왕까지의 왕력(王曆)이 실려 있다.

일연이 초록한 이 「가락국기」가 원래의 『가락국기』에서 수로왕에 대한 설화를 중심으로 편찬한 것인지 아니면 신이를 중심으로 기록한 일연의 사료 선택에 의한 것인지는 확인할 수 없다.

또, 이 책을 편찬하게 된 역사적 배경과 사료로 이용된 문헌 등도 분명하지 않다.

신라 말기에 가야계의 신김씨(新金氏)는 김유신의 4대손 김암(金巖)이 6두품이었다는 사실에서 알 수 있듯이 사회적 지위가 낮아지고 점차로 소외되었다.

따라서, 불만을 품고 있던 가야계 김씨들이 새로 고려왕조가 일어서고 사회가 안정되자 옛날의 영화를 과시하고자 편찬했다고 생각되기도 한다.

사료로는 우선 「가락국기」 중에 나타나 있는 「개황록(開皇錄)」 및 『삼국사기』 김유신전의 자료가 된 김장청(金長淸)의 『김유신행록(金庾信行錄)』, 김유신비문, 그 밖에 전해지던 가락국사 등이 이용되었다고 추정된다.

이 책은 가야사에 대한 문헌 사료가 거의 사라진 오늘날 남아 있는 유일한 문헌 사료라고 할 수 있다. 중국 사료인 『삼국지』의 한전(韓傳) 및 변진전(弁辰傳), 『후한서 後漢書』의 한전 등과 함께 가야사를 연구하는 데 매우 중요한 자료이다.

가락국기(駕洛國記)[註 37] 문종대(文宗代)[註 38] 대강(大康)[註 39] 연간에 금관(金官) 지주사(知州事)[註 40]의 문인(文人)이 지은 것으로 이제 그것을 줄여서 싣는다

(註) 37

《가락국기》는 고려 문종조 태강연간(1075~1084)에 금관지주사인 문인(文人)이 지은 가락국(駕洛國)의 사기이다. 가락국은 가야의 제 국가 중 의 한 나라로 가락국기중에서 말함과 같이 대가야 또는 가야국이라 하여 육가야 중의 일국이라 하고 또 《삼국유사》 오가야조에서는 금관가야라고 하였으며 《삼국사기》에서는 금관국이라고 하고 중국사료(《삼국지(三國志)》와 《후한서》 등)에서는 '狗(拘)邪韓國'이라고 하였으며 일본사료(《일본서기(日本書記)》와 《고사기(古事記)》 등)에서는 가야국(加羅國), 임나국(任那國), 임나가라(任那加羅)의 초기 주국으로 지금의 김해 지방에 위치하고 있었던 나라이다(정중환, 「駕洛國記의 文獻史的 考察」, 《가야문화》 3, 가야문화연구원, 1990, 12쪽).

(註) 38

고려 제11대 왕으로 생몰년은 1019~1083년이고, 재위 기간은 1046~1083년이다.

(註) 39

요(遼) 도종(道宗)의 연호로 1075~1085년에 사용하였다.

(註) 40

김해 지방은 고려시대에 들어와 여러 차례 그 명칭이 바뀌었다. 통일신라시대에 금관소경(金官小京), 김해소경(金海小京) 등으로 불리다가 고려태조 23년(940)에 김해부로 바뀌었고, 이후 임해현(臨海縣)으로 강등되었다가 다시 임해군이 되었다 광종 22년(971)에 금주도호부(金州都護府)로 승격되었고, 목종 3년(1000)에는 안동대도호부(安東大都護府)로 개칭되었다. 현종 3년(1012)에 금주(金州)로 개칭되었고 문종대에는 금주라는 명칭으로 불리었다(가락국사적개발연구원, 《역주 가야사사료집성》 제1권, 2004, 96쪽).

대왕을 맞이하여 기뻐 뛰게 될 것이다

개벽 이후로 이곳에는 아직 나라의 이름이 없었고 또한 군신(君臣)의 칭호도 없었다. 이때에 아도간(我刀干)·여도간(汝刀干)·피도간(彼刀干)·오도간(五刀干)·유수간(留水干)·유천간(留天干)·신천간(神天干)·오천간(五天干)·신귀간(神鬼干) 등 아홉 간(干)(註 41)이라는 자가 있었는데 이

(註) 41
구간(九干)에 대하여 일찍이 ≪삼국사기≫ 열전 김유신 상에 인용되어 있는 김유신비문(金庾信碑文)에 김유신의 출자를 설명하는 가운에 '수로왕이 구지봉에 올라 가락구촌(駕洛九村)을 바라보았다'라고 보임으로써 수로왕의 출현 이전의 가락구촌이 있었다는 전승이 비교적 오래전에 형성되어 있었음을 보여주고 있다. 또한 1884년에 건립된 가락국태조능숭선전비(駕洛國太祖陵崇善殿碑)에 구부(九部), 구간(九干), 구경(九卿) 등으로 표기된 것도 이러한 전승의 일면을 보여주는 것으로 보여진다. 즉 사료에서 구간이 추장(酋長)이라고 표기되었듯이 가락구촌에 지도자들이 존재하였음을 보여준다(이영식, 「九干社會와 駕洛國의 成立」, ≪가야문화≫ 7, 가야문화연구원, 1994, 33쪽). 구간사회를 국가형성론 상에서 볼 때 추장사회

는 추장(酋長)으로 백성들을 통솔했으니 모두 100호(註 42), 7
만 5000명이었다. 대부분은 산과 들에 스스로 모여서 우물
을 파서 물을 마시고 밭을 갈아 곡식을 먹었다.

후한(後漢)의 세조(世祖) 광무제(光武帝)(註 43)건무(建武)(註
44)18년 임인 3월 계욕일(禊浴日)(註 45)에 살고 있는 북쪽 구

(Chiefdom)의 단계로 비정하는 견해가 있으며(이종욱, ≪신라국가형성사연구≫,
일조각, 1982, 19쪽 | 이융조, 「한국고인돌사회와 그 양식」, ≪동방학지≫ 23·24,
1980, 306쪽), '읍락사회'라는 개념으로 이해하는 견해도 있다(金延鶴, 「伽倻의 國
家形成」, ≪가야문화≫ 1, 16~17쪽). 그리고 김태식은 구간은 김해 지역에 산재하
던 소단위 세력집단들인 구촌의 추장들로서, 그들은 수로의 강림 전부터 이미 존
재하던 재지 세력으로 보았다(김태식, ≪가야연맹사≫, 일조각, 1993, 35~36쪽).

(註) 42
여기에 대해서는 두 세가지의 견해로 나뉘고 있다. 이종욱과 三品彰英은 一百戸의
'百'자는 '萬'자의 착오로 보고있고(이종욱, ≪신라국가형성사연구≫, 일조각,
1982 | 三品彰英, ≪三國遺事考証≫ 中, 塙書房, 1979, 315쪽), 이영식의 경우는
≪삼국지(三國志)≫ 위지 동이전 변진조의 「..大國四五千家 小國六七百家 總四五萬
戸」라는 기사를 근거로 4천~5천 家로 보고 있다(이영식, 「구간사회와 가락국의 성
립」, ≪가야문화≫ 7, 가야문화연구원, 1994).

(註) 43
후한을 세운 황제로 재위 기간은 25~57년이다.

(註) 44
후한 광무제의 연호로 25~55년에 사용하였다.

(註) 45
계욕(禊浴)이란 계욕(褉浴) 계음연(禊飮宴)이라고 한다. 계는 불계(祓禊)란 말이
다. 불계는 제계목욕하여 심신을 맑게 하고 천지신명에게 양재구복(禳災求福)의
치성을 드리는 제의를 말한다. 한나라 대의 예제에는 3월 상사(上巳)에 특히 동으
로 흐르는 물에서 심신의 숙구(宿垢)를 제거하였으나 위(魏) 이후로는 상사일을 다
만 3일로 정하여 춘계를 행하게 되었다. 춘계라 함은 계춘 즉 3월 3일에 행하는 계
욕을 말함이니 이에 대하여 7월14일에 행하는 계욕을 추계라고 한다. 우리나라의
계욕도 동으로 흐르는 물에서 행한다고 한다(정중환, 「가락국기의 건국신화」, ≪
가야문화≫4, 가야문화연구원, 1991, 112쪽).

지(龜旨)[46], 이것은 산봉우리를 일컫는 것으로 십붕(十朋)이 엎드린 모양과도 같기 때문에 그렇게 말한 것이다에서 이상한 소리가 부르는 것이 있었다. 백성 200~300명이 여기에 모였는데 사람의 소리 같기는 하지만 그 모습을 숨기고 소리만 내서 말하였다. "여기에 사람이 있느냐." 아홉 간(干) 등이 말하였다. "우리들이 있습니다." 또 말하였다. "내가 있는 곳이 어디인가." 대답하여 말하였다. "구지입니다." 또 말하였다.

"황천(皇天)이 나에게 명하기를 이곳에 가서 나라를 새로 세우고 임금이 되라고 하여 이런 이유로 여기에 내려왔으니, 너희들은 모름지기 산봉우리 꼭대기의 흙을 파면서 노래를 부르기를 '거북아 거북아, 머리를 내밀어라. 만일 내밀지 않으면 구워먹으리' 라고 하고, 뛰면서 춤을 추어라. 그러면 곧 대왕을 맞이하여 기뻐 뛰게 될 것이다."

구간들은 이 말을 따라 모두 기뻐하면서 노래하고 춤을 추었다. 얼마 지나지 않아 우러러 쳐다보니 다만 자줏빛 줄이 하늘에서 드리워져서 땅에 닿았다. 그 줄이 내려온 곳을 따라가 붉은 보자기에 싸인 금합(金合)을 발견하고 열어보

(註) 46

≪신증동국여지승람(新增東國輿地勝覽)≫ 김해도호부산천조(金海都護府山川條)에 구지봉(龜旨峰)이 보이고, ≪삼국유사≫ 권2 기이 2 수로부인조(水路夫人條)에도 관련기사가 보인다. 원시신앙에서 구(龜)를 영적존재로 여겼을 것이며, 구지봉을 '굿'하는 봉우리로 한자로 음차한 견해도 있다(정중환, 「가락국기의 건국신화」, ≪가야문화≫4, 가야문화연구원, 1991, 115쪽).

니 해처럼 둥근 황금 알 여섯 개가 있었다. 여러 사람들은 모두 놀라고 기뻐하여 함께 백번 절하고 얼마 있다가 다시 싸서 안고 아도간(我刀干)의 집으로 돌아와 책상 위에 놓아두고 그 무리들은 각기 흩어졌다. 12시간이 지나(註 47) 그 이튿날 아침에 무리들이 다시 서로 모여서 그 상자를 열어보니 여섯 알은 화해서 어린아이가 되어 있었는데 용모(容貌)가 매우 훤칠하였다. 이에 이들을 평상 위에 앉히고 여러 사람들이 절하고 하례(賀禮)하면서 극진히 공경하였다.

이들은 나날이 자라 10여 일이 지나자 신장(身長)은 아홉 자나 되었으니 은(殷)의 천을(天乙)(註 48)과 같고, 얼굴은 용처럼 생겼으니 한(漢)의 고조(高祖)와 같고, 눈썹에는 팔채(八彩)가 있으니 당(唐)의 요(堯, DB주석 : 원문의 高는 고려 定宗의 이름 '堯'의 避諱)와 같고, 눈동자가 겹으로 되어 있으니 우(虞)의 순(舜)과 같았다. 그달 보름에 왕위(王位)에 올랐다. 세상에 처음 나타났다고 해서 이름을 수로(首露)(註 49)라

(註) 47

협진(俠辰)은 십이지의 자(子)로부터 해(亥)에 이르는 날짜를 가리키는 것으로 '열이틀'로 볼 수도 있다(가락국사족개)발연구원, ≪역주 가야사료집성≫제1권, 2004).

(註) 48

은(殷)의 탕왕(湯王)을 가리킨다.

(註) 49

수로는 가락의 시조이나, 김태식은 구간(九干)과 같은 재지 세력의 한 사람인지, 아니면 당시에 다른 곳에서 온 이주민인지는 분명치 않으나 대체로 이주민이거나 또는 이주민으로서의 명분을 아직 잃지 않은 사람으로 추정하였고(김태식, ≪가야연맹사≫, 일조각, 1993, 36쪽), 이병도는 수로를 가락 최초의 군장이 아니라가락이 소위 육가야의 맹주국으로서 두각을 나타내기 시작하였을 때의 군장이라고 보

고 하였다. 혹은 수릉(首陵) 수릉은 죽은 후의 시호이다이라
고도 한다.

나라 이름을 대가락(大駕洛)이라 하고 또한 가야국(伽耶
國)이라고도 하니 곧 여섯 가야(伽耶)[주 50]중의 하나이다. 나
머지 다섯 사람도 각각 가서 다섯 가야의 임금이 되니 동쪽
은 황산강(黃山江), 서남쪽은 창해(滄海), 서북쪽은 지리산(
智異山), 동북쪽은 가야산(伽耶山)이며 남쪽은 나라의 끝이
었다.

그는 임시로 대궐을 세우게 하고 거처하면서 다만 질박(
質朴)하고 검소하니 지붕에 이은 이엉을 자르지 않고, 흙으
로 쌓은 계단은 3척이었다.

즉위 2년 계묘 정월(43년)에 왕이 말하기를, "내가 서울
을 정하려 한다"라고 하고 이내 임시 궁궐의 남쪽 신답평(
新畓坪) 이는 옛날부터 묵은 밭인데 새로 경작했기 때문에
이렇게 불렀다. 답자(畓字)는 속자(俗字)이다.에 나가 사방
의 산악(山嶽)을 바라보고 좌우 사람을 돌아보고 말하였다.

앉으며, 가락의 구간과 부원들이 대회하여 일인의 군장을 선출 추대한 사화에 있
어 육란=육인이 나타났다는 것은 모순이라 파악하고 있다(이병도, 「수로왕고」, ≪
한국고대사연구≫, 박영사, 1976, 315~316쪽).

(註) 50
육가야니 오가야니 하는 것은 결국 연맹단체를 말한 것으로 맹주국을 제외하고 그
이외의 제국을 말할 때에는 오가야라 하고, 맹주국까지 합하여 말할 때에는 육가야
라고 할 수 있다. 가락국기에서는 수로왕의 금관가야를 제외한 나머지를 오가야라
고 하였고, ≪본조사략(本朝史略)≫에서는 대가야를 제외한 나머지를 오가야라고
하고 있다(이병도, 「수로왕고」, ≪한국고대사연구≫, 박영사, 1976, 311~313쪽).

"이 땅은 협소(狹小)하기가 여뀌 잎과 같지만 수려하고 기이하여 16나한(羅漢)[51]이 살 만한 곳이라 할 수 있다. 더구나 1에서 3을 이루고 3에서 7을 이루니[52]7성(聖)이 살 곳은 여기가 가장 적합하다. 이곳에 의탁하여 강토(疆土)를 개척해서 마침내 좋은 곳을 만드는 것이 어떻겠느냐."

이곳에 1500보 둘레의 성과 궁궐(宮闕)과 전우(殿宇) 및 여러 관청의 청사(廳舍)와 무기고(武器庫)와 곡식 창고의 터를 만들어 두었다. 일을 마치고 궁으로 돌아와 두루 나라 안의 장정, 인부, 공장(工匠)들을 불러 모아서 그달 20일에 성 쌓는 일을 시작하여 3월 10일에 공사를 끝냈다. 그 궁궐(宮闕)과 옥사(屋舍)는 농사일에 바쁘지 않은 때를 기다려 이용하니 그해 10월에 비로소 시작해서 갑진 2월(44년)에 완성되었다. 좋은 날을 가려서 새 궁으로 거동하여 모든 정사를 다스리고 여러 일도 부지런히 보살폈다.

(註) 51
석가의 16제자. 영세에 살면서 불법을 보호한다고 한다.

(註) 52
오행설에서 숫자1을 상징하는 물(水)로부터 3을 상징하는 나무(木)가 나오고, 그 나무에서 숫자 7을 상징하는 불(火)이 생긴다는 것을 말하는 것이다. 이에 관해서 이는 후대의 윤색일 뿐 수로왕 당대의 인식으로 보기 어렵다는 견해가 있다(≪역주 사야사사료집성≫ 제1권, 가락국사적개발연구원, 2004, 99쪽).

나는 왕의 자리를 빼앗고자 왔다

이때 갑자기 완하국(琓夏國) 함달왕(含達王)[주 53]의 부인(夫人)이 임신을 하여 달이 차서 알을 낳았고, 그 알이 화하여 사람이 되어 이름을 탈해(脫解)[주 54]라고 하였다. 이 탈해가 바다를 따라 가락국에 왔다. 키가 3척이고 머리 둘레가 1척이었다. 기꺼이 대궐로 나가서 왕에

(註) 53

≪삼국유사≫ 권1 기이편 탈해왕조와 같은 책 왕력편에서는 완하국(琓夏國)을 용성국(龍城國), 정명국(正明國), 화하국(花廈國)이라 하고, 그 나라는 왜국의 동북쪽 1500리 되는 곳에 있다고 한다(정구복 외, ≪역주 삼국사기≫ 3 주석편(상), 한국정신문화연구원, 41쪽).

(註) 54

신라의 제4대 임금으로 재위 기간은 57~80년이다. 토해(吐解)라고도 하였다. ≪삼국사기≫ 권1 신라본기에 의하면 서기전 19년, ≪삼국유사≫ 권2 기이편 가락국기에 의하면 서기 44년경에 바다를 통하여 금관국을 거쳐 신라에 도착하여 남해왕의 사위가 되었다가 유리왕을 이어 즉위하였다.

게 말하기를, "나는 왕의 자리를 빼앗고자 왔다"라고 하니 왕이 대답하였다. "하늘이 나에게 명해서 왕위에 오르게 한 것은 장차 나라를 안정시키고 백성들을 편안하게 하려 함이니, 감히 하늘의 명을 어기고 왕위를 남에게 줄 수도 없고, 또한 우리나라와 백성을 너에게 맡길 수도 없다." 탈해가 말하기를 "그러면 술법(術法)으로 겨루어 보겠는가"라고 하니 왕이 좋다고 하였다. 잠깐 사이에 탈해가 변해서 매가 되니 왕은 변해서 독수리가 되었고, 또 탈해가 변해서 참새가 되니 왕은 변해서 새매가 되었다. 이때에 조금도 시간이 걸리지 않았다. 탈해가 원래 모습으로 돌아오자 왕도 역시 전 모양이 되었다. 탈해가 이에 엎드려 항복하고 말하기를 "내가 술법을 겨루는 곳에서 매가 독수리에게, 참새가 새매에게 잡히기를 면하였는데, 이는 대개 성인(聖人)이 죽이기를 미워하는 어진 마음을 가져서 그러한 것입니다. 내가 왕과 더불어 왕위를 다툼은 진실로 어렵습니다." 곧 왕에게 절을 하고 하직하고 나가서 이웃 교외의 나루(註 55)에 이르러 중국에서 온 배가 와서 정박하는 수로(水路)로 해서 갔다.

　왕은 마음속으로 머물러 있으면서 난을 꾀할까 염려하여 급히 수군(水軍)(註 56)500척을 보내서 쫓게 하니 탈해가 계림(鷄林)의 국경으로 달아나므로 수군은 모두 돌아왔다. 여기에 실린 기사(記事)는 신라의 것과는 많이 다르다.

(註) 55 나룻배로 건너다니는 곳이다.
(註) 56 배를 타고 싸우는 군대이다.

어찌 감히 경솔하게 따라가겠는가

　　건무(建武) 24년 무신 7월 27일에 구간(九干) 등이 조회할 때 아뢰기를 "대왕이 강령하신 이래로 아직 좋은 배필을 얻지 못하셨으니 청컨대 신들의 집에 있는 처녀 중에서 가장 예쁜 사람을 골라서 궁중에 들여보내어 항려가 되게 하겠습니다"라고 하였다.

　　왕이 말하기를 "짐이 여기에 내려온 것은 하늘의 명령이니 짐에게 짝을 지어 왕후(王后)를 삼게 하는 것도 역시 하늘의 명령일 것이니 경들은 염려 말라"고 하고, 드디어 유천간(留天干)에게 명하여 경주(輕舟)를 이끌고 준마(駿馬)를 가지고 망산도(望山島)(註 57)에 가서 서서 기다리게 하고, 신귀간(

(註) 57
가락국기의 주석에서는 전산도(前山島)가 "京南島嶼也"라고 하였는데, 조선초기 (1530년)의 지리 상황을 보이는 ≪신증동국여지승람(新增東國輿地勝覽)≫에 의하면 김해부가 바로 남쪽에 바다가 있고 그 부근에 많은 섬들이 있으며, 남쪽 15리

神鬼干)에게 명하여 "승점(乘岾)^(註 58) 망산도는 서울 남쪽의 섬이고 승점은 연하(輦下)의 국(國)이다"라며 가게 하였다.

갑자기 바다의 서남쪽에서 붉은 색의 돛단배가 붉은 기를 매달고 북쪽을 향해 오고 있었다. 유천간 등은 먼저 망산도 위에서 횃불을 올리니 곧 사람들이 다투어 육지로 내려 뛰어왔다. 신귀간은 이것을 보고 대궐로 달려와서 그것을 아뢰었다.

왕이 그 말을 듣고 무척 기뻐하여 이내 구간(九干) 등을 찾아 보내어 목련(木蓮)으로 만든 키를 바로잡고 계수나무로 만든 노를 저어 그들을 맞이하게 하였다. 곧 모시고 대궐로 들어가려 하자 왕후가 이에 말하기를 "나는 너희들과 본래 모르는데 어찌 감히 경솔하게 서로 따라가겠는가"라고

안에 덕도, 전산도, 곤지도가 있고 30리 밖으로 취도, ,명지도, 덕형도가 있다고 하였다(≪신증동국여지승람(新增東國輿地勝覽)≫ 권32 김해도호부 산천조). 이와 관련해 김태식은 경남 진해시 용원동 앞바다에 있던 조그마한 돌섬으로 비정되어 왔으나, 근래에 이것은 20세기에 들어와서 생긴 전승으로서 믿을 바가 못되며 조선 후기의 지리학자 김정호 등이 비정한 바와 같이 현재의 경남 김해시 풍유동, 명법동, 이동에 걸쳐 여러 봉우리가 이어져 있는 '칠산'으로 보아야 한다는 견해가 제시하였다(김태식, 「가락국기 소재 허왕후 설화의 성격」, ≪한국사연구≫ 102, 한국사연구회, 1998, 9~10쪽).

(註) 58
승점(乘岾)의 위치에 대해서는 대부분의 연구자들이 의견을 내지 못하였는데, 이에 대하여 '京都에서 꽤 멀리 떨어진 곳, 즉 畿內에 해당한다'고 보기도 하고(이종기, ≪가락국탐사≫, 일지사, 1977, 59쪽), '궁궐가까이에 위치한 나라'를 뜻한다고 보기도 한다(최진원, 「한국신화고석-수로신화」, ≪대동문화연구≫ 24, 76~79쪽). 김태식은 궁궐에 가까운 언덕이라고 할 수 있는 곳은 역시 봉황대로 보아야 하므로 봉황대로 추정하였다(김태식, ≪가야연맹사≫, 일조각, 1993).

하였다. 유천간 등이 돌아가서 왕후의 말을 전달하니 왕은 그렇다고 여겨 유사(有司)를 이끌고 행차하여, 대궐 아래로부터 서남쪽으로 60보쯤 되는 곳의 산 주변에 장막을 쳐서 임시 궁전을 설치하고 기다렸다.

왕후는 산 밖의 별포(別浦) 나루에 배를 대고 땅으로 올라와 높은 언덕에서 쉬고, 입고 있는 비단바지를 벗어 폐백으로 삼아 산신령(山神靈)에게 바쳤다. 그 밖에 시종한 잉신(媵臣) 두 사람의 이름은 신보(申輔)·조광(趙匡)이고, 그들의 아내 두 사람의 이름은 모정(慕貞)·모량(慕良)이라고 했으며, 노비까지 합해서 20여 명이었다.

가지고 온 금수능라(錦繡綾羅)와 의상필단(衣裳疋緞)·금은주옥(金銀珠玉)과 구슬로 된 장신구들은 이루 기록할 수 없을 만큼 많았다.

왕후가 점점 왕이 있는 곳에 가까이 오니 왕은 나아가 그를 맞아서 함께 유궁(帷宮)으로 들어왔다. 잉신 이하 여러 사람들은 섬돌 아래에 나아가 뵙고 곧 물러갔다. 왕은 유사(有司)에게 명하여 잉신 내외들을 인도하게 하고 말하였다.

"사람마다 방 하나씩을 주어 편안히 머무르게 하고 그 이하 노비들은 한 방에 5, 6명씩 두어 편안히 있게 하라."

난초로 만든 음료와 혜초(蕙草)로 만든 술을 주고, 무늬와 채색이 있는 자리에서 자게 하고, 옷과 비단과 보화도 주었고, 군인들을 많이 모아서 그들을 보호하게 하였다.

이에 왕이 왕후와 함께 침전(寢殿)에 있는데 왕후가 조용히 왕에게 말하였다.

"저는 아유타국(阿踰陀國)^(註 59)의 공주로 성은 허(許)이고 이름은 황옥(黃玉)이며 나이는 16살입니다. 본국에 있을 때 금년 5월에 부왕과 모후께서 저에게 말씀하시기를, '우리가 어젯밤 꿈에 함께 황천(皇天)을 뵈었는데, 황천은 가락국의 왕 수로(首露)라는 자는 하늘이 내려 보내서 왕위에 오르게 하였으니 곧 신령스럽고 성스러운 것이 이 사람이다. 또 나라를 새로 다스림에 있어 아직 배필을 정하지 못했으니 경들은 공주를 보내서 그 배필을 삼게 하라 하고, 말을 마치자 하늘로 올라갔다. 꿈을 깬 뒤에도 황천의 말이 아직도 귓가에 그대로 남아 있으니, 너는 이 자리에서 곧 부모를 작별하고 그곳을 향해 떠나라'라고 하였습니다. 저는 배를 타고 멀리 증조(蒸棗)를 찾고, 하늘로 가서 반도(蟠桃)를 찾아 이제 아름다운 모습으로 용

(註) 59

아유타국은 인도 갠지스 강의 상류인 사라유 강의 左岸에 있던 고대 도시국가인 아요디아(Ayodha)왕국이다(김태식, ≪가야연맹사≫, 일조각, 1993). 아유타국의 실체에 대해 몇몇 견해가 있는데, 김석형은 아유타국을 일본에 있던 가락국의 分國으로 보았고(김석형, ≪초기조일관계연구≫, 사회과학원 출판사, 1966), 아요디아 왕가는 서기 20년 경에 크샨의 군대에 의해 王都를 잃고 어디론가 떠났으며, 허 황후가 5월에 배로 출발해서 7월에 도착하였는데 아요디아가 있는 갠지스강 상류까지는 배가 거슬러 올라갈 수 없으므로, 왕녀의 사실상의 출발지는 오늘날의 타이국의 메남 강가에 있는 옛 도시 아유티야로 추정할 수밖에 없으며, 이는 아요디아 왕국이 1세기 전에 건설한 식민국이라고 한 이종기의 견해도 있다(이종기, ≪가락국탐사≫, 일지사, 1977, 99~100쪽). 한편 김병모는 타이 메남강 가에 건설한 식민국 아유티야는 부정하고 아요디아를 근원지로 보았다(김병모, 「가락국 허 황옥의 출자-아유타국고(Ⅰ)」, ≪삼불김원룡교수정년퇴임기념논총≫ 1, 일지사, 1987「고대한국서역관계-아유타국고2)」, ≪한국사논총≫ 14, 1988 | 「가락국 수로왕비 탄생지」, ≪한국상고사학보≫ 9, 1992).

안(龍顔)을 가까이하게 되었습니다."

왕이 대답하기를 "나는 나면서부터 자못 성스러워서 공주가 멀리에서 올 것을 미리 알고 있어서 신하들이 왕비를 맞으라는 청을 하였으나 따르지 않았다. 이제 현숙한 공주가 스스로 왔으니 이 사람에게는 매우 다행한 일이다"라고 하였다. 드디어 그와 혼인해서 함께 이틀 밤을 지내고 또 하루 낮을 지냈다.

이에 그들이 타고 온 배를 돌려보내는 데 뱃사공이 모두 15명이니 이들에게 각각 쌀 10석과 베 30필씩을 주어 본국으로 돌아가게 하였다.

8월 1일에 왕은 대궐로 돌아오는데 왕후와 한 수레를 타고, 잉신 내외도 역시 재갈을 나란히 수레를 함께 탔으며, 중국의 여러 가지 물건도 모두 수레에 싣고 천천히 대궐로 들어오니 이때 시간은 오정(午正)이 되려 하였다.

왕후는 이에 중궁(中宮)에 거처하고 잉신 내외와 그들의 사속(私屬)들은 비어 있는 두 집을 주어 나누어 들어가게 하였고, 나머지 따라온 자들도 20여 칸 되는 빈관(賓館) 한 채를 주어서 사람 수에 맞추어 구별해서 편안히 있게 하였다.

그리고 날마다 지급하는 것은 풍부하게 하고, 그들이 싣고 온 진귀한 물건들은 내고(內庫)에 두고 왕후의 사시(四時) 비용으로 쓰게 하였다.

왕후는 곰의 몽조(夢兆)를 꾸고 태자 거등공(居登公)을 낳았다

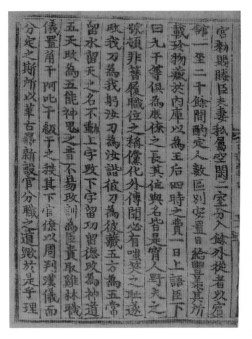

어느 날 왕이 신하들에게 말하였다.

"구간(九干)들은 모두 여러 관리의 으뜸인데, 그 직위와 명칭이 모두 소인(小人)·농부들의 칭호이고 고관 직위의 칭호가 아니다. 만약 외국에 전해진다면 반드시 웃음거리가 될 것이다."

마침내 아도(我刀)를 고쳐서 아궁(我躬)이라 하고, 여도(汝刀)를 고쳐서 여해(汝諧), 피도(彼刀)를 피장(彼藏), 오방(五方)을 오상(五常)이라 하고, 유수(留水)와 유천(留天)의 이름은 윗 글자는 그대로 두고 아래 글자만 고쳐서 유공(留功)·유덕(留德)이라 하고 신천(神天)[註 60]을 고쳐서 신도(神道), 오천(五天)을 고쳐서 오능(五能)이라 했고, 신귀(神鬼)

의 음(音)은 바꾸지 않고 그 훈(訓)을 고쳐 신귀(臣貴)라고
하였다.

계림(鷄林)의 직제(職制)를 취해서 각간(角干)[註 61]아질간
(阿叱干)[註 62]급간(級干)[註 63]의 차례를 두고, 그 아래의 관료
는 주(周)나라 법과 한(漢)나라 제도를 가지고 나누어 정하
니 이것은 이른바 옛것을 고쳐서 새것을 취하여 관직(官職)
을 나누어 설치한 방법이었다.

이에 나라를 다스리고 집을 정돈하며, 백성들을 자식처
럼 사랑하니 그 교화(敎化)는 엄숙하지 않아도 위엄이 있고,
그 정치는 엄하지 않아도 다스려졌다.

더욱이 왕후와 함께 사는 것은 마치 하늘에게 땅이 있고,
해에게 달이 있고, 양(陽)에게 음(陰)이 있는 것과 같았고 그
공은 도산(塗山)이 하(夏)를 돕고, 당원(唐媛)이 교씨(嬌氏)를
일으킨 것과 같았다.

그 해에 왕후는 곰의 몽조(夢兆)를 꾸고 태자 거등공(居
登公)을 낳았다.

(註) 60
서울대규장각본에는 신천(神天)이 없다.
(註) 61
신라 17관등제 가운데 제1관등으로 이벌찬(伊伐湌)이라고도 하였다.
(註) 62
신라 17관등제의 제6관등으로 아간(阿干)이라고도 하였다.
(註) 63
신라 17관등제의 제9관등으로 급찬(級湌)이라고도 하였다.

영제(靈帝)[註 64]중평(中平)[註 65]6년 기사 3월 1일에 왕후가 죽으니[註 66] 나이는 157세였다. 온 나라 사람들은 땅이 꺼진 듯이 슬퍼하고 구지봉(龜旨峰) 동북 언덕에 장사하였다. 드디어 왕후가 백성들을 자식처럼 사랑하던 은혜를 잊지 않고자 처음 와서 닻줄을 내린 도두촌(渡頭村)을 주포촌(主浦村)이라 하고, 비단바지를 벗은 높은 언덕을 능현(綾峴)이라 하고, 붉은 기가 들어온 바닷가를 기출변(旗出邊)이라고 하였다.

잉신 천부경(泉府卿)[註 67]신보(申輔)와 종정감(宗正監)[註 68]조광(趙匡) 등은 나라에 온 지 30년 후에 각각 두 딸을 낳았는데 부부는 1~2년을 지나 모두 죽었다. 그 밖의 노비들도 이 나라에 온 지 7~8년 사이에 자식을 낳지 못하고 오직 고향을 그리워하는 슬픔을 품고 고향을 생각하다가 모두 죽어서 거처하던 빈관(賓館)은 텅 비고 아무도 없게 되었다.

왕은 이에 매양 외로운 베개를 의지하여 몹시 슬퍼하다가 10년을 지내고 헌제(獻帝)(註 69) 입안(立安)(註 70) 4년 기묘 3월 23일(199년)에 죽으니, 나이는 158세였다. 나라 사람들은 부모를 잃은 것처럼 슬퍼하는 것이 왕후가 죽은 날보다 더하였다. 마침내 대궐 동북쪽 평지에 빈궁(殯宮)을 세웠는데 높이가 1장이고 둘레가 300보였고, 거기에 장사 지내고 수릉왕묘(首陵王廟)라고 하였다.

그의 아들 거등왕(居登王)으로부터 9대손 구형왕(仇衡王)까지 이 묘(廟)에 배향(配享)하고, 매년 정월(正月) 3일과 7일, 5월 5일과 8월 5일과 15일을 기다려 풍성하고 깨끗한 제물을 차려 제사를 지내어 대대로 끊이지 않았다.

(註) 64 후한(후한)의 제12대 황제로 재위 기간은 168~189년이다.

(註) 65 후한 영제의 연호로 184~188년에 사용하였다.

(註) 66
죽음에 대한 표현은 그 사람의 신분에 따라서 각기 차등이 있어서 崩·薨·卒·亡·死로 표현한다.

(註) 67
중국 고대의 관직명. 천부(泉府)는 주나라 시대에 시세를 받는 일과 공비로 시장에서 팔리지 않는 물품을 사들여 다시 그것을 원가로 파는 일을 맡아 물가를 조절하던 관아였다.

(註) 68
종정(宗正)은 주나라의 관제의 소종백(小宗伯)으로서, 진나라 때에 종정이라고 하였고, 후한대 이후에는 종정경이라고 하였다. 황족의 일을 담당하고 모두 황족으로 그 직에 임명하였다고 한다.

(註) 69 후한의 제14대 황제로 재위 기간은 190~220년이다.

(註) 70 고려 태조의 이름인 建을 피휘한 것이다.

향기로운 효사(孝祀)가 우리에게 맡겨졌다

신라 제30대 왕 법민왕(法敏)[註 71]은 용삭(龍朔)[註 72] 원년 신유 3월에 조서를 내렸다.

"가야국(伽耶國) 시조(始祖)[註 73]의 9대손 구형왕(仇衡王)이 이 나라에 항복할 때 이끌고 온 아들 세종(世宗)의 아들인 솔우공(率友公)의 아들 서운(庶云) 잡간(匝干)의 딸 문명황후(文明皇后)가 나를 낳았다. 따라서 시조 수로왕은 나에게 곧 15대 시조가 된다. 그 나라는 이미 멸망당했으나 그를 장사지낸 묘(廟)는 지금도 남아 있으니 종묘(宗廟)에 합해서 계속하여 제사를 지내게 하겠다."

인하여 그 옛 궁터에 사자(使者)를 보내서 묘에 가까운 상전(上田) 30경(頃) 공영(供營)의 비용으로 하여 왕위전(王位田)이라 부르고 본토(本土)에 소속시켰다. 수로왕의 17대손 갱세(賡世) 급간(級干)이 조정의 뜻을 받들어 그 밭을 주관하여 매해 때마다 술과 단술을 빚고 떡·밥·차·과실 등 여러 맛있는 음식을 진설하고 제사를 지내어 해마다 끊이지 않게 하였다. 그 제삿날은 거등왕이 정한 연중(年中) 5일을 바꾸지 않았다. 이에 비로소 그 향기로운 효사(孝祀)가 우리에게 맡겨졌다.

거등왕이 즉위한 기묘에 편방(便房)을 설치한 뒤로부터 구형왕(仇衡王) 말년에 이르는 330년 동안 묘에 지내는 제사는 길이 변함이 없었으나 그 구형왕이 왕위를 잃고 나라를 떠난 후부터 용삭(龍朔) 원년 신유(661년)에 이르는 60년 사이에 이 묘에 지내는 제사는 예를 가끔 빠뜨리기도 하였다.

아름답도다, 문무왕(文武王) 법민왕(法敏王)의 시호이다는 먼저 조상을 받드니 효성스럽고 또 효성스럽다. 끊어졌던 제사를 다시 향하였다.

(註) 71
문무왕으로 신라의 제 30대 왕. 재위 기간은 661~681년이다. 무열왕의 맏아들로 655년에 태자로 책봉되었고 660년에 김유신과 함께 당군과 연합하여 백제를 멸망시키는데 큰 공을 세웠다. 무열왕이 죽자 즉위하여 668년에 唐軍과 합세하여 고구려를 멸망시켰다. 그러나 당나라가 백제·고구려의 옛 땅에 도호부를 설치하고 한반도를 직접 지배하려고 하였으므로 676년에 당군을 축출하였다. 사후 동해 바다의 大王岩에 장사지냈다(정구복 외, ≪역주 삼국사기≫ 3 주석편(상), 한국정신문화연구원).
(註) 72
당 고종의 연호로 661(문무왕 1년)~663년(문무왕 3년)에 사용하였다.
(註) 73
시조 수로왕을 말한다.

어찌 망하지 않은 나라와 파괴되지 않은 무덤이 있겠느냐

신라 말년에 충지(忠至)[74] 잡간(匝干)[75]이란 자가 있었는데 금관(金官) 고성(高城)[76]을 쳐서 빼앗고 성주장군(城主將軍)[77]이 되었다.

이에 영규(英規)[78] 아간(阿干)[79]이 장군의 위엄을 빌어 묘향(廟享)을 빼앗아 함부로 제

(註) 74

태자사랑공대사백월서운탑비문(太子寺朗空大使白月栖雲塔碑文)에 나오는 '金海府蘇公忠子知府', 즉 김해 지방에 토착하던 호족 소충자(蘇忠子)로서, 효공왕 10년(906) 전후에 호족으로 등장하여 효공왕 15년(911)이전에 물러났다.

(註) 75

신라관위 17계 중 제3위이다.

(註) 76

金官高城을 金官古城으로 보는 것이 타당하여 '옛 성'이라 해석하였다. 금관(金官)은 김해 지역의 고명(古名) '金官小京'에서 나온 말이다.

(註) 77

신라말기 지방호족들이 그 지방을 무력으로 점령하고 쓰던 칭호로, 성주와 장군을 겸하였다는 뜻으로 사용하였다.

사를 지냈는데,[註 80] 단오(端午)를 맞아 사당에 제사를 지내다가 사당의 대들보가 이유 없이 부러져 떨어져서 인하여 깔려 죽었다.

이에 장군(將軍)이 스스로 말하기를 "다행히 전세(前世)의 인연으로 해서 외람되이 성왕(聖王)이 계시던 국성(國城)에 제사를 지내게 되었으니 마땅히 나는 그 진영(眞影)을 그리고 향(香)과 등(燈)을 바쳐 그윽한 은혜를 갚아야겠다"라고 하고, 교견(鮫絹)[註 81] 3척을 가지고 진영을 그려 벽 위에 모시고 아침저녁으로 촛불을 켜 놓고 공손히 받들었다.

겨우 3일 만에 진영의 두 눈에서 피눈물이 흘러서 땅 위에 고였는데 거의 한 말 정도가 되었다. 장군은 매우 두려워하여 그 진영을 받들어 가지고 사당을 나가서 불태우고 곧

(註) 78
소충자(蘇忠子)가 김해 지방의 성주 장군이었던 시기에 그의 부장이나 제사담당관을 지낸 인물로 추정된다.
(註) 79
신라관위 17계 중 제6위이다.
(註) 80
영규(英規)가 지내려던 제사의 성격을 두고, 충지나 영규 등이 받들던 토속신앙이거나 그들의 조상신으로 보는 견해가 있고, 그대로 수로왕에 대한 제사였을 것으로 보는 견해가 있다. 그러나 이후 영규의 아들이 다시 수로왕에 대한 제사를 빼앗으려 한 사실로 보아, 후자의 견해가 타당하다고 판단된다. 노명호에 의하면 이는 시조에 대한 공동제사의 질서가 해체되던 나말여초 시기에 주제권을 둘러싼 혼란상을 드러내는 국면이라고 풀이된다(노명호, 「나말여초의 사회변동과 친족제도」, ≪한국고대사연구≫ 8, 1995, 70쪽).
(註) 81
남해 지방에서 나는 비단.

수로왕의 친자손 규림(圭林)을 불러서 말하였다.

"어제는 상서롭지 못한 일이 있었는데 어찌하여 이런 일들이 거듭 생기는 것인가. 이는 필경 사당의 위령(威靈)이 내가 진영을 그려서 모시는 것을 불손(不遜)하게 여겨 진노한 것이다. 영규(英規)가 이미 죽었으므로 나는 몹시 괴이하고 두렵게 여겨 진영도 이미 태워 버렸으니 반드시 신(神)의 주살을 받을 것이다. 경은 왕의 진손(眞孫)이니 전에 하던 대로 제사를 받드는 것이 옳겠다."

규림이 대를 이어 제사를 지내다가 나이 88세에 이르러 죽었고, 그 아들 간원경(間元卿)이 이어서 제사를 지내는데 단오날 알묘제(謁廟祭) 때 영규의 아들 준필(俊必)^(註 82)이 또 발광(發狂)하여, 사당으로 와서 간원(間元)이 차려 놓은 제물을 치우고서 자기가 제물을 차려 제사를 지냈는데 삼헌(三獻)^(註 83)이 끝나지 못해서 갑자기 병이 생겨서 집에 돌아가서 죽었다.

그런데 옛 사람이 이런 말을 한 적이 있다.

"음사(淫祀)는 복(福)이 없고 도리어 재앙을 받는다."

앞서 영규가 있고 뒤에는 준필이 있으니 이들 부자(父子)를 두고 한 말인가.

(註) 82
영구(英規)의 아들인 준필이 영규가 죽은 한참 뒤에도 김해 지방에 함께 살고 있으며 영규가 수로왕의 진손(眞孫)이 아니라는 것이 언급되는 것으로 보아, 그들은 수로왕(首露王) 후손 집단의 방계 인물로 보인다.

(註) 83
제사지낼 때 술잔을 세 번 올리는 일.

또 도적의 무리들이 사당 안에 금과 옥이 많이 있다고 해서 와서 그것을 도둑질해 가려고 하였다. 처음에 오자 몸에 갑옷을 입고 투구를 쓰고 활에 살을 당긴 한 용사가 사당 안에서 나오더니 사면을 향해서 비오듯 화살을 쏘아서 7~8명을 맞혀 죽이니, 나머지 도둑의 무리들은 달아났다.

며칠 후에 다시 오자 큰 구렁이가 있었는데 길이가 30여 척이나 되고 눈빛은 번개와 같았다. 사당 옆에서 나와 8~9명을 물어 죽이니 겨우 살아남은 자들도 모두 넘어지면서 달아났다. 그리하여 능원(陵園) 안팎에는 반드시 신물(神物)이 있어 보호한다는 것을 알게 되었다.[註 84]

건안(建安)[註 85] 4년 기묘에 처음 만든 때부터 지금 임금께서[註 86] 즉위한 지 31년인 대강(大康) 2년[註 87] 병진(1076)

(註) 84

이러한 기록은 사당 훼손에 대한 수로왕손의 저항이 강했음을 의미한다고 여겨진다. 김해에서의 수로왕 사당에 대한 제례는 고려 때에 중시되다가 고려 말 잠시 폐허로 변했지만 조선조에 다시 증수되고 제례가 재개되었는데, 이는 곧 가락국의 왕족이 국가 멸망 이후 신라 및 고려·조선시대의 1500년을 거치면서도 해당 지역의 패권을 장구하게 유지해 왔으며, 중앙 정권으로부터 그러한 존재를 인정받아 왔다는 것으로 해석되고 있다(김태식, 「김해 수로왕릉과 허왕후릉의 보수과정 검토」, 《한국사론》 40·41합, 1999).

(註) 86

후한(後漢) 헌제(獻帝)의 연호로 196~220년에 사용하였다.

(註) 86

고려 문종(文宗)을 지칭한다.

(註) 87

'태강(太康)'이나, 《삼국유사》와 《삼국사기》의 현존 판본들에서는 '太'가 대부분 '大'로 되어 있다. 이는 두 글자의 뜻이 통하는데다가 '大'의 음이 '대'와 '태'의 두 가지가 있었던 것에서 비롯된다. 태강은 요나라 도종(道宗)의 연호 가운데 하나로, 1075부터 1085까지 사용되었다.

까지 도합 878년인데 제단을 쌓아 올린 아름다운 흙이 이지러지거나 무너지지 않았고, 심어 놓은 아름다운 나무도 마르거나 썩지 않았으며, 하물며 거기에 벌여 놓은 수많은 옥조각들도 부서지지 않았다.

이것으로 본다면 신체부(辛替否)[註 88]가 "예로부터 지금에 이르기까지 어찌 망하지 않은 나라와 파괴되지 않은 무덤이 있겠느냐"라고 말했지만, 오직 가락국이 옛날에 일찍이 망한 것은 곧 체부의 말이 맞지만 수로왕(首露王)의 사당이 허물어지지 않은 것은 곧 체부의 말을 믿을 수 없다.

(註) 88
당 중종(中宗)과 예종(睿宗)때 지나친 토목공사의 부당함을 상소하였다. 중국 당나라 시기의 간관. 중종 경용(景龍) 연간(707~710)에 좌십유(左拾遺)가 되었는데, 이 때에 공주부의 사치의 폐를 간하였고, 이어 예종 연간에도 시정의 잘잘못을 간하여 사람들의 칭송을 받았다. (≪구당서(舊唐書)≫와 ≪신당서(新唐書)≫ 열전).

가락국왕 김수로 0048

수로왕에게 아뢰던 옛 자취이다

이 중에 또 놀이를 하여 수로왕을 사모하는 일이 있다.[89] 매년 7월 29일에[90] 백성·서리(胥吏)·군졸(軍卒)들이 승점에 올라가서 장막을 치고 술과 음식을 먹으면서 떠들며 동서쪽으로 서로 눈짓을 보낸다.

---

[89]
수로왕의 제사 참가자가 제신의 명덕(冥德)을 기리고 환락함을 표현한 것이다. 제사와 가무· 음식은 때와 장소를 불문하고 밀접한 관계가 있다.

[90]
놀이를 하는 날짜가 매년 7월 29일이고 하였는데, 설화 자체에서는 그 날짜가 나타나지 않는다. 다만 수로왕이 유천간(留天干)과 신귀간(神鬼干)에게 망을 보며 기다리게 한 것이 7월 27일이고, 수로왕이 허왕후와 함께 환궁한 것이 8월 1일인데, 그 이전에 두 사람이 동침할 때 맑게 갠 밤을 두 번 보내고 대낮이 한 번 지나갔다고 하였으니, 허왕후가 도착한 날이 7월 29일이라는 계산이 나온다(김태식, 「가락국기 소재 허왕후 설화의 성격」, ≪한국사연구≫ 102, 1998, 30쪽).

건장한 인부들은 좌우로 나뉘어서 망산도(註 91)에서 말발굽을 급히 육지를 향해 달리고 뱃머리를(註 92) 둥둥 띄워 물 위로 서로 밀면서 북쪽 고포(古浦)를 향해서 다투어 달린다. 대개 이것은 옛날에 유천간과 신귀간 등이 왕후가 오는 것을 바라보고 급히 수로왕에게 아뢰던 옛 자취이다.

(註) 91

최근의 지질학적 연구에 의해 김해평야가 생긴 것은 600여년 전부터의 일이며, 이전에는 김해시 중심가 바로 남쪽이 바다였음이 밝혀졌다. 이에 이전의 바다 안에 있었다는 섬인 前山島가 망산도로 추정되고 있다. 이에 망산도, 즉 전산도는 조선후기(1861)의 ≪대동여지도(大東輿地圖)≫로 보아 칠점산과 명지도에 둘러싸인 내해의 작은 섬들 중의 하나였지만, 지금은 김해시 풍유동과 명법동, 이동에 걸쳐 여러 봉우리가 이어져 있는 칠산에 해당된다(김태식, 「가락국기 소재 허왕후 설화의 성격」, ≪한국사연구≫ 102, 1998, 9~10쪽).

(註) 92

익(鷁)은 백로 비슷한 새로서 뱃머리에 주로 천자가 타는 배에 그려지므로 뱃머리를 익수라고 부른다.

가락국이 망한 뒤로는 대대로
그 칭호가 한결같지 않았다

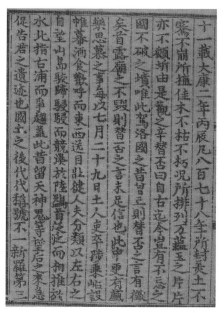

가락국이 망한 뒤로는 대대로 그 칭호가 한결같지 않았다. 신라 제31대 정명왕(政明王)[註 93]이 즉위한 개요(開耀) 원년 신사에는 금관경(金官京)이라 이름하고 태수(太守)를 두었다.[註 94]

(註) 93
신문왕을 말한다.

(註) 94
≪삼국사기≫ 권7 신라본기 문무왕 하 20년의 '伽倻郡置金官小京"이라는 기사를 통해 문무왕 20년(680)에 가야군에 금관소경을 두었음을 알 수 있다. ≪삼국유사≫ 직관지에는 태수는 군의 장관이므로 대윤(大尹)(仕臣)의 잘못일 것이다. 대윤은 소경의 장관으로 사대등이라고도 하고 관원은 5명이다. 진흥왕 25년(564)에 처음으로 설치하고 관등이 급찬에서 파진찬까지로 임용된다.

그 후 259년에 우리 태조(太祖)가 통합한 뒤로는 대대로 임해현(臨海縣)이라 하고 배안사(排岸使)[註 95]를 둔 것이 48년이었으며, 다음에는 임해군(臨海郡) 혹은 김해부(金海府)라고 하고 도호부(都護府)를 둔 것이 27년이었으며, 또 방어사(防禦使)[註 96]를 둔 것이 64년이었다.

(註) 95
고려시대의 관직으로 보이나 이 외에는 다른 자료에는 나오지 않는다.
(註) 96
고려 문종(文宗) 때에 설치한 지방관직으로 5품 이상이었다.

저 삼황(三皇) 이후로 이에
견줄 만한 이가 드물다

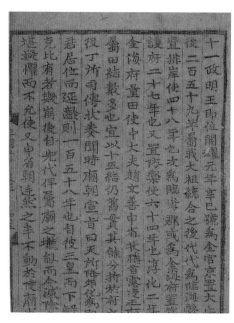

순화(淳化)[97]2
년에 김해부(金海府)
의 양전사(量田使)[98]중대부(中大夫)[99]
조문선(趙文善)은 조
사해서 보고하였다.

"수로왕의 능묘
(陵廟)에 소속된 밭
의 면적이 많으니
마땅히 15결을 가
지고 전대로 제사를
지내게 하고, 그 나
머지는 부(府)의 역정(役丁)[100]들에게 나누어 주어야 합니
다."

(註) 97

북송(北宋) 태종(太宗)의 연호로 990~994년에 사용하였다.

(註) 98

≪고려사≫ 백관지에는 보이지 않지만, 임시적으로 양전업무를 담당했을 것으
로 추정된다

(註) 99

고려 문산계(文散階)의 하나이다. 문종 30년(1076)에 종4품 하로 정해졌으며, 전
체 29등급 가운데 제9계에 해당하였다.

이 일을 맡은 관청에서 그 장계(狀啓)를 전하여 보고하자, 그때 조정에서는 명을 내렸다.

하늘에서 내려온 알이 화해서 성군(聖君)이 되었고 이내 왕위(王位)에 올라 오래 살았으니 곧 나이 158세가 되었다. 저 삼황(三皇)[註 101] 이후로 이에 견줄 만한 이가 드물다. 붕어한 뒤에 선대(先代)부터 능묘(陵廟)에 소속된 전답을 지금에 와서 줄인다는 것은 진실로 의구스러운 일이 아닐 수 없다"라고 하고 이를 허락하지 않았다.

양전사(量田使)가 또 거듭 아뢰자 조정에서도 이를 그렇다고 여겨 반은 능묘에서 옮기지 않고, 반은 그곳의 역정(役丁)에게 나누어 주게 하였다. 절사(節使) 양전사의 별칭이다는 조정의 명을 받아 이에 그 반은 능원(陵園)에 소속시키고 반은 부(府)의 부역하는 호정(戶丁)에게 주었다.

거의 일이 끝날 때에 양전사(量田使)가 몹시 피곤해 하더니 어느날 밤에 꿈을 꾸었는데 7~8명의 귀신이 나타나 밧줄을 가지고 칼을 쥐고 와서 말하였다.

"너에게 큰 죄가 있어 베어 죽여야겠다."

양전사는 형(刑)을 받고 몹시 아파하다가 놀라서 깼다. 이내 병이 들었는데 남에게 알리지도 못하고 밤에 도망가다가 그 병이 낫지 않아서 관문(關門)을 지나 죽었다.

(註) 100
부역을 맡은 장정.

(註) 101
중국 고대의 천자 곧 복희씨·신농씨·황제씨이다.

이 때문에 양전도장(量田都帳)^(註 102)에는 그의 도장이 찍히지 않았다.

그 뒤에 사신이 와서 그 밭을 검사해 보니 겨우 11결(結) 12부(負) 9속(束)이고 부족한 것은 3결 87부 1속이었다. 이에 모자라는 밭을 어찌했는가를 조사해서 내외궁(內外宮)에 보고하고, 칙명으로 그 부족한 것을 채워 주게 했는데 또한 고금(古今)에 탄식하는 자가 있었다.

(註) 102 토지측량대장이다.

절 이름을 왕후사(王后寺)라 하였다

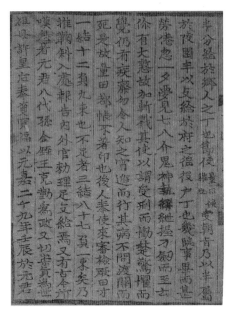

수로왕(首露王)의 8대손 김질왕(金銍王)은 정치에 부지런하고 또 참된 것을 매우 숭상하였는데 시조모(始祖母)[註 103]허황후(許皇后)[註 104]를 위해서 그의 명복(冥福)을 빌고자 하였다. 원가(元嘉)[註 105] 29년 임진에 수로왕과 허황후가 혼인한 곳에 절을 세우고 절 이름을 왕후사(王后寺)[註 106]라 하였고, 사자(使者)를 보내어 근처의 평전(平田)[註 107] 10결을 헤아려 삼보(三寶)[註 108]를 공양하는 비용으로 하게 하였다.[註 109]이 절이 생긴 지

(註) 103

원문에는 世祖母로 되어 있는 데 이하 세조와 시조가 섞여 쓰이고 있다. 세조모로만 볼 경우, '세조(世祖)의 어머니'로 해석하여, 여기서의 '世祖'를 수로왕이 아니라 수로왕과 허왕후의 아들인 제2대 거등왕(居登王)으로 볼 수 있다. 그 밑의 '世祖 이하 9대손의 역수를 아래 자세히 기록한다.'고 한 문장에서도 세조가 곧 거등왕을 가리킨다고 볼 수 있다. 그런데 ≪가락국기≫ 말미의 역대 왕명을 기록한 곳의 질지왕조(銍知王條)에서 수로왕을 '世祖'로 표현하고 있음을 보아, 그렇게 단정하기도 어렵다(김태식, 「가락국기 소재 허왕후 설화의 성격」, ≪한국사연구≫ 102, 1998, 32쪽). 이에 여기서의 世祖母 역시 수로왕을 세조 호칭한 채, 그 부인을 말하는 것으로 해석할 수 있는 여지가 있다.

500년^(註 110) 후에 장유사(長遊寺)^(註 111)를 세웠는데, 이 절에 바친 밭이 도합 300결(結)이었다. 이에 장유사의 삼강(三綱)^(註 112)은 왕후사(王后寺)가 장유사의 밭 동남쪽 표(標) 안에 있다고 해서 왕후사를 폐해서 장사(莊舍)를 만들어 가을에 곡식을 거두어 겨울에 저장하는 장소와 말을 기르고 소를 치는 마구간으로 만들었으니 슬픈 일이다.

(註) 104

허왕후를 '王后'라고 하지 않고 '皇后'라고 표현하였다. '皇后'와 '王后' 표현이 번갈아 가면서 쓰이고 있다. 이 중 '王后'라는 칭호는 고려시대에 와서 보편화되나, ≪삼국사기≫를 통해서 볼 때, 신라에서는 문무왕부터 경덕왕까지의 王母나 王妃에 대하여 '王后' 칭호를 전형적으로 사용하고 있다. 그러므로 ≪가락국기≫의 왕후 사용례는 신라 중대의 것을 반영한다고 볼 수 있다(김태식, 「가락국기 소재 허왕후 설화의 성격」, ≪한국사연구≫ 102, 1998, 35쪽).

(註) 105

남조(南朝) 유송(劉宋) 문제(文帝)의 연호로 424년~453년에 사용하였다.

(註) 106

≪동국여지승람(東國與地勝覽)≫ 권32 김해도호부 고적조(古跡條)에 왕후사(王后寺)의 구지는 장유산에 있다고 한다. 이를 ≪대동여지도(大東與地圖)≫와 비교해 볼 때, 지금의 장유면 장유리 남쪽의 옥녀봉에 해당한다(김태식, 「가락국기 소재 허왕후 설화의 성격」, ≪한국사연구≫ 102, 1998, 36쪽).

(註) 107

보통급의 밭.

(註) 108

불보(佛寶)·법보(法寶)·승보(僧寶)를 말한다.

(註) 109

이 기록은 수로왕의 수도 지정과정과 불교국의 허황옥(許黃玉)을 왕비로 맞아들인 것과 함께 가야에서 불교가 성행하고 있었음을 보여주는 증거로 해석된다(윤석효, 「가야의 불교수용에 관한 연구」, ≪(한성대)논문집≫ 15, 1, 1991, 207쪽, 216~217쪽). 반면 이에 대하여 가야의 불교는 건국 초 일찍이 인도로부터 전래되었으나 사회적으로 수용되기까지는 오랜 시일을 요하였고, 질지왕(銍知王)대에 와서 비로소 왕실불교로 자리잡게 된 것이라고 본 견해가 있다(홍윤식, 「가야불교

235쪽). 이에 더해 가락국이 신라보다 앞서서 불교를 받아들였다 해도 가락국의 전반적 사회발전 수준이 신라에 못미치고 있었던 만큼, 불교의 유포는 제한적이 었을 것이라 추정되고 있다(김태식, 「가락국기 소재 허왕후 설화의 성격」, ≪한국 사연구≫ 102, 1998, 32쪽).

(註) 110

원문에서는 오백(五百) 뒤에 연(年) 또는 세(歲)가 생략되었다.

(註) 111

오늘날의 경상남도 김해시 장유면 일대에 있었던 절로 추정된다.

(註) 112

사찰의 관리와 운영의 임무를 맡은 세 가지 승직을 말한다. 상좌·사주·유나 또는 승정(僧正)·승도(僧都)·율사(律師)이다.

누가 백성을 보살피겠는가

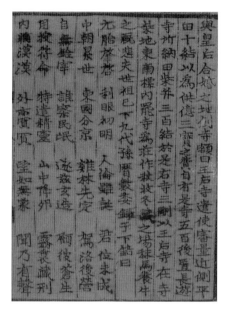

시조 이하 9대손의 역수(曆數)는 아래에 자세히 기록하니 그 명(銘)은 이러하다.

처음에 천지가 열리니, 이안(利眼)이 비로소 밝았다. 인륜(人倫)은 비록 생겼지만, 임금의 지위는 아직 이루지 않았다.

중국은 여러 대를 지냈지만, 동국(東國)은 서울을 나누어 계림(鷄林)이 먼저 정해지고, 가락국(駕洛國)이 뒤에 경영(經營)되었다.

스스로 맡아 다스릴 사람 없으면, 누가 백성을 보살피겠는가. 드디어 상제(上帝)께서, 저 창생(蒼生)을 돌보았다.

여기 부명(符命)[註 113]을 주어, 특별히 정령(精靈)을 보냈

(註) 113

하늘이 제왕이 될 사람에게 주는 표식, 또는 천자가 제후를 임명할 때 주는 규옥(圭玉)을 말한다.

다. 산 속에 알이 내려오니 안개 속에 모습을 감추었다.

안은 오히려 아득하고, 밖도 또한 캄캄하였다. 바라보면 형상이 없는 듯하나 들으니 여기 소리가 있었다.

무리들은 노래 불러 아뢰고, 춤을 추어 바쳤다. 7일이 지난 후에, 한때 안정되었다.

바람이 불어 구름이 걷히니 푸른 하늘이 맑게 개었다. 여섯 개 둥근 알이 내려오니, 한가닥 자색 줄에 드리웠다.

낯선 땅에, 집과 집이 연이었다. 구경하는 사람은 줄지었고, 바라보는 사람이 우글거렸다.[註114]

다섯은 각 고을로 돌아가고, 하나는 이 성에 남아 있었다. 같은 때 같은 자취는, 아우와 같고 형과 같았다.

진실로 하늘이 덕을 낳아서, 세상을 위해 질서를 만들었다. 왕위에 처음 오르니 온 세상은 곧 맑아지려 하였다.

궁전은 옛 법을 따랐고, 흙계단은 오히려 평평하였다. 만기(萬機)를 비로소 힘쓰고, 모든 정치를 베풀었다.

기울지도 치우치지도 않으니, 오직 하나이고 오직 정밀하였다. 길 가는 자는 길을 양보하고, 농사짓는 자는 밭을 양보하였다.

(註) 114
끓는 국처럼 들끓는다는 의미로 많다는 뜻이다.

가락국왕 김수로 0048

사방은 모두 안정되고, 모든 백성은 태평을 맞이하였다. 갑자기 풀잎의 이슬처럼, 대춘(大椿)의 나이를 보전하지 못하였다.

천지의 기운이 변하고 조야(朝野)가 모두 슬퍼하였다. 금과 같은 그의 발자취요, 옥과 같이 떨친 그 이름이었다.

후손이 끊어지지 않으니, 영묘(靈廟)의 제사가 오직 향기로웠다. 세월을 비록 흘러갔지만, 규범(規範)은 기울어지지 않았다.

아버지는 수로왕(首露王),
어머니는 허황후(許皇后)이다

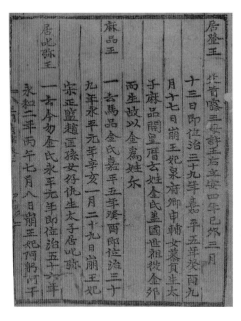

아버지는 수로왕(首露王), 어머니는 허황후(許皇后)이다. 건안(建安)[115]4년 기묘 3월 13일에 즉위하였다.

치세는 39년으로[116] 가평(嘉平)[117]5년 계유 9월 17일(253년)에 죽었다. 왕비는 천부경(泉府卿)[118]신보(

(註) 115
후한(후한) 헌제(獻帝)의 연호로 196~220년에 사용하였다.
(註) 116
거등왕의 재위 기간은 199~253년이므로 55년이 된다.
(註) 117
위(魏) 제왕(齊王)의 연호로 249~254년에 사용하였다.
(註) 118
중국 고대의 관직명이다. 천부(泉府)는 주나라 시대에 시세를 받는 일과 공비로 시장에서 팔리지 않는 물품을 사들여 다시 그것을 원가로 파는 일을 맡아 물가를 조절하던 관아였다. 그 이후에도 언급되는 관직이나 사람의 이름이 모두 중국식임이 주목된다.

申輔)의 딸 모정(慕貞)[119]으로 태자(太子) 마품(麻品)을 낳
았다.≪개황력(開皇曆)≫[120]에는 "성(姓)은 김씨(金氏)이니
대개 시조(始祖)가[121] 금란(金卵)에서 난 까닭에 김을 성으
로 삼았다"고 하였다.[122]

(註) 119
모정(慕貞)은 앞에서는 신보(申輔)의 처로 나왔던 인물이다. 어머니와 딸의 이름이
똑같은 것인지, 아니면 기록 자체의 오류인 것인지 불분명하다.

(註) 120
가락국기의 말미에는 ≪개황록(開皇錄)≫이라고도 하였다. 개황은 수의 연호며
581~600년까지로, 금관가야 멸망 이후 신라 진평왕대에 해당한다. 금관가야의
왕실역사를 기록한 책으로 추측되는데, 김유신, 文明王后 등 가야계 후손의 정치
적 비중이 절정에 달하고 금관소경을 설치하기도 한 문무왕대를 전후한 시기에 편
찬된 것이라고 추정되고 있다(김태식, ≪가야연맹사≫, 일조각, 1993, 71~72쪽
| 남재우, 「가야의 건국신화와 제의」, ≪한국고대사연구≫ 제39권, 2005, 85~89
쪽). 반면 ≪개황록(開皇錄)≫의 개황을 수의 연호가 아닌 '황국을 개창하였다'는
뜻으로 풀이하고 나말여초 가락계 사람들이 과거의 왕손임을 드러내려 가락시
조 수로왕이 皇命으로 가락국을 개창하여 십세 구형왕까지를 기록한 사서
라고 보는 견해도 있다(정중환, 「가락국기의 문헌학적 고찰」, ≪가야문화≫ 제3
호, 1990, 43~44쪽).

(註) 121
금란(金卵)에서 태어난 것은 세조(거등왕)가 아니라 수로왕이므로, 시조인 수로왕
을 지칭할 때 국세조라는 표현도 함께 쓰고 있음을 알 수 있다.

(註) 122
이는 '김해 김씨'의 기원으로 언급되고 있다. 이와 달리 ≪삼국사기≫ 권41, 열전
1에서는 김유신비문에 전하는 바 '(수로가) 헌원(軒轅)의 후예요, 소호(少昊)의 직
계'라는 내용에 의거하여 김씨성을 삼았다고 한다. 신라의 '김씨 금란설' 유형은
≪삼국유사≫ 기이1의 김알지설화에도 나타나고 있으나, ≪북제서(北齊書)≫ 권
7(하청 4년(565) 2월 갑인)에 근거하는 한 김씨성의 사용은 진흥왕대에 처음으로
보이고 있다. 황금알에서 난 까닭에 김씨라 불렸다는 ≪개황력(開皇曆)≫은 가야
멸망 이후 편찬된 것이고, 김유신 비문에 7세기 후반에 건립된 점을 감안할 때, 적
어도 7세기 중반 이전에는 '김해 김씨'의 유래에 대한 일차적 정리가 이루어졌다
고 추정되고 있다(백승충, 「가야의 개국설화에 대한 검토」, ≪역사와 현실≫ 제33
권, 1999, 117~118쪽). 이를 두고 통일기 무렵 가야 김씨 세력의 성씨 취득 이후
이들 김해김씨가 권력의 정당성을 확보하기 위해 기존의 수로왕 난생담의 내용을
경주김씨의 시조라고 하는 김알지신화와 유사한 형태로 윤색하였을 가능성도 제
기되었다(남재우, 「가야의 건국신화의 제의」, ≪한국고대사연구≫ 제39권, 2005,
86~87쪽).

왕비는 종정감(宗正監) 조광(趙匡)의 손녀 호구 (好仇)로 태자(太子) 거질미(居叱彌)를 낳았다

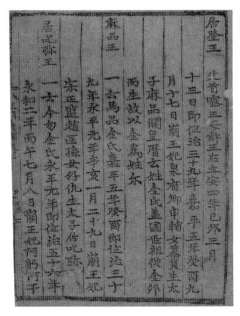

마품(馬品)이라고도 하며, 김씨이다. 가평(嘉平) 5년 계유에 즉위하였다. 치세는 39년으로,[123] 영평(永平)[124] 원년 신해 1월 29일(291년)에 죽었다. 왕비는 종정감(宗正監)[125] 조광(趙匡)의 손녀 호구(好仇)로 태자(太子) 子) 거질미(居叱彌)를 낳았다.

(註) 123
≪삼국유사≫ 왕력편에서는 32년간 재위한 것으로 나와 있다.
(註) 124
서진(西晉) 혜제(惠帝)의 연호로 291년에 사용하였다.
(註) 125
종정(宗正)은 주나라 관제의 소종백(小宗伯)으로서, 진나라 때에 종정이라고 하였고, 후한대 이후에는 종정경이라고 하였다. 황족의 일을 담당하고 모두 황족으로 임명하였다고 한다. 앞에서 언급된 천부경은 물론 종정감이라는 관직명이 실제로 가락국에서 사용되었다고 보기는 극히 어렵고, 아마도 7세기 중엽 이후 신라와 당나라 사이의 관계가 긴밀해지면서 중국 관제에 대한 이해가 심화된 이후에 부회된 것으로 여겨진다.

왕자(王子) 이시품(伊尸品)을 낳았다

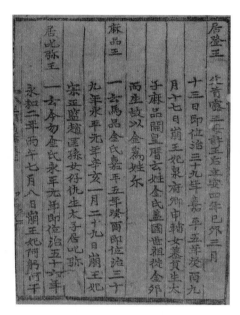

금물(今勿)이라고도 하며 김씨이다. 영평(永平) 원년에 즉위하였다. 치세는 56년으로[126] 영화(永和)[127] 2년 병오 7월 8일(346년)에 죽었다. 왕비는 아궁(阿躬)[128] 아간(阿干)[129]의 손녀 아지(阿志)[130]로 왕자(王子) 이시품(伊尸品)[131]을 낳았다.

(註) 126
≪삼국유사≫의 왕력편에서는 재위 기간을 55년이라고 하였는데, 이는 즉위한 해를 계산에 넣지 않았기 때문이라고 여겨진다.
(註) 127 동진(東晋) 목종(穆宗)의 연호로 345~356년에 사용하였다.
(註) 128 아도간(阿刀干)을 고친 직명이다.
(註) 129
신라 17관등 중 6관등으로 아찬(阿湌), 아척간(阿尺干) 또는 아찬(阿粲)이라고도 한다(권덕영, 「신라관등 아찬·나마에 대한 고찰」, ≪국사관논총≫ 21, 1991).
(註) 130
여기서는 고유명사로 되어 있으나 일반명사인 阿只와 같은 뜻이며, 아기의 경어이다.
(註) 131 다음에 이시품(伊尸品)이라고도 한다.

왕자 좌지(坐知)를 낳았다

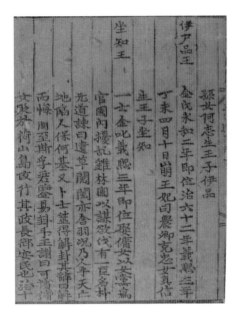

김씨이고 영화(永和) 2년에 즉위하였다. 치세는 62년으로[132] 의희(義熙)[133] 3년 정미 4월 10일(407년)에 죽었다. 왕비는 사농경(司農卿)[134] 극충(克忠)의 딸 정신(貞信)으로 왕자 좌지(坐知)를 낳았다.

(註) 132 ≪삼국유사≫ 왕력편에서는 60년간 재위한 것으로 나온다.
(註) 133
동진(東晉) 안제(安帝)의 연호로 405년~418년에 사용하였다.
(註) 134
가야국의 관직으로 농사일을 맡아본 듯하나 기록이 없어서 자세한 것은 알 수 없다.

김씨로 영초(永初) 2년에 즉위하였다

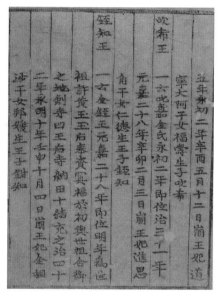

질가(叱嘉)라고도 한다. 김씨로 영초(永初) 2년에 즉위하였다. 치세는 31년으로[135] 원가(元嘉) 28년 신묘 2월 3일(451년)에 죽었다. 왕비는 진사(進思) 각간[136]의 딸 인덕(仁德)으로 왕자(王子) 질지(銍知)를 낳았다.

(註) 135

≪삼국유사≫ 왕력편에는 즉위한 해를 계산에 넣지 않아 30년으로 나온다.

(註) 136

신라의 경위(京位) 17관등 중 최상의 관등인 이벌찬(伊伐飡)의 다른 명칭으로 이벌간(伊伐干), 우벌찬(于伐飡), 각찬(角飡), 서발한(舒發翰), 서벌감(舒伐邯)이라고도 한다. 각간이라는 관등이 생기게 된 배경에 대해서는 ≪삼국사기≫ 권1 지마 이사금(祗摩尼師今)조에 기록되어 있다. 진골(眞骨)만이 오를 수 있는 관등으로 중대에 이르러 그 위에 대각간·태대각간 등의 상위 관등을 두어 김유신처럼 국가에 특별한 공로가 있는 사람에게 주기도 하였다(서의식, 「신라 상대(上代) '간(干)' 층의 형성·분화와 중위제(重位制)」, 서울대학교박사학위논문, 1994 | 김철준, 「고구려 신라 관계조직의 성립과정」, ≪한국고대사회연구≫, 지식산업사, 1975).

딸 방원(邦媛)으로 왕자 겸지(鉗知)를 낳았다

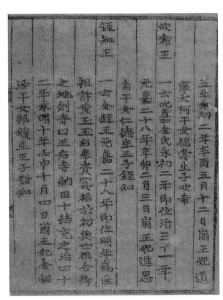

금질왕(金銍王)이 라고도 한다.(註 137) 원 가(元嘉) 28년에 즉위하였고 이듬해에 시조(註 138)와 허황옥왕후의 명복을 빌기 위하여 처음 시조(始祖)와 혼인한 곳에 절을 지어 왕후사(王后寺)라 하고 밭 10결(結)을 바쳐 비용으로 쓰게 하였다. 치세는 42년으로(註 139) 영명(永明)(註 140) 10년 임신 10월 4일(492년)에 죽었다. 왕비는 김상(金相) 사간(沙干)(註 141)의 딸 방원(邦媛)으로 왕자 겸지(鉗知)를 낳았다.

(註) 137 '一云銍, 金氏'로 고쳐야 한다는 설이 있다.

(註) 138 원문에는 世祖라고 표기되어 있다.

(註) 139 ≪삼국유사≫ 왕력편에는 36년간 재위한 것으로 나온다.

(註) 140 남조(南朝) 제(齊) 무제(武帝)의 연호로 483~493년에 사용하였다.

(註) 141 신라 17관등제에서 제8관등에 해당하는 '사찬(沙湌)'의 다른 이름이다.

왕비는 출충(出忠) 각간(角干)의 딸 숙(淑)으로 왕자 구형(仇衡)을 낳았다

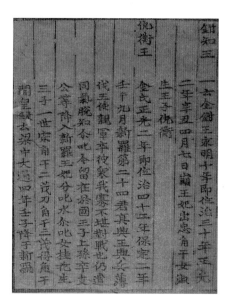

금겸왕(金鉗王)이라고도 한다.[142] 영명(永明) 10년에 즉위하였다.

치세는 30년으로,[143] 정광(正光)[144] 2년 신축 4월 7일(521년)에 죽었다. 왕비는 출충(出忠) 각간(角干)의 딸 숙(淑)으로 왕자 구형(仇衡)을 낳았다.

(註) 142
'一云鉗, 金氏'로 고쳐야 한다는 견해가 있다.
(註) 143
≪삼국유사≫ 왕력편에는 즉위한 해를 계산에 넣지 않아 29년으로 나온다.
(註) 144
북위(북위(北魏)) 효명제(孝明帝)의 연호로 520~524년에 사용하였다.

신라 제24대 진흥왕(眞興王)이 군사를 일으켜 쳐들어왔다

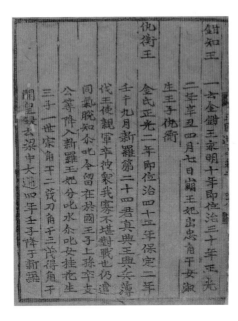

김씨(金氏)이다. 정광(正光) 2년에 즉위하였다. 치세는 42년으로[註 145] 보정(保定) 2년[註 146] 임오 9월(562년)에 신라 제24대 진흥왕(眞興王)[註 147]이 군사를 일으켜 쳐들어오니 왕은 친히 군사를 지휘하였다.[註 148]

(註) 145
≪삼국유사≫ 왕력편에는 12년간 재위한 것으로 나오는데, 이것이 옳다. 여기서는 고령 지역의 대가야의 멸망 연도를 가락국의 멸망 연도로 혼동하여 구형황의 재위 연수를 42년으로 잘못 적어놓은 것이다.

(註) 146
북주(북주(北周)) 무제(武帝)의 연호로 561~565년에 사용하였다.

(註) 147
신라의 제24대 왕으로 540년에 7세 혹은 15세의 어린나이로 즉위하여 576년까지 재위하였다. 진흥왕은 죽령을 넘어 한강 유역까지 영토를 확장하고 고령의 대가야를 정복하는 등 강역을 크게 확장하였다. 또 국경 지방을 순수하고 창녕, 북한산, 황초령, 마운령에 순수비와 탁경비를 세웠다. 진흥이라는 칭호는 본서에서 시호라 하였으나, 진흥왕 순수비에 이미 사용되고 있었으므로 생존 시의 칭호였

그러나 적병의 수는 많고 이쪽은 적어서 대전(對戰)할 수가 없었다. 이에 동기(同氣) 탈지이질금(脫知爾叱今)[註 149]을 보내서 본국에 머물러 있게 하고, 왕자와 상손(上孫) 졸지공(卒支公) 등은 항복하여 신라에 들어갔다. 왕비는 분질수이질(分叱水爾叱)[註 150]의 딸 계화(桂花)로, 세 아들을 낳았는데, 첫째는 세종(世宗) 각간, 둘째는 무도(茂刀) 각간, 셋째는 무득(茂得) 각간[註 151]이다.

≪개황록(開皇錄)≫에 보면, "양(梁)나라 무제(武帝) 중대통(中大通)[註 152] 4년 임자(532년)에 신라에 항복하였다"고 하였다.

음을 알 수 있다. 그는 화랑도라는 청소년 집단을 공인하여 인재등용의 길로 이용하였고 국사를 편찬하게 하였으며 황룡사 장육존상을 주조하였고 팔관회를 최초로 개최하였다(정구복 외≪역주 삼국사기≫ 3, 주석편(상), 한국정신문화연구원. 1997).

(註) 148
≪삼국사기≫ 신라본기 진흥왕 23년(562)조에는 이해 9월 '가야'가 반란을 일으켜 이사부(異斯夫)와 사다함(斯多含) 등으로 하여금 토벌하게 하였다고 되어있다. 이는 대가야의 멸망을 의미하며, ≪가락국기(駕洛國記)≫ 편자는 대가야의 멸망과 금관가야의 멸망을 혼동한 것이므로 금관가야의 멸망은 ≪개황록(開皇錄)≫이 전하는 532년으로 해석하는 것이 통설이다.

(註) 149
동기(同氣)는 형제자매를 의미한다. 탈지(脫知)는 인명. 이질금(尒叱今)은 존칭이다. 그러나 가락국 당시에 왕의 아우에 대해 '이질금(尒叱今)'이라는 표현을 사용했는지는 불분명하다.

(註) 150
앞서 나온 '尒叱今'을 줄인 말이 아닐까 여겨진다.

(註) 151
≪삼국사기≫에는 長曰奴宗, 仲曰武德, 季曰武力이라고 되어 있다.

(註) 152
양은 남조의 하나이다. 건강(建康)(현 南京)에 도읍하였으며, 557년에 멸망하였다. 중대통(中大通)은 무제(武帝)의 네 번째 연호(529~535)이다.

30년을 더하여 도합 520년이다

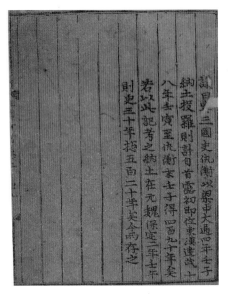

논평하여 말한다. ≪삼국사(三國史)≫를 살펴보면, 구형왕(仇衡王)은 양(梁)의 무제(武帝) 중대통(中大通) 4년 임자(壬子)에 땅을 바쳐 신라에 항복하였다고 한다.[153] 그렇다면 수로왕이 처음 즉위한 동한(東漢)의 건무(建武) 18년 임인(42년)으로부터 구형왕 말년 임자(532년)까지를[154] 계산하면 490년이 된다.

(註) 153
≪삼국사기≫ 권4 신라본기 법흥왕 19년조 참조
(註) 154
가야의 건국 연대를 서기전 2세기로 올려보고 가야는 위만조선시대에 성립되었으며 수로왕은 가야의 시조가 아니라 여섯 가야의 연맹체가 형성될 때 그 맹주였던 인물이라고 본 연구도 있다(이병도, 「수로왕고」, ≪한국고대사연구≫, 박영사, 1976, 1981, 314~322쪽). 반면 가야의 건국연대를 서기42년이 아닌 서기 2세기경이나 그 이후로 낮추어 보려는 견해의 경우, 수로왕의 재위 기간이 158년간이나 된다는 점을 비롯해 고려 문종 말기 金官知州事가 찬술한 것을 요약해서 실

만약 이 기록으로 상고한다면 땅을 바친 것은 원위(元魏) [註 155] 보정(保定) 2년 임오(562년)이다. 그러면 30년을 더하여 도합 520년이다. 지금 두 가지 설(說)을 모두 기록해 둔다.

은 ≪가락국기(駕洛國記)≫의 내용에 대한 정확성에 의문을 제기하며, ≪가락국기 (駕洛國記)≫에서 참고했다는 ≪개황력(開皇曆)≫에 실린 가야국의 왕력은 신라의 왕력과의 관계 아래서 정해졌을 것으로 추정된다는 점, 또한 고고학적 발굴 성과 결과 김해시 일대가 문화중심으로 대두하는 시기는 3세기 후반이라는 점 등을 그 이유로 들고 있다(김태식, ≪가야연맹사≫, 일조각, 1993, 40~41쪽: 김태식, 「가 락국기 소재 허왕후 설화의 성격」, ≪한국사연구≫ 102, 1998, 7쪽). 이와 달리 서기 42년을 주목해야 한다는 주장에서는 ≪삼국사기≫ 김유신전에도 동일한 연 대가 실려 있다는 점, 가야왕실의 世系가 전해지는 과정에서 왕명이 누락되었을 수도 있다는 점, 또한 서기전 1세기경의 국경변화와 사회 혼란 속에서 가야가 건 국되었을 개연성은 충분하다고 주장되고도 있다(윤내현, 「가야의 건국과 성장에 대한 재고찰」, ≪사학지≫ 30, 1, 1997, 32~36쪽).

(註) 155
북위(北魏)를 말한다. 그러나 562년 당시 이는 이미 멸망한 상태였고, 대신 북주 (北周)가 들어서 있었다.

가락국왕

김수로
0048

――――――

초판 발행 ｜ 2020년 11월 18일
지은이 ｜ 김행수
펴낸곳 ｜ 도서출판 말벗
펴낸이 ｜ 박관홍
편집 ｜ 이 백
교정 ｜ 임경일
등록번호 ｜ 제 2011-16호
주소 ｜ 서울 영등포구 문래로4길 4 (204호)
전화 ｜ 02)774-5600
팩스 ｜ 02)720-7500
메일 ｜ mal-but@naver.com
　　　www.malbut.co.kr
ISBN ｜ 979-11-88286-17-1(03810)

――――――

* 본서는 저작자의 지적재산으로 무단복제와 복제를 금합니다.

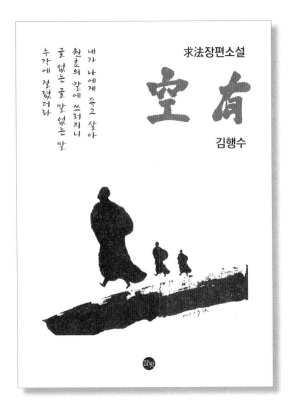

求法장편소설

空有

김행수

내가 나에게 속고 살아
원효의 칼에 쓰러지니
글 없는 글 말 없는 말
누각에 걸렸더라

소설 『공유』 절찬 판매중!
영화화 이전 출간 화제

인간이 한 생 왔다 가면서 가질 수 있는 삶의 가치를 생각해 본다.

산중 스님 묵계는 적멸에 들기 직전까지 상좌에게 진리의 골수를 전하기 위해 애쓰지만 끝내 상좌의 얼굴도 못 보고 육신을 놓고 말았다.

묵계 스님은 운수납자 시절 자신을 의지처로 살아가는 노보살로부터 어린 손자 2명을 어쩔 수 없이 상좌로 떠안는다.

노보살은 어린 손자를 묵계에게 맡기면서 어찌 살아야 잘사는 건지 가르쳐 달라며 유언을 남기고 세상을 떠난다.

노보살이 말하는 잘산다는 것은 세속적으로 잘산다는 것이 아니고, 부처님의 진리를 알게 하는 것이 잘사는 것이며, 진공묘유(眞空妙有)를 보게 해달라는 유언이었다.

〈도서출판 말벗 / 값 13,000원〉